은둔기계

은 둔 기 계

김홍중 지음

문학동네

프롤로그

첫 산문집을 묶어낸다. 그간 써놓은 단상들을 모았다. 예전부터 건조하고 짧은 글을 좋아했고 뛰어난 단상을 남긴 저자들을 즐겨 읽었는데, 이 선호는 시간이 흘러도 잘 바뀌지 않는다. 사실 단상이 편한 형식은 아니다. 일반적인 산문을 읽을 때와 달리, 우리는 쉽게 앞으로 나아가지 못한다. 메시지는 언제나 단절과 공백과 휴지休止에 가로막힌다. 그런데 역설적으로 단상의 매력은 바로 이 멈춤의 힘에 있다. 숨어 있던 파편이 반짝거리며 말하기 시작한다. 나는 전체에 매혹되거나 설득된 적이 거의 없는 것 같다. 나를 움직이는 것은 언제나 파편이다. 파편이 총체보다 더 크고, 심오하고, 생명력이 있고, 강렬하다.

책에 실린 단상들을 하나의 '주제'로 수렴시킬 수는 없지만, 그들을 의미 있게 연관시키는 어떤 형상이 (명시적으로 혹은 암묵적으로) 이 책에 존재한다. 그것이 은둔기계다. 내가 말하는 은둔은 초연하고 귀족적이고 고상한 탈속이나 고고한 정신의 세계 도피가 아니라, 지금 우리 시대의 한복판에서 매일매일 벌어지는 '거리距離의 생산' 혹은 '간격의 조립'과 같은 미시정치적 실천을 가리킨다. 은둔기계는 거리를 새로운 삶의 원리로 삼는다. 기존의 경계 너머를 꿈꾸는 것이 아니라, 지금 자신을 가로지르는 경계선의 배치를 바꾸고자 한다.

은신처를 평등하게 분배하는 것, 은신처 속에 숨을 수 있는 권리를 확보하는 것, 사회의 지배적 여론과 정동으로부터 집요하게 탈주하는 것, 과잉 연결된 관계들을 해체하는 것, 인간들의 세계를 떠나 비인간의 목소리를 경청하는 것, 과열된 자본주의적 삶의 형식을 벗어나는 것, 우리가 아직 알지 못하는 새로운 가능세계를 발명하는 것, 이것이 21세기의 새로운 은둔의 실천이다. 은둔은 이제 생존을 위한 생명의 필사적 재조립이라는 의미를 띤다. 은둔 속에서 노동하고, 생각하고, 산책하고, 읽고, 쓰고, 견디고, 저항하고, 소통하고, 창조하며 다른 무언가로 생성되어가는 이들을 나는 은둔기계라 부른다. 이 책은 은둔기계의 삶에 관한 것이다.

김홍중

차례

3부

난류 속으로

4부

모든 것을 단순하게

1부

은둔하는 삶

야구

야구에는 죽음의 개념이 있다.

삼진을 당했건 베이스러닝을 잘못해 죽었건, '아웃'당한 자들은 자못 침통한 얼굴로 걸어나간다. 야구의 규칙은 음산하기 짝이 없다. 골을 넣거나 공격에 성공하는 것을 단위로 전개되는 대개의 구기종목과 달리, 세 사람의 죽음이 게임의 한 단위를 이루기 때문이다.

야구는 정교하게 디자인된, 체계적으로 반복되는 죽음의 연습이다. 야구는 죽음을 생산하고 죽음을 사실화한다. 야구처럼 노골적이고 흥미진진한 죽음의 이야기는 존재하지 않는다. 야구의 모든 기록은 어떻게 세 명의 타자들이 죽어갔는가에 대한 기억이며, 죽어간 타자들에 대한 방대한 통계다.

야구에는 '집'의 개념도 있다. 홈런이 그렇고 홈플레이트가 그러하다. 야구는 집에서 시작하여, 집으로 돌아오면서 끝난다. 그런데 야구에서 집이라 부르는 것은 실체나 건물이 아니라 '타자-포수-투수'의 대치상황 그 자체다. 투수가 던진 공이 타자의 배트와 포수의 미트 사이에서 선택되는 하나의 사건이 발생하는 관계성 그 자체다.

타자들은 숙명처럼 공포와 싸운다. 시속 140킬로미터에 육박하는 속도로 뿌려진 공은 본능적 공포를 야기한다(코페트, 1991: 23). 긴장한 채 배트를 쥐고 한 덩어리의 반사신경으로 변신하여 웅크린 타자들.

야구의 이성은 진보가 아닌 영겁회귀에 기초한다.

축구나 럭비처럼 일사불란한 대오를 이루어 적진으로 전진하는 병법적 상상력을 야구는 허용하지 않는다. 야구에서 땅의 의미는 영토가 아니다. 공격하는 자에게 허용된 유일한 동선은 직선이다. 축구 선수들이 누리는 공간적 자유에 비하면, 야구 선수들은 거의 공간이라 할 만한 것을 갖고 있지 못하다. 야구에서 공격자에게 주어진 공간은 3차원이 아니라 2차원이다. 존재하는 것은 오직 세 개의 베이스(루壘) 사이의 연결선뿐이다. 루와 루 사이에는 전력을 다해 질주해야 하는 필사의 도주로가 펼쳐진다. 이것은 물리적 선이 아니라 논리적 절차에 더 가깝다. 공을 쥔 수비수와 접촉하면 아웃당하기 때문에, 진루에 성공한 타자들은 루에 최대한 근접한 곳에 붙어 있다. 광활한 야구장의 공간 중에서 오직 공격자에게 허용된 것은 다이아몬드 모양 직선뿐이다.

이탈리아의 인류학자 코라도 지니는 4세기경 게르만족 이주자가 북아프리카로 전파했을 것으로 추정되는 한 놀이를 소개하고 있다. 그는 베르베르인들이 즐겨 하는 '순례자 어머니의 공Ta Kurt om el mahag'이라는 게임을 연구했는데, 이 게임은 홈, 베이스, 투수 등이 있는, 현재의 야구와 거의 흡사한 게임이었다. 지니의 주장에 의하면, 이 게임은 봄의 도래를 찬미하는 종족의 집합의례, 즉 봄의 제전Frühlingsritual에 기원을 두고 있다(Gini, 1939. 거트만, 2008: 172에서 재인용).

내가 야구를 좋아하게 된 것은 비교적 최근이다. 삶의 방식이 고정된 이후인 듯하다. 할 수 있는 일과 할 수 없는 일 사이에 명확한 경계선이 그어진 이후라고 말하는 것이 더 정확할지도 모르겠다.

지금 내게 현실적으로 주어진 것들이, 지금은 주어지지 않았지만 다른 상황이었다면 주어질 수 있었을 것들과 필연적으로 상호 배제적 관계를 이룬다는 사실. 무언가를 할 수 있기 위해서 다른 무언가를 하지 않았어야 한다는 것.

삶의 바탕에 존재하는 것은 전진이나 확장이나 강화가 아니라, 포기다. 코나투스 혹은 힘에의 의지가 아니라 자기-비움이다.

자아의 일부를 잘라버리지 않았다면, 그것을 아직도 나의 것이라 고집하며 붙들고 있었다면 지금 주어진 삶은 존재할 수 없다. 힘의 제한, 힘의 자발적 파괴가 삶의 조건이다.

이 인식에는 비애가 스며 있다. 풍요롭지는 않지만 단정하고 신뢰할 수 있는 지금 주어진 삶의 '의미'를 즐길 수 있으려면, 가능과 불가능을 가르는 선분線分에 대한 마음 깊은 곳으로부터의 승복이 있어야 한다. 이 구별, 선택, 배제의 불가피성에 대한 승인은 오랜 시간을 요구한다. 포기를 통해 자아를 축소시키는 것이 존재의 묘책이라는 사실을 인정하는 것은 자질구레하고 무의미해 보이는 삶의 문제들과 싸우는 과정 속에서 깨달아진다.

아무리 치열하고 고상한 정신의 전투라 할지라도, 관념의 싸움은 신기루에 불과하다. 하지만 먹고살고, 만나고 싸우고, 사고팔고, 집 짓고 허무는 이 속세의 삶에 들이닥치는 문제들과의 대결이야말로 참다운 싸움, 한번 싸워봐야 하는 싸움, 싸워 이긴 것이 훈장이 되는 싸움이다. 나이가 든다는 것은 이 잡다한 리얼리티 앞에 머리를 숙이게 될 줄 아는 것이다. 매일매일 흘려보내는 일상의 무거움과 위중함, 그리고 반복되는 지루함에 감사하는 마음을 갖는 것이다. 살아간다는 것이 소중하고 무섭게 느껴지는 것이다.

우리가 살면서 기억하게 되는 특별한 사연은 대부분 '축적되는' 이야기가 아니라 '비워지는' 이야기다. 상실하는 이야기. 실패하는 이야기. 헤어지는 이야기. 놓치고, 버리고, 버려지는 이야기. 야구처럼, 일상의 삶은 하나씩 제거되어가는 이야기다. 타자들이 한 명씩 죽어 나가는 과정에서 야구게임의 드라마가 만들어지듯이, 우리 인생의 드라마도 '아웃'의 순간들을 어떻게 겪었느냐라는 관점을 중심으로 만들어진다.

야구를 좋아하는 자에게 세계는 낭만적 우주가 아니다. 그것은 건조하고, 산문적이며, 고독한 세계다. 그것은 은둔지다.

거기 신은 없다. 일상다반사가 모여 언젠가 결정적 변화를 가져오리라는 산문적 성실함에 대한 외경. 기적 따위는 존재하지 않는다. 기적처럼 보이는 일들의 배후에도 냉정하고 확고한 철의 법칙이 존재한다는 사실을 믿는 자들에게 야구의 참된 매력은 형이상학적 위안으로 다가온다.

"야구는 모든 구기 종목 가운데 가장 강력하게 계량화되고 기록과 관련 있는 종목이다. 팀 내에서의 명료한 역할 전문화와 수비수와 공격수 간의 명확한 구분은, 처음부터 이 경기의 성격을 규정하는 통계 수치들의 집적을 가능하게 한다. (…) 공격수의 성공 여부는 그의 숙련도에 의해 영향을 받으며 쉽게 계량화될 수 있다. 성공률(평균 타율)은 소수점 세 자리까지 계산되며 경기의 가장 중요한 수치들 가운데 하나이다. 비슷한 방식으로 고도로 전문화된 수비수들의 성공과 실패 여부 역시 분명하게 측정 가능하다. 예를 들면 투수의 역할 역시 소수점 세 자리까지 계산될 정도로 중요한 성공률(평균 방어율)로 계량화된다. 숫자는 경기의 모든 순간을 규정한다"(거트만, 2008: 159-60).

이런 점에서 야구는 축구와 근본적인 차이를 갖는다. 축구는 가까스로 근대화되었지만, 여전히 합리성으로 감쌀 수 없는 열정이 넘실거리는 스포츠다. 그것은 축구가 야만적이라거나, 폭력적이라거나, 남성적이라는 말보다 더 깊은 의미를 갖는다. 말하자면 축구는 추상抽象, 그리고 추상을 통해 획득할 수 있는 사실적인 것의 매혹을 알지 못한다. 참된 축구의 체험은 직접 몸을 움직여 경기장에서 공을 차거나, 적어도 TV를 통해 선수들의 모습을 실제로 바라볼 때 느낄 수 있다. 우리는 축구 중계를 틀어놓고 동시에 책을 읽을 수 없다.

내가 제일 좋아했던 축구선수는 1980년대 네덜란드의 간판스타였던 루드 굴리트다. 굴리트 축구의 매력은, 그가 한 시즌에 몇 골을 넣었다거나, 패스 성공률이 몇 퍼센트라거나, 아니면 100미터를 몇 초에 주파한다거나 하는 건조한 사실들로는 포착되지 않는다. 축구경기에는 '신기록'이라는 것이 아무런 의미를 갖지 않는다. 기록으로 표상되는 사실적인 것the factual이 중요하지 않다. 굴리트 축구가 나에게 불러일으키는 열광은 그의 신체의 우아함, 그 신체를 품고 있는 공간의 구조적 짜임과 분할에 대한 시각적 체험과 분리할 수 없다(남미와 아프리카 출신 선수들의 개인기는, 인간의 몸이 자신을 둘러싼 공간과 유기적으로 결합되어 움직여나갈 때 그것이 얼마나 보는 이의 가슴을 깊이 울렁이게 하는 강한 미학적 체험을 안겨주는지를 실감하게 한다). 그가 큰 신장으로 휘청거리며 공을 받아, 레게머리를 치렁거리며, 경주마를 연상시키는 근육의 순간적 힘을 발휘하여 수비진을 제쳐가며 호방하게 문전으로 쇄도해 들어가는 장면이 주는 쾌감은 순수한 시각적 운동성의 영역으로부터 솟아나오는 것이다. 우리는 굴리트의 왼발이 시속 몇 킬로미터로 공을 차는지 그 공이 몇 초 후에 골문까지 도달했는지 등에 대해 관심이 없다. 굴리트의 발과 공과 공간이 결합하여 만들어내는 하나의 장면은, 게임의 승패를 떠나서, 그 장면 하나만으로 구성된 순수한 모나드다. 그것은 모방될 수는 있지만 재연될 수는 없다.

축구가 우리에게 선물하는 것은, 황금빛 테두리에 갇혀 있는 결정적 순간의 아름다운 영상이다. 축구는 미적이다. 이것은 야구에서 쉽게 발견할 수 없는 진화론적 아름다움이다: 축구선수들의 몸은 아프리카 사바나에서 먹이를 쫓아 끝없이 걷고 달리던 원시인류의 강인하고 상처 많은 신체를 연상시킨다. 생존 그 자체를 위한 투쟁 속에서, 자연이 안겨주는 시련 앞에 고스란히 노출된 채 고통과 환희를 체화하고 있는, 이야기가 많은 몸. 이런 점에서 축구의 육체성, 동작의 표현성이 뿜어내는 아름다움은 분명코 원시적인 무언가를 갖고 있다.

이와 비교하면 야구선수들의 몸은 미적이라기보다는 만화적이다. 축구선수의 신체가 야성에 근접한다면, 야구적 신체는 인공적으로 만들어진 기계성, 주어진 역할에 의해 만들어진 기능성으로 특징지어진다. 4번 타자의 비대함과 1번 타자의 왜소함, 그리고 투수의 고독하고 사교성 없어 보이는 인상. 이런 정형성이 야구선수의 육체를 지배한다. 야구에서 우리가 감탄하는 것은 선수의 머리칼이나 다리의 근육, 심지어 표정 등을 통해 표현되는 미적 충만함이라기보다는, 투수가 던진 공의 속도나 타자가 때린 공의 비거리 등의 객관적 사실들이다.

축구는 양화量化를 비웃는 질적 가치들이 지배하는 이미지의 스포츠, 더 정확하게 말하자면, '현전하는 몸짓들'의 스포츠다. 몸짓이야말로 참된 축구의 주인공이다. 축구가 제공하는 최상의 장면은 2대2로 비기고 있는 상황에서 터져나온 결승골이 아니다. 즉 승리의 순간이 아니다. 승리의 순간에 포괄되지 않는 빛나는 몸짓들이 열어내는 시적 순간들이야말로 축구를 축구로 만들어주는 은밀한 차원이다. 가령, 내가 잊을 수 없는 축구의 장면은, 골을 넣고 잠시 정신을 잃은 채 달려가는 (주로 이탈리아) 공격수들의 눈동자, 일렁거리며 풀어진 채, 주변의 모든 시간을 휘감아 빨아들이는 블랙홀 같은 의문의 눈동자, 평범한 언어와 표현의 권능을 와해시키며 한 덩어리의 정동적affective 속도가 되어 불타버리듯 확산되는, 오르가슴의 표정 속에 우발적으로 열린 우주적 허공을 연상시키는 그 눈동자의 역동적 깊이다.

사실이란 가장 먼저 만들어졌고, 가장 나중에 사라지는 인식의 형식이다. 가령, 불어로 사실을 의미하는 단어인 'fait'는 '만들다'를 의미하는 동사 'faire'의 과거분사이다. 즉 불어로 (라틴어도 마찬가지이지만) 사실이란 '사실로서 만들어진 것'이다. 예를 들어서, 푸코의 계보학은 이런 사실의 '생산' 과정을 들여다봄으로써 사실의 사실성을 상대화시키는 전략을 취하고 있다. 푸코보다 더 급진적으로 사실의 생산을 탐구한 것이 브뤼노 라투르이다. 라투르에게 사실은 언제나 생성 속에 있는 무언가이다. 사실은 사태와 명제의 대응 속에서 나타나는 것이 아니라, 그것을 사실로 만드는 특정 연결망 속에서만 사실로 형성되는 것이다. 사실과 거짓이 있는 것이 아니라, 더 사실적인 사실들과, 덜 사실적인 사실들이 있다. 우리는 이를 종종 망각한다. 사실은 불변의 실체가 아니다. 사실이야말로, 사실을 사실로 성립시키는 역사적, 사회적, 심리적 과정에 묶여 있다. 사실은 가소적可塑的이다.

그런데, 나는 이보다 중요한 것이 사실의 최후성最後性이라고 생각한다. 즉, 사실은 인간적 지각/감각/인식의 최후의 거점이다.

가령, 애연가에게 담배의 무엇이 그토록 담배를 중독적인 것으로 만드는가? 그것은 담배의 연기일 수도 있고, 맛일 수도 있고, 냄새일 수도 있다. 그러나 그런 감각적 쾌락을 넘어서 존재하는 무언가가 있다. 가장 마지막까지 남는, 가장 오랫동안 지속하는, 그리고 바로 그 때문에 항상 숨겨지는 담배의 매혹은 바로 '내가 담배를 피운다는 사실' 그 자체다. 우리는 담배를 피우면서, '담배를 피운다는 사실'을 즐긴다.

그런 사실은 특정 장소와 특정 시간, 요컨대 특정 풍경의 함수다. 가령 떠들썩한 술자리에서 빠져나와 혼자 문득 쓸쓸해질 때, 낮잠에서 깨어나 걸어나온 베란다에서 저무는 석양을 바라볼 때, 옛날 유행가에 감전되었을 때, 바로 그때 우리를 휘감아버리는 흡연에의 광폭한 욕망은, 결국 '내가 바로 지금 여기에서 담배를 피우고 있다'는 사실을 생산함으로써 눈앞의 풍경을 완성하고자 하는 욕망, 이른바 '사실에의 욕망'에 다름아닌 것이다. 강렬한 욕망은 감각이 아닌 사실을 향한다.

우리가 사랑을 나눌 때, 우리는 연인의 육체를 향유할 뿐 아니라 그 육체를 향유하고 있다는 사실을 향유한다. 감각적 쾌락은 그 쾌락을 지금 즐기고 있다는 사실에 감싸질 때 질적으로 증폭된다. 에두아르트 푹스가 에로틱한 나체 사진이 불러일으키는 흥분에 대해 쓴 글을 논평하면서, 벤야민은 이렇게 쓴다. "여기서 무엇인가가 성적으로 흥분시키는 작용을 하고 있다면 그것은 나체의 모습 자체라기보다는 오히려 나체가 된 몸이 카메라 앞에서 전시되고 있다는 생각이다. 이런 유의 나체 사진들 대부분이 노리고 있는 것도 결국 그러한 생각일지도 모른다"(벤야민, 2008: 311).

심장이 멎고, 뇌가 죽고, 부패하여 형체를 잃어도, 최후로 죽는 것, 최후까지 죽음 앞에서 강건하게 버티는 것도 '사실'이다. 죽은 자의 생년과 사망일. 그가 남긴 일화와 기억들. 그가 즐겨 사용한 농담들. 죽음과 부패와 싸우는 덧없는 사실들이 있다. 요컨대 '그가 죽었다'는 사실 그 자체가 죽기 전에, 그는 아직 죽은 것이 아니다.

이것은 혹시 사실을 통해 현실을 추상하여 현실과의 거리를 확보함으로써, 현실을 조작하기 시작한 호모사피엔스의 성취인 동시에 질병이 아닐까?

사실을 생산하고, 사실에 지배되고, 사실 속으로 들어가 사라져버리는 인간이라는 동물.

벽처럼 완고하게 존재하는 한계 타율을 올리기 위해 사력을 다하는 야구선수의 욕망과 기쁨과 투쟁 모두는, 한 줌 숫자 속에 응축된다. 숫자는 야구선수의 생명의 드라마 전체를 물화物化시킨다. 역설적으로 그런 물화의 폭력 속에서 그는 망각으로부터 구제된다. '지상의 마지막 날의 그다음 날'에 온다는 카프카의 메시아는 천년왕국을 끌고 오는 구세주가 아니라, 모든 것의 최후에, 최후성의 남루한 외투를 두르고 올, '메시아가 온다'는 사실 그 자체다. '메시아가 온다'는 사실 하나가 이 헐벗은 지상에서 끝끝내 버텨준다면, 메시아 따위는 오지 않아도 괜찮은 것이다.

서바이벌

우리가 인생에서 간절히 원하는 것은 그리 대단한 것이 아니다. 새벽에 자다 깨서 자신의 몸을 더듬어보고 살아 있음을 확인할 수 있으면, 그것으로 충분하다. 사랑하는 사람들에게 우리가 바라는 것 또한 대단한 것이 아니다. 그냥 거기 있어주기를. 거기 있음을 오랫동안 감당해주기를.

사라지지 않았음에 감사하고 다시 잠드는 것.

삶에의 갈망을 절실하게 느껴본 사람만이 삶을 자발적으로 삭감할 수 있다. 죽거나 사라지는 것에 대한 공포에 몹시 시달린 자만이 생명의 맹목적 확장과 강화를 단호히 거부할 수 있다.

꿈에서, 어떤 작은 곤충을 제압해야 한다. 잠자리처럼 생겼고 드론처럼 날개를 펴고 날아다니고 있다. 나는 바가지로 물을 떠서 곤충에게 뿌린다. 수없이 물을 뿌렸지만, 곤충은 날개가 젖지도 않고, 죽은 듯 웅크리고 있다가도 다시 날개를 펴고 날아오른다.

언제나 누군가는 혹은 무언가는 살아남아 증언을 한다.

생명이 힘에의 의지라면, 생존주의는 특정한 힘에 대한 특정한 의지이다.

생존의 문제는, 누구도 통제할 수 없는 순간에 발생하는 사건, 후회해도 소용없으며 그 시간으로 다시 돌아간다 해도 반복될 수밖에 없는 어떤 '순간'의 함수다. 생존에는 우연이 결정적인 역할을 한다. 그런데 그 우연은 설명되어야 한다.

우리가 살아남았다는 사실에는 신비감이 동반된다. 다른 길이 아니라 그 길로 가서 살았거나, 그 열차가 아니라 다음 열차를 타서 살았다는 것. 왜 그 길로 갔으며, 왜 다른 열차를 탔는가? 왜, 무엇 때문에, 어떤 이유로 (그들이 죽었고) 내가 죽지 않았는가? 왜 나는 구제되었는가? 왜 그 질병이 나를 빗겨갔는가? 해답이 있기 어렵다. 생존은 해명될 수 없는 현상이다. 생존 현상을 깊이 파고 내려가면 우리는 은총 현상을 만난다. 은총은 생존선生存線의 나타남이다. 생존이라는 개념이 생명이나 존재라는 개념보다 더 심오할 수 있는 이유가 여기에 있다.

데리다는 죽음 직전의 마지막 인터뷰에서 이렇게 말한다. "나는 언제나 생존이라는 테마에 관심을 가져왔습니다. (…) 그것은 근원적인 것입니다. 삶/생명은 살아가는 것입니다. 삶/생명은 생존'입니다'la vie *est* survie"(Derrida, 2007: 25-6). 데리다는 토로한다. 인생은 생존이다. 삶은 창조도, 약동élan도, 힘에의 의지도 아닌 살아남는 것이다. 데리다 해체주의의 가장 인상적인 집약이 저 말에 들어 있다.

생존을 멸시하는, 생존에의 몰두를 경멸하는 그런 사상과 명확한 거리를 둘 것.

실존은 본질에 선행한다. 그러나 실존에 선행하는 것은 생존이다.

악

인간은 대부분의 시간, 선하다. 그러나 단 한 순간, 단 한 시간, 단 하루, 혹은 단 한 시절, 단 한 상황에서 인간은 악하다. 선은 존재지만, 악은 행위다. 악은 구체적이고 실제적이다.

사물, 동물, 식물, 미생물, 물질, 별, 신은 악하지 않다. 악은 인간에게 고유한 현상이다. 비인간은 인간의 악이 투사되는 스크린이다.

악은 도처에 있다. 악은 사유의 부재가 아니라 인간 능력의 과잉이다.

악과 대면했을 때 우리는, 뱀을 마주한 생쥐처럼 경직된다. 생명의 흐름이 순식간에 차단된다. 우리는 마비된다.

악의 체험은 힘의 체험과 유사하다. 하지만 양자 사이에는 간과할 수 없는 차이가 있다. 가령 힘의 현상은 총체적이다. 우리는 힘의 외면과 내면, 표면과 깊이, 원인과 결과를 구분할 수 없다. 힘은 그냥 힘이다. 쪼갤 수 없는 덩어리이자 몰아닥치는 쇄도다. 강하거나 거대하거나 격렬한, 휘몰아쳐가는 파동이다. 힘의 현상, 힘의 본질, 힘의 작용, 힘의 주체는 구별 불가능한 방식으로 뒤섞여 있다. 밤바다의 폭풍, 거대한 구름의 이동, 굉음을 동반한 바람, 이것이 힘이다. 내부도 외부도 없는 한 덩어리의 힘.

반면에 악은 총체적이지 않다. 많은 경우 악이 현상하는 지점은 악한 곳, 사악한 지점이 아니다. 악은 어린이, 인형, 작은 동물 혹은 약자에 숨어들어간다. 악은 기다린다. 그러다 자신의 시간이 오면, 저 무구한 존재의 피부와 영혼을 뚫고 나오는 파열의 운동을 통해, 악은 출현한다. 악은 숙주와 분리된다. 악은 분석적이다. 악은 행위의 중첩, 주체의 중첩을 출현 조건으로 한다. 강한 힘과 약한 대리자의 중첩.

가령, 〈오멘〉이나 〈곡성〉 같은 오컬트 영화에서 보듯이, 악령이 어린이에게 깃들어 아이의 눈빛을 사악하게 하고, 눈빛을 통해 악의 기운을 내뿜게 하며, 아이의 척추를 휘게 하여 거꾸로 누워 게처럼 걷게 하고, 혀를 움직여 저주의 언어를 뱉게 할 때, 우리는 그 힘을 악으로 체험하지 않을 도리가 없다. 악이 악한 것이 아니라, 그 상황 자체가 이미 악한 것이다.

주체가 되기 위해 사람들은 종종 악을 행한다. 그리고 그것이 어쩔 수 없었다고 느끼거나, 간혹 그것을 대견해하는 경우도 있다. 주체가 될 수 있다면, 인간은 무엇이든 할 수 있을 것처럼 보인다.

생리적 관점에서 보면, 고통은 불순하다. 다수의 요인들이 고통의 발생에 작용한다. 그러나 악은 순수하다. 고통을 악으로 해석하는 순간, 이 순수성을 감당할 '작인agent'이 필요해진다. 누군가, 혹은 무언가가 필요하다. 대개 이 누군가/무언가는 주변에서 찾아진다(이것이 놀라운 점이다. 진정한 원인이 아닌 주변에 눈에 띄는 우연한 존재가 문제의 작인으로 지목되는 현상). 그리고 그/것에게 고통의 책임이 추궁된다. 이 단계에 이르면, 그/것을 폭력으로 제거하는 것에 정당성이 부여된다. 고통은 생리적 문제가 아니라 도덕적 악으로 전화된다.

신란親鸞의 『단니쇼歎異抄』의 한 문장. "선인善人조차도 극락왕생을 한다. 하물며 악인惡人이야"(스에키 후미히코, 2005: 180). 선과 악을 실체론적으로 고착시키는 사고방식 그 자체가 악일 수 있다는 경고.

자신의 정의로움을 전적으로 확신하는 사람은 정의로운 사람이 아니다. 이 확신에는 악의 요소가 내포되어 있다.

악의 한 징후는 동요動搖의 불가능성이다. 어떤 상황에도 흔들리지 않으며 추상적 원칙을 지키는 율법주의적 충실성.

같은 조건이라면, 자신이 약하다고 생각하는 사람이 더 쉽게 악행을 정당화한다. 같은 조건이라면, 다중이 개인보다 더 쉽게 악행을 정당화한다.

아직 도래하지 않은 악, 아직 행해지지 않은 악에 대해 이미 시작된 심판으로서의 예술.

악인이 사라진 자리에서, 악인과 싸우던 선인이 새로운 악의 형태들을 발명하고 실행하는 경우가 종종 있다.

친밀성

"나는 당신을 사랑한다. 나는 당신이 존재하기를 바란다"(아렌트, 2019: 463).

에로스는 면面이 아니라 선線이다. 그 위에서 구르거나 눕거나 잠들 수 없다. 지지대가 없다. 에로스 속에서 모든 길은 가파르고 위험하다. 넘어지면, 선의 밖으로 발을 디디면, 그 안으로 다시 돌아오지 못한다. 나를 사랑하고, 당신을 사랑하고, 가족을 사랑하고, 이웃을 사랑하고, 지역, 조국, 인류, 생명, 우주를 사랑해나가는 확장적 운동은 허구다. 에로스의 궤적은 언제나 사랑하는 두 사람을 잇는 오직 하나의 직선, 그들 "눈동자들 사이의 가장 짧고 곧은 선"이다(Simmel, 1969: 146). 에로스의 선은 그어지자마자 사라지며, 항상 새로 그어져야 한다. 언제나 더 가까운 거리를 찾아 새롭게 그어져야 한다. 에로스의 본질은 이 직선의 사건성, 유일성, 반복성에 있으며, 그것이 만들어낼 것으로 기대되는 어떤 면적에 있지 않다.

에로스에 빠지는 자의 눈동자에 생기는 소용돌이.

사랑하는 사람이 사라진 세계에서 우리는 살아갈 수 있을까? 그럴 수 없을 것 같다. 사랑하는 사람이 존재하지 않는 세계는 세계가 아니기 때문이다. 그것은 결손이며, 불완전이며, 부정의다. 복구되지 않을 파괴다. 그 사람이 있었음을 내가 망각한다 해도, 설령 그 사람이 있었다는 사실 자체를 내가 알지 못한다 해도, 그 사람이 없는 세계에서 내가 살아가는 것은 삶이 아니다. 그런 세계를 상상할 수조차 없다.

내 존재를 결정하는 것은 내가 아니다. 나의 목숨은 사랑하는 사람들의 목숨이, 그들의 삶이, 그들이 살아가고 있다는 사실이 결정한다. 그들이 사라지면 나도 사라진다. 그들이 희미해지면 나도 희미해진다. 그들이 소멸하면 나도 소멸한다.

사랑하는 자의 머리칼이나 옷매무새를 마구 헝클어뜨리고 싶은 충동.

사랑할 수 있는 능력보다 누군가의 사랑을 수용할 수 있는 능력이 더 참된 사랑의 능력이다.

너는 나를 사랑할 수 없다. 나는, 나를 사랑하는 너를 내 안에서 전개시킬 뿐이다.

나는 너를 사랑할 수 없다. 너는, 너를 사랑하는 나를 네 안에서 전개시킬 뿐이다.

우정의 요체는 평등이다. 자신을 질투하는 자와 친구가 될 수 없으며, 자신이 질투하는 자와 친구가 되기 어렵다. 인간관계에서 평등의 상태란 매우 일시적이어서, 우정은 언제나 희소한 것으로 남아 있다.

우정 속에서, 각자 자신이 상대방보다 '약간' 더 우월하다고 생각한다.

우정은 공간 속에는 없고 시간 속에만 존재한다. 반면에, 사랑은 시간 속에는 없고 오직 공간 속에만 존재한다.

에로스의 설렘과 욕망은 사랑의 요란하고 화려한 한 부분이다. 에로스의 불길이 잦아들어야 비로소 지각되는, 더 담백하고 풍요로운 사랑의 감정이 있다.

"누군가를 아무 희망 없이 사랑하는 사람만이 그 사람을 제대로 안다"(벤야민, 2007: 119).

자식에 대한 사랑은 수십억 년 형성되어온 생명의 한 반복이다. '내'가 자식을 사랑하는 것이 아니다. 생명이 '나'를 통해 자식을 사랑한다. '나'는 그 불순한 사랑을 짊어진다. 자식에 대한 사랑은, 목숨을 가진 것들에게 하나의 필연이다. 우리가 이 난해한 사랑의 정체를 알고 싶다면, 철학자가 아니라 분자

생물학자에게 묻는 것이 더 효과적일지 모른다. 자식에 대한 사랑은 결핍도, 아가페도, 열정도 아니고, 신화도, 장치도, 문화도, 자연도 아니다. 내 생각에, 그것은 그냥 자신을 비우는 것이다. 노력하거나 결심해서는 할 수 없는 자기-비움이다. 저절로 그리되는 것, 이 불가항력. 목숨에 꽉 차 있는 생명의 이야기들이 내리는 명령. 너 자신을 비워서 아이를 먹이고 키워라. 너를 비워서 아이의 생명 속으로 흘려보내라.

자식에 대한 사랑을 실천하는 과정에서 인간은 인격의 바닥을 드러낸다. 비겁, 용기, 탐욕, 광기, 연민, 죄책감, 불안, 공포 혹은 아주 드물지만 자기-비움(케노시스kenosis).

아이는 자란다. 고통스럽고, 혼란스럽게, 그리고 신기할 정도로 맹렬하게 자란다. 아이를 사랑하는 사람, 아이의 성장을 기뻐하는 사람의 눈에 아이는 결코 '존재'하는 누군가, '실존'하는 누군가가 아니다. 아이는 자라고 있다. 이 변화와 생성을 지각하고 기뻐하는 힘이 사랑이다. 오직 사랑하는 사람만이 대상을 '생성'으로 인지할 수 있다.

연인들은, 서로의 신체를 침범하면서 생명의 무도덕적, 탈도덕적, 반도덕적 영역을 공유한다. 보아서는 안 되는 것을 보고, 들어서는 안 되는 것을 들으며, 깨달아서는 안 되는 것을 깨닫는다. 만지거나 느껴서는 안 되는 것들을 만진다. 두 살의 영역은 섞이고, 갈라지고, 엉킨다. 행위와 언어는 공범적共犯的 상태에 놓인다. 에로스 속에서 우리는 행복과 쾌락의 이름으로 죄의 흔적들을 축적해간다.

에로스가 붕괴할 때, 융합되어 있던 살의 레짐régime은 법의 메스에 의해 잔인하게 분리된다. 다량의 출혈과 손상. 가령 이혼 법정의 풍경들.

실패한 결혼이 치명적 불행이 아닌 것은, 모든 결혼이 근본적으로 성공 불가능한 것이기 때문이다.

리비도는 점착성을 띤다. 끈적거리는 리비도가 떨어져나온 자리에는, 청색 테이프를 떼어낸 유리창처럼, 지저분한 흔적이 남는다. 독성이 강한 화학물질을 뿌려야만 그 흔적은 녹아 지워진다.

사랑 없는 정의보다는 차라리 정의 없는 사랑을 선택할 것. 사랑으로부터 정의가 생성되는 것은 가능하지만, 정의 안에는 사랑의 씨앗이 존재하지 않는다.

우리는 현실의 살아 있는 인격이 아니라, 연인의 잠재성

virtuality과 연애한다. 연인 또한 현존하는 실제의 나를 사랑한다기보다는, 나의 잠재성과 사랑에 빠진다. 연인들은 서로의 잠재성에 매혹되고, 서로의 잠재성이 불러일으키는 환상적 꿈-세계를 살아간다. 결혼 이야기의 수많은 신비와 비참은 모두 이 엇갈린 잠재성들의 조합에 의해 결정된다.

과거의 연인은 폐허 같은 스산함을 품고 있다. 모든 이별은 작은 죽음들이다. 초상을 치르고 돌아와야 비로소 망자는 꿈에 나타날 수 있는 권리를 획득한다. 그래서인지, 지금 한참 연애하는 사람을 꿈에서 보는 일은 매우 드물다. 하지만, 헤어진 연인은 가끔 꿈에 나타난다. 마치 헤어지지 않은 것처럼. 어떤 다른 세계에서 여전히 연인으로 살아갔던 것처럼. 다른 누군가와 한번 섞였다가 다시 갈라져나온 그런 인물처럼 조금은 낯선 모습으로, 아무 일도 없던 것처럼, 그렇게 꿈속에 가끔 그 사람은 나타나 머물다 사라진다.

에로스는 무상無償으로 주어지는 선물처럼 온다. 선물의 아이러니. 시간이 지나면서 짐으로 변해간다는 것.

연인 사이의 질투는 망상적 성격을 띠는 경우가 많다. 귀엽게 시작한 망상은 병리적 심화단계로 치달아가다가, 어떤 사건을 만나거나 인격적 한계를 넘어서면, 결국 자신들에게는 파국으로, 타인들에게는 코미디로 귀결된다.

에로스 속에서, 안심하고 수행하는 역할놀이는 상처로 종결된다. 사람들이 흔히 생각하는 것과 달리, 인간이 숨기고 있는 진실은 진지한 상태가 아니라 무언가를 연기演技하는 과정에서 더 정확하게 드러나기 때문이다. 연기 속에서 우리는, 우리 자신에 가장 가까운 무언가가 된다. 그 연기를 지켜보는 자에게 진실을 발각당한다.

질투는 대상을 가리지 않는다. 가족, 반려동물, 반려식물, 과거의 연인들, 심지어 죽은 사람들, 영화배우, 연예인, 소설의 주인공, 더 나아가 미래의 어느 시점에 연인이 사랑에 빠질 것으로 상상한, 존재하지 않는 사람.

식어가는 애정의 불씨를 되살리기 위해 종종 사용되는 어리석은 전략. 누군가를 좋아하는 연기를 하여 애인의 질투를 유발하기. 흥미롭게도, 누군가를 좋아하는 연기는 그 누군가에 대한 애정이 형성되는 예기치 않은 시발점을 이루기도 한다.

모든 에로스는 완전한 소유, 절대적 소유를 욕망한다. 아이러니한 것은 이 욕망을 실현시키기 위해서는 절대적이고 완전한 방식으로 자신을 비워야 한다는 것이다.

진실을 견딜 수 있는 연애는 없다. 동시에 연애를 견딜 수 있는 진실도 없다.

부부들이 나누는 은밀한 대화의 마키아벨리적 성격. 누구를 의심하고, 누구의 환심을 사고, 누구에게 선물을 보내며, 누구를 견제할지에 대한, 공범들이 나누는 것과 같은 속삭임들. 셰익스피어 희곡에 종종 등장하는 영국의 왕과 왕비처럼.

부부는 정치적 단위다.

아이가 태어나는 순간, 결혼은 정점에 이르고 동시에 느리고 긴 해체과정으로 돌입한다. 여자는 아이를 낳고, 남자는 태어난 아이를 바라본다. 이야기의 끝과 새로운 시작.

아이 속에는 아버지라는 남자와 어머니라는 여자가 함께 있다. 그러나 아이 속의 남자와 아이 속의 여자는 서로를 알지 못한 채, 서로 사랑하지 않은 채, 서로 싸우지도 않은 채, 그냥 함께 있다. 서로를 알아보지 못한 채 아이 속에서, 아버지라는 남자와 어머니라는 여자는 늙어간다.

1986년 4월 26일 새벽 한시경, 체르노빌 원전 4호기가 폭발했다. 화재 진압에 동원되었던 소방대원 바실리 이그나텐코의 부인 류드밀라 이그나텐코. 남편이 진화과정에서 피폭되어 모스크바로 이송되었다는 소식을 듣고, 그녀는 만사를 제치고 그 병원을 찾아간다. 의사와 간호사 모두 면회를 금지했지만, 류드밀라는 모든 수단을 동원하여 병실에 들어가 그가 사망할 때까지 옆을 지켰다. 그녀는 이렇게 그 시간을 회상한다.

"그의 모습이 변해갔다. 매일 다른 사람을 만나는 것 같았다. 화상이 겉으로 드러났다. 화상을 입은 입안, 혀, 뺨에 처음에는 작은 물집이 생기더니 계속 커졌다. 하얀 필름 같은 점막이 몇 겹씩 벗겨졌다. 얼굴과 몸이 파란색, 빨간색, 회갈색으로 변해갔다. 하지만 나는 그 몸까지도 너무나 사랑했다! 말로도, 글로도 표현할 수 없다. 견뎌낼 수도 없다. 다행히 너무나도 순식간에 일어난 일이라 생각할 겨를도, 울 시간도 없었다. 나는 그를 사랑했다! 그때까지도 얼마나 사랑하는지 몰랐다! (…) 하루 20번, 30번씩 대소변을 받았다. 피와 점액이 뒤섞여 나왔다. 손발의 피부가 벗겨지기 시작했다. 온몸이 물집으로 뒤덮였다. 남편이 머리를 움직이면 베개에 머리카락이 한 줌씩 떨어지곤 했다. 하지만 그것도 내가 사랑하는 것이었다. (…) 누군가 말했다. '잊지 마세요. 당신 앞에 있는 사람은 남편도, 사랑하는 사람도 아닌 전염도가 높은 방사성 물질이에요. 죽고 싶어요? 정신 차리세요.' 나는 미친 사람처럼 대답했다. '그를 사랑해요! 사랑한다고요!' 그가 잘 때 나는 속삭였다. '사랑해!' 병원 뜰을 거닐면서도 고백했다. '사랑해!' 대소변을 받으면서도 말했다. '사랑해!' 함께 살던 시절을 떠올렸다. 우리 기숙사에서 밤에 그는 내 손을 잡아야만 잠이 들었다. 남편의 버릇이었다. 잘 때는 꼭 내 손을 잡았다. 밤새도록 (…) 병원에서는 내가 그의 손을 잡고 놓지 않았다. (…) 그때까지 나는 그를 얼마나 사랑하는지 몰랐다! 남편…… 그만을…… 사랑에 눈이 멀었다! (…) 병원에서의 마지막 이틀…… 그의 팔을 들어올리면 뼈가 흔들리고 움직였다. 피부조직이 떨어져나갔다. 폐와 간의 조각이 목구멍으로 타고 올라와 숨을 못 쉬었다. 손에 붕대를 감아 입속에 있는 것을 다 긁어냈다. 말로 할 수가 없다! 글로도 남길 수 없다! 견뎌낼 수도…… 그의 모든 것을 사랑했다. 모든 것을……"(알렉시예비치, 2011: 37-46).

우리가 얼마나 사랑할 수 있는지, 우리의 사랑이 어디까지 뻗어갈 수 있는지, 무엇을 할 수 있는지 아무도 알지 못한다. 사랑에 대해서는 어떤 것도 결정된 것이 없다.

악이 그러하듯.

재

꿈에서, 곧 사형을 당한다. 시간이 없다. 몸이 청결해야 한다는 걱정에 씻으려 옷을 벗는다. 순간 "내가 사형을 당하면 아이는 어떻게 하는가?"라는 생각이 들었고, 형언할 수 없는 슬픔이 엄습했다. 그러고 나서 비로소 공포가 밀려왔다. 사형당한다는 사실이 불러일으키는 두려움이었다.

지나간 시대는 다음 시대의 눈으로 보면, 언제나 미쳐 있다.

새 물건을 들여놓고 나서 우리는 그것과 미묘한 불화를 체험한다. 심하게 부담스러우면 물건을 어딘가에 '처박아'놓기도 한다. 사람과 물건이 서로 익숙해지는 과정에는 시간이 걸린다. 이 시간은 물리적으로 오는 것이 아니라, 사물을 갑자기 낡게 만드는 파손을 통해 오기도 한다. 사소한 파손은 사물에 대한 우리의 책임감과 낯가림을 거두어간다.

사람과의 관계도 마찬가지이다. 아무리 오래 알고 지냈어도, 서로의 마음에 사소한 생채기를 낸 적 없는 사람과는 친해지지 않는다.

회상된 과거가 무시간無時間으로 느껴질 때가 있다. 시간이라는 것 자체가 존재하지 않는 세계인 것처럼.

우리는 '미리' 강건해질 수 없다. '미리' 용맹해질 수도 없고, '미리' 굳건할 수도 없다. '미리' 생존할 수 없다. 오직 때('때'의 옛말)가 닥쳐왔을 때만 그렇게 할 수 있다. 때가 오기 전에, 모든 것은 있는 것도 없는 것도 아니다. 때는 모든 것에 존재와 질서와 가시성을 부여한다.

때때로 치유가 병에 선행한다.

시대를 앞서간 사람들이 세상에 대해 품는 울분, 세상이 그들의 통찰을 이해해주지 못하기 때문에 품었어야 하는 절망, 그리고 이 모든 것에도 불구하고 그들을 이끌어간 열정에 공감하지 못한다면, 우리는 어떤 지적 성취도 이룰 수 없다.

시간은 흐르지 않는다. 시간은 뿜어져나오거나 새어나온다. 분출되거나 분비된다.

시간이 분출되어야 이전과 이후가 나뉜다. 이전以前이 지나갔다는 느낌, 이후以後 속으로 들어와버렸다는 느낌. 단절의 예리한 감각. 다시는 돌아갈 수 없는 어떤 영역과 풍경의 테두리가 명료해지는 것. 지진으로 땅이 두 쪽으로 갈라지는 것처럼, 시간의 두 지대가 분리되는 것.

시간은 호르몬처럼 뿜어져나오고 증기처럼 새어나와, 어떤 존재를 윤택하게 하고 생기 있게 한다. 아이가 무럭무럭 자랄 때, 아이는 낡은 시간을 흡수하여 살과 뼈와 피로 만드는 동시에, 자신의 주변으로 새로운 시간을 뿜어낸다. 아이는 시간을 맹렬히 호흡한다. 시간을 광합성한다. 이산화탄소를 흡수하고 산소를 뿜어내는 식물처럼, 아이는 시간의 신진대사를 통해 생명을 증강시킨다. 아이와 함께 있는 공간은 신선한 산소로 충만한 식물원처럼 우리에게 활기를 준다. 가끔 활기가 지나친 경우 우리는 금세 피로해지기도 한다.

잠든 아이는 맑고 투명한 시간이 솟아나는 사랑스러운 샘물이다.

사물과 사물 사이의 공간은 시간에 의해 연결된 길이다. 시간이 없다면 공간은 지각되지 않는다. 공간은 공유된 시간의 물리적 번역물이다.

교통사고의 짧은 순간, 굉음, 충격, 실신, 그리고 정신을 차릴 때 쇄도해오는 비현실의 감각. 상처에서 피가 배어나오듯 자욱하게 뿜어져나오는 새로운 시간.

질병이 통보되는 순간. 의사의 얼굴과 눈빛. 도망치고 싶은 순간. 시간의 발작적 솟아남.

기다림 속에서, 불안하던 마음이 오히려 차분해진다. 질병을 통보받고 나면, 시간은 자신의 방향을 규정당한다. 하나의 흐름이 비로소 만들어진다. 난류는 안정화된다. 이제 시간은 신체의 병든 부위를 둘러싸고, 거기 스며들어, 응결된다. 끈끈한 물질성을 띤다. 새로운 시간의 조명 속에서, 환부의 역사가 분광기를 통해 분석된 빛들처럼 쪼개진 채 드러난다. 아프지 않고 건강했던 시절, 건강했지만 이상 징후를 드러내던 시절, 결정적으로 질병에 걸렸으리라 추정되는 시절들이 차이를 드러내면서 분절되어나온다. 그 여러 시절들 속에 서로 다른 자아들이, 서로를 알아보지 못한 채, 살아가고 있다. 그들 밖에서 병든 자아 하나가 이 모두를 지켜본다.

질병 이전은 꿈같은, 몽롱한 비현실성에 침윤되어 있다. 그것은 환각이나 허구와 같다. 우리는 이 시절을 타인의 삶과 비슷한 무언가로 느낀다. 그 시간은 자신의 인생으로부터 떨어져나간다. 자아는 빠르게 질병 이후의 신체에 고착된다. 질병 이전의 삶을 구성하는 영상들에 시간의 공급이 끊어지면서, 그것은 마른 풀처럼 고사되어간다.

다른 시간의 열림은 다른 세계의 열림을 동반한다. 변화된 세계에서 가장 빠르게 감지되는 것은 권력관계의 변동이다. 이제까지 공격하던 자들이 공격받기 시작하고, 공격받던 자들이 공세를 취하기 시작한다.

무언가가 망해갈 때 나타나는 징후. 가장 유력했던 자들이 그곳을 떠난다.

위급한 일을 당해 절박한 심정으로 허둥지둥할 때 우리는 '시간'이 없다. 오직 문제와 엉킨 채 우리를 삼켜버린 '지금'만이 있다. '지금'은 뒤엉킨 힘의 덩어리다. 지금이 삼킨 시간의 지평은 광활하다. '지금'에 휘말린 자에게 10년 후는 100만 년 후, 혹은 20분 후와 다르지 않다. 절박한 '지금'은 미래에 속하는 것으로 막연히 여겨지던 시간의 윤곽들을 게걸스럽고 흉측하게 빨아들여버린다. 이것이 바로 메시아적 시간이다. 지금이라는 종말. 지금 바로 해결해야 한다는 요구. 우리에게 더이상의 시간이 없다는 인식.

눈앞의 어떤 것이 과거의 마지막 불꽃인지, 아니면 미래의 최초 섬광인가를 정확하게 판별할 것. 가장 뛰어난 지성들도 이 판별에서 믿기 힘든 어리석음을 보였다.

"죽음보다 더 죽어 있는 것은 방금 사라진 무언가다"(Bachelard,

1992: 14).

나무를 심는 자와 열매를 따는 자는 다르다. 열매를 따는 자는 나무를 심은 자에게 감사함을 느끼지 못한다. 그에게 그것은 그냥 주어져 있는 무언가이기 때문이다. 누군가는 고투하고, 누군가는 그 결과를 무상으로 향유한다. 시간은 망각을 통해 자신의 정의를 구현한다.

쓰는 자는, 오직 미래에만 현재화될 미지의, 다수의, 통제 불가능한 해석 상황들의 주름을 만들고 있다. 하나의 문장에는, 미래에 누군가 그것을 읽을 때 그들의 의식에 발생하게 될 새로운 촉발, 감상, 생각, 감정의 가능세계들이 응축되어 있다.

적시適時에 어떤 개입이, 행위가, 표현이 이루어진 것 같은 그런 상황이 있다. 그러나 가만히 생각해보면 적시에 누군가가 개입하는 것이 아니라, 여러 개입 중 성공한 개입이 사후에, '적시에 이루어진' 것으로 판단되는 것뿐이다. 사전에 미리 판단할 수 있는 적시는 없다. 적시는 오직 모든 일이 끝난 이후에 판별할 수 있는, 성공에 대한 한 해석이다. 즉, 성공하지 못한 적시는 존재하지 않으며, 예언할 수 있는 적시 또한 존재하지 않는다. 적시를 논하는 자는 실패한 사람들의 결단과 개입을 비난하고 있는 것이다.

진실의 시간은 과거도 현재도 미래도 아니다. 그것은 '머지않아'이다. 진리는 오직 머지않아 드러난다.

예언자는 미래를 예언하는 것이 아니라 진실을 발언한다. 진실은 머지않아 나타나기 때문에, 진실의 발언은 언제나 예언처럼 보인다.

우리가 쓰는 글의 참된 의미도(만에 하나 그런 것이 있다면) 머지않아 드러난다. 지금 환호하거나 비판하는 독자들이 아니라 '머지않아'의 독자들이 참된 독자다.

'머지않아'를 잃는 자는 모든 것을 잃는다. '머지않아'를 위해서 우리는 지나친 성공, 갈채, 칭찬, 환호를 누리면 안 된다. 그 향유 가능성을 전략적으로 파괴해야 한다.

1917년 10월 20일 카프카의 일기. "다른 모든 것들보다 더 위중한 인간의 대죄大罪 두 가지가 있으니 하나는 조급함이고 다른 하나는 게으름이다. 인간은 조급해서 낙원에서 추방당했고, 게을러서 다시 낙원에 입성하지 못한다"(Kafka, 1984a: 442).

조급함과 나태함은 모두 '머지않아'에 대한 믿음의 부재다. 머지않아 오는 것을 알지 못하면 조급해지고, 머지않아 오기 때문에 지금 깨어 있어야 함을 알지 못하면 나태해진다.

소중한 것도, 지루한 것도, 영광도, 기억도, 감정도, 명예도, 칭찬도, 재간도, 재담도, 매력도, 치욕도, 분노도 모두 사라지고 나면 우리에게 남는 것은 무엇일까?

역사는 진리의 이름으로 흘러가지 않는다. 그것이 진리냐 아니냐를 검증할 수 있는 주체도 없고, 주체가 있다 해도 그럴 수 있는 시간이 없다. 선한 의도가 악으로 귀결되고, 비열하고 저속한 간계가 아름다운 결과를 낳기도 하면서, 인과관계가 엉클어지기도 하고, 복류伏流와 잠복의 우회를 통하기도 하면서, 역사의 흐름은 모든 것을 뒤섞으며 엉망진창으로 흘러간다. 순식간에, 우연적으로, 때로는 어처구니없는 방식으로. 그러나 이 말은, 역사에 진리가 존재하지 않는다는 것을 뜻하지 않는다. 진리는, 역사의 흐름에 뒤섞여가는 여러 가지 요소 중 하나로서 존재한다.

역사의 각본은 대체 누가 쓰는 것일까?

극단적인 것들은 시간이 흐르면서 빠르게 범용한 것이 되어간다. 장기적 관점에서 보면, 역사 속에서 가장 강력한 힘으로 작용하는 것들은 평범하고, 중간적이고, 평상적인 것들이다. 다만, 이들이 어떤 소용돌이에 휘말려 극단적으로 행위하게 되는 특수한 국면이 존재할 뿐이다.

감염의 상상계. 잠복기까지의 기다림. 감염되었는지 감염되지 않았는지 확실하지 않은 상황의 불안. 혹은 건강검진을 받고 난 후 결과를 기다리기까지의 시간. 이들은 모두 의학적 패러다임의 연옥이다. 불안 속에 지내다가 결국 '아무 이상 없습니다'라는 의사의 복음과 더불어 회생하는 삶. 반복되는 부활.

가을 햇빛 아래 어떤 짧은 순간에, 인생 전체를 다 집어넣어도 넉넉히 들어갈 것 같은 시간의 텅 빈 구멍이 열린다.

과거의 빛이 현재를 비추고, 현재의 빛이 미래를 밝힌다는 안이한 관점을 포기할 것.

시간이 과거에서 현재로, 그리고 다시 미래로 흐른다는 관점 또한 포기할 것.

기원으로부터 지금까지 연속적으로 축적된 공통의 경험

지평이 존재한다는 생각과 결별할 것.

인식과 존재의 주권을 미래에 돌려줄 것.

“왜 메시아가 오지 않는 겁니까? 왜 도대체 그가 오지 않는 것입니까?”라는 질문에 괴로워하면서, 랍비 멘델 드 코소프가 이렇게 대답했다. “기록된 바에 의하면, 다윗 왕이 어제의 만찬에도 오늘의 만찬에도 오지 않은 이유는, 어제의 우리와 오늘의 우리가 똑같은 존재이기 때문입니다”(Buber, 1963: 483).

은둔

세계는 좁아져 있다. 숨을 곳이 없다.

초超연결사회의 참된 도덕성은 단절의 능력에서 발견된다. 얼마나 깊이, 진지하게, 창조적으로 끊어질 수 있는가? 끊어짐과 연결됨 사이에 얼마나 생동감 있는 리듬을 설계할 수 있는가? 공동체의 우상으로부터 얼마나 자유로워질 수 있는가? 은둔을 어떻게 실천할 것인가?

심오한 고립, 심오한 분리, 심오한 비사회성.

20세기가 이상화한, 광기에 가득찬, 생산적 삶의 가치를 파상破像할 것. 사회적 삶을 탈도덕화할 것.

은둔을 삶에 지친 사람의 고상한 판타지로 보지 말고 하나의 세계관, 감수성, 삶의 형식으로 바라볼 것.

도처에 은둔지가 형성되고 있다. 인간이 인간을 견디지 못하는 시대가 도래했다. 서로의 살, 냄새, 얼굴, 말, 현존 그 자체가 문제가 되는 시대. 인간은 서로에 대해 지쳤고, 서로를 지겨워한다. 두려워한다. 사람들 사이에 광대한 사막이 형성되었다. 그 사막은 여러 형태의 기술적 장치들에 가로질러진다. 21세기의 인간은 자신의 인간성을 의심하고, 경계하고, 직시한다. 인간중심주의와 휴머니즘의 자명성이 파열되고 있다. 이는 병리현상이라기보다는 문명사적 변동의 한 징후이다. 우리는 스스로가 인간이라는 사실을 부끄러워하는 첫번째 세대다. 모더니티의 잠에서 깨어나 충혈된 눈으로 바라보는 세계는 인간이 광폭한 힘을 발휘하여 변형시켜놓은 중생衆生의 고통의 극장이다. 인간의 인간성에 자기-제한을 가할 것, 인간의 인간성을 스스로 비워낼 것, 인간의 인간성이 누려온 특권을 내려놓을 것. 해방이 아니라 포기, 전진이 아니라 이탈, 사교가 아니라 은둔.

인간은 사회적 동물이 아니라, 어떤 경우 '연결하고' 어떤 경우 '연결을 끊는' 동물, 은둔할 줄 아는 동물이다.

누구는 커피로 은둔하고, 누구는 음악으로, 누구는 산책으로, 누구는 철학으로 은둔한다. 성격으로, 질병으로, 작품으로, 광장에, 대중 속에 은둔하는 자들도 있다. SNS로 은둔하는 사람이 있는 한편, SNS로부터 은둔하는 사람도 있다. 은둔지는 발명될 수 있다. 은둔지를 구축하는 능력이 참된 창조력이다.

단순한 생명의 기쁨을 회복하고 싶은 자는 은둔을 꿈꾼다.

나는 은둔한다. 고로 그(것)들이 생존한다.

은둔기계는 번역을 즐기고, 반려동물을 키우고, 산책을 좋아하는 경향이 있다.

은둔기계는 풍경의 애호가다.

은둔은 사회적인 것, 지배적인 것, 패권적인 것으로부터의 필사적 탈주다. 은신처를 확보하지 못한 자들은 사회의 격류를 비껴 흘려보낼 생존의 각도를 갖고 있지 않다. 시대의 힘에 존재 전체가 적셔지고, 흐름에 휩쓸려, 시대가 붕괴할 때 함께 소실된다. 은둔기계는 세계를 강박적으로 분석하고 해석하는데, 이는 멋진 비판이나 논평을 위해서가 아니라 도주로를 확보하기 위해서다. 은둔기계에게 도주선은 은신처들을 연결하는 선線이다. 도주의 시간을 결정하기 위해 그는 민첩한 초식동물처럼 항상 긴장하고 있어야 한다. 때가 오면 달려야 한다. 더 은폐된 은둔지를 향해.

경고문—초식동물인 주제에 자신을 육식동물로 착각하지 말 것!

괴물은 은둔하지 않는다.

은둔 속에서 리얼리티는 스펙트럼처럼 분열되어 나타난다. 생활의 총체성은 상실되지만, 삶의 특정 부분을 구제할 수 있다. 가령, '어떤 영역에서의 실패는 단지 그 영역에서의 실패일 뿐이다. 그로 인해서 인생 전체가 타격을 입는 것은 아니다. 어떤 영역에서의 성공은 오직 그 영역에서의 성공일 뿐이다. 그 성공이 인생 전체를 멋지게 만들지는 않는다.' 이런 자명한 사실이 불굴의 현실감을 띠는 것은 오직 은둔지에서다.

화개살華蓋煞의 힘.

죽음은 영면이 아니다. 죽음 이후 심판이 시작된다. 미래는 심판이다. 모든 심판은 미래에서 온다. 당신의 죄는 미래에 만들어질, 미지의 가치와 기준을 통해서 징벌받을 것이다.

타임머신이 있어 1990년의 어느 날로 옮겨간다면, 아마 우리는 당시 기준으로는 관행이지만, 지금 기준으로는 범죄적인 것으로 여겨질 무수한 장면들을 목격하게 될 것이다. '아니 어떻게 저런 말이, 행동이 가능하지?'라는 자문이 멈추지 않을 것이다. 같은 논리로, 만일 2050년의 누군가가 타임머신을 타고 현재에 와 있다면, 그의 눈에 우리의 일상은 범죄와 야만으로 가득찬 무언가로 여겨질지 모른다. '아니 어떻게 저런

말이, 행동이 가능하지?'

우리는 미래를 심판하지 못하지만, 미래는 우리를 심판한다. 심판이 미래로부터 오기 때문에 자신의 법정에 미리 출두할 수 있는 사람은 없다. 카프카의 『심판』이 그려낸, 도달할 수 없는 법정은 오직 미래 속에 있다.

이런 이유로 진정한 안식은 사후가 아니라 생의 한복판에서 이미 추구되고 있어야 한다. 그 방편이 은둔이다. 은둔은 미래의 심판을 피하는 것이 아니라, 현재를 지배하는 관점과 언어의 바깥을 불법점거하는 것이다. 은둔을 통해, 지금 승리를 구가하는 세력의 한시적 진리 주장에 매몰되지 않을 수 있다.

숨는 것은 인정받지 않겠다는 의지의 표명이다. 지금의 기준으로 인정받을 수 없다는 것. 지금 인정받으면, 미래의 인정 가능성이 줄어든다는 것. 끝까지 인정받지 않고 버티면서, 후일 최대치의 인정을 얻겠다는 귀여운 간계.

오직 특정 거리를 두고 떨어져 있을 때만 유익한, 그리고 너무 가까워지면 재앙인 태양처럼, 자아는 타자와 행성적 거리를 유지해야 한다.

자아와 타자는 오직 '빛'으로만 연결되어야 한다.

공존은 삼엄한 거리를 전제로 한다. 모든 것과 거리를 둔 채 원의 중심에 머무는 자들만이 생동감 있는 공존을 실천할 수 있다.

정치와 심리의 난맥상은 은둔기계의 주된 관조대상이다.

활동적 삶의 폭주에 관조의 브레이크가 급작스럽게 걸린 비상사태로서의 은둔. 예컨대, 육중한 기관차가 정지해가면서 바퀴에서 불꽃을 튕기고 금속 타는 냄새를 풍기며 신경을 거스르는 날카로운 마찰음을 내며 미끄러져 가는 위험한 상태. 관조적 삶은 고요하지도, 평온하지도, 평화롭지도 않다. 그것은 활동적 삶의 미친 움직임에 걸린 제동장치의 효과다. 참된 관조는 내면을 성찰하는 것이 아니라 리얼리티를 파상한다.

고요함 속에서 정신이 고양되면서 영원한 형상을 직관하는 전통적 관조모델. 가령 반가사유상의, 가늘게 뜬 눈을 통한 관조.

파국이 불러일으킨 충격과 경악 상태에서의 관조모델. 가령 벤야민이 말하는 역사의 천사의 휘둥그레진 눈을 통한 관조.

플러그-인하면서 플러그-아웃할 수 있는 자유. 이념을 공유하거나 친해지지 않고도, 공적 사안에 대한 목소리를 함께할 수 있는 능력.

탈-성장. 반핵反核. 페미니즘. 생태주의. 포스트휴머니즘. 소박하고 단순한 삶. 비거니즘. 지나친 생산과 이동의 포기. 독신주의. 열린 영성. 20세기적 상상력과의 결별. 신유물론.

21세기적 은둔은 사적 삶의 추구가 아니라 지구적 공公과 연결되는 현장의 구축이다. 은둔지가 곧바로 세계이며, 은둔지에서의 일상이 곧바로 공적 삶이다.

과도한 연결, 과도한 생산, 과도한 소통, 과도한 소비, 과도한 학습, 과도한 경쟁, 과도한 활동, 과도한 이동, 과도한 여행, 과도한 존재, 과도한 체험, 과도한 섭취, 과도한 존재로부터의 이탈. 덜 움직이고, 덜 먹고, 덜 소비하고, 덜 벌고, 덜 생각하고, 덜 쓰고, 덜 일하고, 덜 만나고, 덜 경쟁하고, 덜 여행하고, 덜 가르치고, 덜 배우고, 덜 제작하고, 덜 존재하기. 덜 있을 수 있는 능력. 코나투스의 자기-제한.

COVID-19는 은둔을 라이프스타일의 하나로 정립시켜가고 있다.

고독은 혼자 있는 자의 심정이 아니라, 욕망하지 않는 것과의 연결을 끊은 자가 확보한 자유다. 이 자유는 새로운 연결 가능성에 뿌리내린다. 우리는 어디에도 소속되지 않을 때 더 많이 연결될 수 있다.

식별 불가능하게 되기.

자아는 비정상 세포처럼 증식한다. 열에 들떠 세계를 째려보고, 촉수를 뻗고, 다치고, 움츠러들고, 또 욕망하여 뻗고, 먹이를 흡수하고, 자아 외부와 투쟁하거나, 자아 외부를 증오한다. 자아의 이 무모한 확장이 끝나는 순간, 자아가 수축하기 시작하는 순간 은둔이 시작된다.

은둔기계는 겁쟁이다. 그는 지배를 두려워하고, 상처를 두려워하고, 폭력을 두려워하고, 갈등을 두려워하고, 오해를 두려워하고, 감염을 두려워하고, 관계를 두려워한다. 그는 의義를 말하지 않는다. (그가 의를 말하는 매우 드문 순간에도 그는 결코 대의를 말하지 않고 오직 소의小義만을 말할 것이다.) 우유부단하고, 기회주의적이고, 이기적이다. 소심하며, 잡스럽다. 그것을 숨기지 못한다. 숨기려 하지만 언제나 쉽게 발각된다. 이 모든 약점들이 그의 힘이다.

겁은 전수되고, 상속되고, 전염된다. 용기는 동질적이지만, 겁은 다양하다.

겁쟁이의 최대 목표는 더이상 겁먹지 않아도 되는 곳으로의 이동이다. 겁먹지 않을 수 있는 유일한 장소는 오직 '도주로 위'이기 때문에, 현재의 도주는 차후의 도주로 이어져야 하고, 차후의 도주는 미지의 도주 가능성으로 이어져야 한다. 오직 도주로 위에서만 겁은 사라진다.

진정성은 은둔기계-겁쟁이의 사상이다. 예수를 부인하고 도망친 자들의 사상, 그러나 예수가 다시 나타났을 때도 다시 도망칠 것이 뻔한, 그런 사람들의 사상이다. 진정성은 열사의 마음이 아니라 슬그머니 달아난 사람들의 마음이다. 죽지 못한, 언제나 죽을 수 없고, 언제나 도망치는 사람들의 마음, 이것이 진정성이다.

역사가 자신을 '비껴가는' 자리를 발견할 것. 흐름을 바라보되, 흐름에 휘말려 쓸려가지 않을 것.

자발적 유배로서의 은둔. 전면적이지 않은, 생활의 특정 부분을 유배시키기. 가령, 글을 쓰는 모든 밤은 작가에게 하나의 유배지다.

게으른 은둔기계의 백일몽. "바뀐 것 하나 없이 모든 것이 달라지기를"(Bresson, 2004: 136).

은둔기계는 변화의 어떤 한 국면을 보편화하지 않는다. 그는 변화의 영속성만을 신뢰한다. 어느 한 시대와 불화하는 것이 아니라 모든 시대와 불화하면서, 그것을 활용한다. 은둔기계에게 모든 시대는 난세亂世다.

은둔기계는 다소 자학적이고 다소 분열적이며 다소 미학적이다. 다소 고결하고, 다소 저열하며, 다소 비판적이고, 다소 무능력하다. 다소간의 존재, 다소간의 힘, 다소간의 소멸, 다소간의 믿음, 다소간의 희망, 다소간의 생명…… 은둔기계는 다소주의자多少主義者다. 그는 다多 쪽으로의 방향과 소少 쪽으로의 방향 사이에서 진동한다. 그가 때로는 다多 쪽으로 때로는 소少 쪽으로 향하는 것은 명확한 기준이 있어서라기보다는 변덕과 변심으로 우왕좌왕하는 것이다. 어느 쪽으로 가더라도 곧 지치고 포기하기 때문에, 다소의 균형상태는 쉽게 파괴되지 않는다.

은둔기계는 세계를 바꾸거나, 계몽하거나, 비판하려는 열정이 없다. 그는 오히려 세계를 두려워한다. 세계 위에 서지 않는다. 그는 세계의 무서운 힘을 잘 알고 있다. 은둔기계는 지사志士가 아니며 선비도 아니고 열사도 아니다. 그는 생존주의자다. 그는 도망치면서라도 인생을 살아갈 수 있음에 감사한다. 생존은 그에게 지상의 가치다. 다만, 그 지상성至上性은 신중하게 은폐되어 있다.

은둔 기질은 유전적 성향에 기인하기도 한다.

은둔은 반골성反骨性의 실천이다. 반골은 자신이 반대해야 하는 대상의 창조에 세심한 정성을 기울인다. 자신이 부정하는 것의 소멸이 반골에게는 가장 두려운 순간이다.

이분법이 무력해지는 곳, 대립하는 두 개념이 충돌하며 번개와 같은 섬광을 내뿜는 중간지점이 최고의 은둔지다. 가령, 사랑과 증오, 자연과 문화, 남성과 여성, 사회와 개인, 물질과 정신, 강함과 약함, 빛과 어둠, 능동과 수동, 행위와 무위, 로컬과 글로벌, 저항과 순응의 중간.

혼자 술을 마시며 생명을 낭비하지 않을 것.

상징적인 것의 덧없는 광휘에 속지 않기.

은둔의 대가大家로서의 바이러스.

가을 햇빛, 뒷산의 오솔길, 산행, 내려오는 길의 막국수와 커피. 이 연결을 실행할 때 은둔기계는 행복하다. 은둔 속에서 우리는 행복의 느낌을 수집한다. 행복을 지각하고, 기록하고, 향유한다. 은둔기계가 추구하는 것은 죄책감이 동반되지 않는 행복을 누리는 것이다.

은둔의 논리. 물러가는 것退, 남는 것殘, 견디는 것忍, 그리고 창조하는 것創.

전진이 아니라 물러남의 방식으로 세계에 참여하는 법. 이것은 세계도피가 아니라, 다른 방식의 세계구성이다.

생의 파괴-가능성의 관리.

물러섬은 다른 주권이 지배하는 곳으로의 이동이다.

은둔기계는 자신의 물러남을 책임진다. 물러난 자들은 대개 모든 것을 비판할 수 있는 자리에 선다는 착각을 하기 쉽다. 이러한 인식은 관객성에 대한 오해에 기인한다. 관객이 된다는 것은 물러남을 통해 무대의 권리를 내려놓는 것이다. 무대는 언제나 객석보다 더 위대하다. 물러나는 것은 무대로부터의 물러남이며, 그리하여 물러난 자는 자신의 하찮아짐을 스스로 책임져야 한다. 이것이 물러남의 윤리다.

잔존殘存의 대표적 기술은 양생술이다. 물러난 자들이 굳건하게 살아가기 위해 필요한 요가, 태극권, 위파사나, 절제와 균형, 금식, 금연, 소박한 생각과 마음, 규칙적 산책, 욕망의 절제, 부드러운 관계. 사물들을 다루고 만지고 익힐 것. 식물이나 동물을 보살필 것. 도가道家나 스토아주의를 21세기로 번역해올 것.

잔殘의 테크닉으로서의 자기-삭감自己-削減. 사소한 불행들, 불행의 전조들, 아픔, 상실, 실패의 작은 에피소드들을 인생의 경고음으로 받아들이고 이를 과장되게 해석하여 스스로를 꾸짖을 것. 자기-삭감은 삶의 스크래치에 비통해하며, 이 비통함을 헛된 욕망에 대한 경고로 활용하는, 호들갑 떠는 자기-보존 전략이다. 주어진 힘을 최대한 삭감하려 노력해라. 삭감의 노력을 해도 결코 힘은 삭감되지 않는다. 그러나 그 노력이 없을 때 힘은 통제할 수 없는 방향으로 흘러간다. 힘을 증대시키려 하지 말고 삭감시켜라. 그때 힘은 응축된다.

응축되지 않은 힘의 분방한 행사는 추악하다.

중력이 더 강하게 작용하는 쪽으로 내려갈 것. 파충류가 될 것. 뱀이 될 것. 뱀이 왜 현명한가? 상승하지 않기 때문이다. 상승의 모든 수단을 스스로 포기했기 때문이다. 날개 달린 것들이 높은 곳을 선회할 때에도 뱀은 표면을 기어서 간다. 날개를 닮은 모든 것을 떼어내고, 추락의 가능성을 원초적으로 제거해버린 뱀의 방식으로, 자기-삭감을 일상화하는 것.

성공의 달콤한 맛, 권력의 기미가 조금이라도 감지되면, 그것을 곧바로 위험의 기호로 읽는 습관을 기를 것. 권력은 상승시키지만, 상승은 추락을 예기한다. 존재가 가벼워질 때마다, 존재는 더 높은 곳으로 치솟아올랐다가 더 강한 힘으로 바닥에 내리꽂혀 더 고통스럽게 부서질 것이다. 수직 상승은 수직 강하로 이어진다.

인忍은 믿음에서 온다. 지금 견디는 불행이 '지나간다'는 것을 믿을 때 견디는 것이 가능하다. 불행이 영원할 것 같고, 더 깊어질 것 같고, 끝나지 않고 회귀할 듯이 보일 때, 견디는 것은 불가능하다. 견디는 대신 우리는 해결책을 찾으러 헤매기 시작한다. 은둔기계는 '믿음'의 인간이다. 그가 믿는 것은 시간이다. 시간은 반드시 모든 것을 지나가게 한다.

밤하늘 높이 쏘아올려져 분열된 채 눈부시게 쏟아져내리고 사라지는 불꽃처럼, 우리는 오직 단 한 차례 세상에서 빛날 수 있다. 그 순간을 과거가 아닌 미래로 끊임없이 밀어내야 한다. 빛날 수 있는 능력을 어둠으로 가릴 수 있는 힘이 인忍이다.

창創의 자리. 은둔이 응축시킨 힘만이 역사의 파괴적 작용을 뚫고 나가게 한다. 사회적 삶에서 이탈하거나, 사회에 잘 적응하지 못한 사람들, 사회적 영광의 일부를 포기한 사람들, 고독에 잠길 수밖에 없는 아픔을 가진 사람들, 헐벗은 사람들, 헐벗음과 싸우면서 은둔하는 사람들만이 귀한 시간을 축적한다. 이 시간을 통해서만 오직 시간의 작용을 이기는 무언가를 탄생시킬 수 있다.

멀리 이동하고 싶다면 오랫동안 은둔해야 한다. 항상 움직이고 준동하는 것들은 곧 지쳐 어딘가에 쉽게 정착하고 만다. 오랫동안, 아주 오랫동안 내부로 응축된 힘(시간)은 어느 순간, 단 한 차례의 도약을 통해, 아주 먼 곳을 향해 분출한다.

“사막에서, 은둔자들에게서, 고독한 존재들로부터, 은거하면서 반복적 토론의 분노와 음향에 빠져들지 않는 자들에게서, 새로운 관념이 옵니다"(Serres & Latour, 1995: 81).

파상력

꿈에서, 오랫동안 만나지 못했던 선배의 부고를 받고 문상을 떠났다. 제주도 혹은 남해 어디인 듯이 보였다. 도착한 곳은 3층 집이었다. 이상하게도 아무도 없다. 3층에서 사람들이 오기를 기다렸다. 너무 일찍 온 것은 아닌가 걱정을 했다. 한참 지나 2층으로 내려가 문을 열었더니, 체육관처럼 방대한 공간에 엄청난 수의 조문객들이 모두 취해 잠들어 있다. 그들 주변에는 맥주병과 소주병이 산처럼 쌓여 있었다. 나는 문상을 포기하고 집을 나섰다. 아름다운 풍경이 펼쳐져 있었다.

세월호 참사가 끝난 지 한참 후에 꾼 꿈인데, 깨어나 생각해보니 2014년 당시 텔레비전에서 보았던 팽목항의 상황과 흡사한 무언가가 저 꿈 속에 있었다. 사고가 TV에 보도되기 시작하던 그날 오후, 문상길로 지방에 내려갔다. 상가에서 육개장을 먹으면서 주위 사람들과 세월호 이야기를 나누었다. 서울에 돌아오는 길에 용산에 내려 함께 문상갔던 지인과 맥주를 마셨었다.

파상破像은 상상과 대립한다. 부재하는 무언가를 현존시키는 것이 상상이라면, 현존하는 것의 공성空性을 직관하거나 체험하는 것이 파상이다. 연인과의 이별 이후, 연애의 모든 추억들은 신기루와 같이 실체성을 상실한다. 유기적으로 연결되어 있던 추억들은 깨지고, 부서지고, 분할되고, 탈-의미화되어 순간적으로 폐허성을 띤다. 이런 파상의 체험 속에서, 연애를 하던 중에는 미처 인지하지 못했던 어떤 장면이나, 말, 목소리가 예리하게 드러난다. 이별의 전조들이 파편의 형상으로 이제야 해독되기 시작한다. 파상은 파괴와 분해, 그리고 무언가의 나타남을 모두 내포한다. 그 대표적 체험은 꿈에서 깨어나는 것이다. 각성의 순간 우리는 과거의 꿈-세계의 파산을 아프게 겪는 동시에 현실을 다르게 지각할 수 있는 힘을 얻는다.

"몇 해 전에, 나는 내가 사서 모은 책을 하룻밤 사이에 화재로 모두 불태워버린 일이 있다. 그때 '종이는 타는 것이다'라는 매우 평범한 말의 뜻을 정말로 알게 되었다는 생각이 들었다. 젊었을 때의 일이었으므로 사서 모은 책은 별로 귀중한 것이 있는 것도 아니었지만, 역시 하나의 충격을 받았던 것이다. 그때 '책은 탄다' '종이는 탄다'라는 어린 아이도 알고 있는 단순 명확한 말의 뜻이 아주 깊숙이 스며들듯이 알게 되었다. 하나의 말을 안다—그러기 위해서 사람은 여러 가지 희생과 낭비와 경험을 필요로 하는 것 같다. 붓다는 '인생은 괴로움이다'라고 말씀하셨지만, 이 말씀의 깊은 뜻을 정말로 알기 위해서는 얼마만큼의 인생 경험이 필요할까?"(오다 규기, 1983: 23－4)

앎의 영역에서 파상은 축적이 아니라 파괴다. 알고 있는 것들의 집적물이 아니라, 앎이 깨질 때 발생하는 섬광이다. 파상력이 생산하는 지식은 풍요롭거나 체계적이라기보다는 파편적이고 발작적이다.

상상은 미래를 생산한다. 상상 속에서 현실은 비현실irréel을 품어 탄력성을 띠고, 차이를 지어낼 수 있는 상태로 변화한다. 그러나 파상은 현실에 이처럼 기생하는 다른 현실들을 정지시킨다.

상상되지 않은 희망을 포착할 것.

'지금 나는 꿈꾸고 있다'라는 문장의 불가능성. 꿈은 이미 꾸었거나, 앞으로 꾸어야 할 무엇이다. 즉, 과거 혹은 미래다. 꿈꾸는 자에게는 '지금'이 박탈되어 있다. 발레리는 이렇게 지적한다. "꿈은 오직 그것이 부재할 때만 관찰되는 현상이다. '꿈꾼다'는 동사에는 현재시제가 거의 없다"(Valéry, 1996: 414).

일상은 꿈이다. 깨어나기 전에는 그 몽상성이 인지되지 않는다. 역사적 국면들도 꿈이다. 다른 국면으로 전환되기 전에는 그 몽상성이 인지되지 않는다. 깨어남은 언제나 폭력이고 파괴다. 잠들어 있을 때 우리는 모든 힘을 다해 깨어나지 않으려고 한다. 온 힘을 다해 죽지 않으려 하듯이.

기쁨은 대상을 부드러운 기름으로 두르고 그것을 하나의 흠 없는 전체로 만들어준다. 기쁨 속에서 세계는 기름 부어져 있다. 기쁨은 세계를 번지르르하게 만든다. 당신의 기쁨 속에서 드러나는 얼굴들의 윤기와 활력을 생각해보라. 그러나 공포 속에서, 불안 속에서, 절망 속에서 우리는 모든 기름기가 빠진 채, 생명의 빛나고 능글거리는 유막이 제거된 채, 사물이 사악하고 섬뜩하게 드러내는 죽음 쪽의 피부를 목격한다. 그 얼굴은 생경하고 분석적이다. 죽음은 부정성이 아니라 생산이다. 죽음 근처에서 싱싱한 인식이 생산된다.

"당신이 좋아하지만 지금 눈앞에 없는 물건이나 사람을 생각할 때에는 반드시 그 물건이 파괴되었고, 그 사람이 죽었다고 상상해야 한다"(Weil, 1988: 60).

파상은 자기-비움의 체험이다. 인간에게 케노시스는 사랑 혹은 파국 속에서만 가능하다. 양자 모두 의도, 기획, 노력, 의지를 벗어난다.

"실재 앞에서, 상상력의 매개적 작업이란 도대체 무엇이란

말인가?"(Bresson, 2004: 137)

어떤 것도 번뇌를 녹이지 못한다. 오직 번뇌만이 번뇌를 대체한다. 번뇌는 단일한 덩어리가 아니라, 쪼개지고 배반하면서 차이를 생산하는 생물이다. 자기를 자기와 다른 것으로 만들 수 있는 능력이 번뇌에 내재되어 있다. 번뇌는 분열적이다. 분열적인 한에서, 어떤 번뇌도 총체적이지 않다. 번뇌는 자기에게 고유한 발현시간과 관계의 각도를 갖는다. 지금 나타나는 번뇌는, 다른 시간과 각도에서는 결코 다시 같은 양상으로 출현하지 않는다. 아무리 큰 괴로움을 야기하는 번뇌라 해도 미묘한 조건이 충족되지 않으면 작용하지 않는다. 번뇌에 익숙해지면 익숙해질수록, 번뇌를 다루는 법을 알아갈수록, 우리는 번뇌의 분열성에 안심하고, 번뇌를 생산적으로 활용하는 법을 깨우친다. 죽음의 공포와 같은 것은 가령 치과 수술을 앞두고 무상하게 일어나는 더 사소한 번뇌로 쉽게 대체될 수 있다.

정작 인생은 괴롭다기보다는 의미심장하다.

고통의 관점에서 보면 우리는 평등하다. 하지만 과연 고통은 비교될 수 있는가?

파상은 생산이다. 파상을 통해 새로운 것이 도래할 시간이 생성되고, 그 시간을 살아갈 주체성이 생성된다.

세파를 겪지 않으면 알 수 없는 것들이 많이 있다. 세파의 쓰라리고 달콤한 맛.

파상의 핵심에는 세계의 가상성假像性과 주체의 가상성의 동시적 파괴가 있다. 파상은 단순한 환멸이나 실망이 아니다. 그것은 환멸이나 실망을 통한 자아의 변형이다. 자유주의적, 휴머니즘적, 실체론적 주체의 파괴적 변형.

연구의 핵심에는 파상이 있다.

파상력이 '힘'이라면 그것은 어떤 의미에서 힘인가? 이 힘은 무엇을 하는 힘인가?

파상력은 힘으로 표상되지 않은, 아직 힘으로 인지되거나, 힘으로 확인되지 않은 그런 방식으로 존재하고 작용하는 힘이다. 파상은 행위가 아니라 감수이기 때문이다. 원한다고 자신을 지배하던 우상들을 파괴할 수 없다. 파괴는 욕망의 산물이 아니라 체험의 조건이다. 파괴는 일어난다. 닥쳐온다. 발생한 파상을 겪어낼 수 있는 힘, 외면하지 않고, 부인하지 않고,

다른 허구를 또 지어내어 리얼리티를 은폐하지 않고 그것을 겪어낼 수 있는 힘, 그리고 이를 통해 자아를 제한하고, 삭감하고, 변형시킬 수 있는 힘. 페이션시patiency.

파상은 부분적으로 성찰reflexion이며, 부분적으로 회절diffraction이다. 파상 속에서 주체는 결코 보지 못했던 자신의 이미지와 대면한다. 대개 그것은 괴물이다. 자신의 괴물성이 베일을 벗고 나타난다. 이런 점에서 파상은 도덕적 반성이 아니다. 도덕적 반성을 통해서는 결코 자기라는 괴물에 이르지 못하기 때문이다. 다른 한편, 파상은 자아가 쪼개진 채 여러 차이들로 파동쳐 나아가는 체험을 생산한다. 자아는 회절격자를 통과한 빛처럼 휘어지고 퍼진다. 원래 자아라 생각했던 그 통일된 빛줄기는 갈라지면서 다시 통합되지 않을 차이의 흔적들로 분열된다. 내가 아닌 복수의 자아들이 파상을 통해 회절적으로 생산된다.

파상 이후, 우리는 은둔기계가 된다. 지난 시절의 꿈이 붕괴한 자리에서 우리는 흩어진 채 다시 천천히 작동하며 은신처를 만들어간다.

> "검은 밤은 내게 검은 눈동자를 주었지만
> 나는 그것으로 광명을 찾는다"(구청, 2013 : 311).

자기-비움

기독교를 믿지 않는 나에게도 예수의 언어는 언제나 가슴에 와서 꽂힌다.

예수는 모든 무시를 체험했다. 제자들의 인정은 취약한 것이었다. 제자들과 예수 사이에는 오해와 긴장이 사라지지 않는다. 그들은 예수가 말하는 '하느님 나라'를 거의 이해하지 못하는 모습을 보인다. 오직 마르코의 다락방에서 성령이 내린 이후에 비로소 예수를 따른다. 다만, 그것이 예수에 대한 올바른 이해의 결과였는지는 알 수 없다.

그는 조롱당했고, 맞았고, 처형되었다. 십자가의 모든 과정을 거치면서, 무시를 무시로 갚는 대신 그냥 감당해냈다. 아무에게도 저주나 원망이나 혐오의 감정을 품지 않았다. 블랙홀처럼 잔혹과 부정의를 흡수했다. 율법적 계산, 도덕적 계산, 정치적 계산을 무산시켰다. 폭력에서 폭력으로 가는 '공정한' 세상의 법칙이 십자가형을 통해 교란된다. 여기에 신성이 있다. 이렇게 할 수 있는 인간은 없다.

서남동이 말하는 한恨과 단斷의 변증법. 한으로 응축된 민중의 고통을 반복하지 않고 끊어낸 자리로서의 십자가(서남동, 2018: 105).

예수가 짊어진 십자가의 무서움은, 그것이 동족에게 버림받는 자리, 로마제국의 법이나 제자들에 의해 버림받는 자리가 아닌, 신에게 버림받는 자리라는 사실에 있다. 짧은 공생애 동안 행한 모든 가르침, 행적, 고뇌가 실패하는 자리. 깜깜한 어둠, 응답의 부재, 완벽한 절망의 자리가 십자가다. 어떤 희망도 싹틀 수 없는 도저한 '버림받음dereliction'.

십자가는 악몽이다. 평온을 주지 않는다. 겟세마네 동산에서 피땀을 흘리며 기도했던 예수의 희망은 쓴잔을 마시고 싶지 않다는 것이었다. 아버지가 원한다면 어쩔 수 없으나, 그 잔을 거두어주소서. 그 잔은 거두어지지 않았다. 예수는 자신의 잔을 마셨다. 기적은 없었다. 십자가에 매달린 예수는 위안을 주지 않는다. 십자가를 상징으로 하는 종교는 희망의 부재와 대면하게 한다. 죽음마저 죽어버린 장소에서 삶을 사고해야 하는, 불가능성의 무게를 짊어지운다.

십자가형은 정치범의 인격을 철저하게 파괴하기 위해 로마제국이 시행하던 참형이다. 대개 질식으로 죽고 시체마저 짐승의 먹이가 되는 그 오욕의 길에서 예수는 아무것도 하지 않았다. 능동도 아니고 수동도 아닌 이상한 길을 걸었다. 십자가는 주체를 지워간다. '나는 행한다'의 주어도 '나는 겪는다'의 주어도 희미해진다. 허공에 매달려 간신히 숨쉬는 것은 인격체가 아니라, 인간성이 파괴되며 드러나는 순수한 '살肉'이다. 피범벅된 살. 행위와 수난이 모두 불가능한 '살'의 물질적 현존. 이것은 문자 그대로 '살이 된 말씀'이다.

안병무의 해석에 의하면, 요한복음의 '살'은 희랍어로 '소마soma', 즉 상징화되고 성화聖化될 수 있는 신체가 아니라 '사륵스sarks', 즉 천하고 더러워 경멸의 대상이 되는 살덩어리를 가리킨다. 고름이 나오고, 곪고, 썩고, 냄새나고, 체액에 범벅이 된 바로 그 육괴肉塊다. 신이 그 살덩어리로 변화했다는 것, 로고스가 그 살이 되었다는 것은 하나의 스캔들인 것이다(안병무, 1993: 298-309).

살이 된다는 것은, 세계에 물질적으로 열린다는 것을 의미한다. 살의 자격으로 세계에 열려, 세계의 힘들을 받아들이지 않을 수 없다는 것이다. 피부 아래 숨어 있는 파괴할 수 없는 자기自己가 광막한 비-자기非-自己에 개방된다는 것이다. 살은 악취를 풍기고 땀 흘리고 피 흘리고 괴사한다. 메시아가 육적 해체에 노출되어버렸다. 십자가는 부활을 예정하거나 예언하는 자리가 아니다. 십자가는 삶의 대척, 부활-불가능성의 자리다. 십자가를 진다는 것은 부활-불가능성을 감당한다는 것을 의미한다. 기적을 붙잡지 않고, 회생 가능성을 포기하는 것이다. 기독교 윤리의 특이성은 십자가와 부활 사이에 존재하는 이 절대적 거리가 한 인간에 의해 가로질러졌다는 사실의 선포에 있다.

기독교의 믿음은 전지전능한 신에 대한 믿음이 아니다. 물리적 기적에 대한 믿음이 아니다. 권력, 권능, 섭리에 대한 믿음이 아니다. 황야에서 유혹받는 예수가 거부한 그것들은 기독교 영성이 거부해야 하는 것들이다. 빵, 기적, 권력 같은 것들. 기독교적 믿음은, 십자가로부터 새로운 생명이 시작된다는, 믿을 수 없는 사태에 대한 믿음이다. 그것은 한 사내가 십자가를 감당했다는 사실에 대한 믿음, 그 사건의 (내 안에서의) 반복 가능성에 대한 믿음이다. 부활은 그래서 영원히 '사유할 수 없는 것'으로 남는 것이며, 그렇게 남아야 한다.

십자가에서 예수는 무엇을 했는가? 빌립보서의 바울은 명시한다. 자기를 비웠다.

"그는 근본 하나님의 본체시나 하나님과 동등됨을 취할 것으로 여기지 아니하시고 오히려 자기를 비워 종의 형체를 가지사 사람들과 같이 되셨고 사람의 모양으로 나타나사 자기를 낮추시고 죽기까지 복종하셨으니 곧 십자가에 죽으심이라"(빌립보 2:6-8).

비운다는 말은 그리스어 동사 '케노오kenoo'이며, 영어로 'emptying' 혹은 'making empty'로 번역된다. 그리스어 케노시스kenosis는 한자로 '자기-비허卑虛', 한글로는 대개 '자기-비움'으로 번역된다.

예수는 십자가 위에서 완전히 자신을 비운다. 십자가 영성의 심오함은 예수의 케노시스가 신의 케노시스를 요청한다는 점에 있다. 신은 예수를 구제하지 않았다. 구할 '수 있음'으로부터 철수했다. 십자가형을 당하는 예수 속에서 신도 자기를 비웠다. 자신의 전지전능으로부터 물러났다. 이 자기-제한self-limitation은 신이 감당했어야 하는 그 자신의 십자가다. 예수는 헐벗었지만, 그보다 더 헐벗었던 것은 그의 아버지였다. 자식이 죽어가는 십자가를 무력하게 바라본다는 것보다 더 큰 헐벗음은 없기 때문이다. 파괴되는 독생자를 지켜보면서 그 어쩔 수 없음을 견뎌낸다는 것.

죽어가는 아들을 바라보는 것이 가능한 일일까?

불가능한 일이다. 죽어가는 아들을 바라보는 순간, 우리는 곧바로 죽어가는 아들이 '될' 것이다. 그가 못박히면 내가 대신 못박히고, 그가 찔리면 내가 대신 찔릴 것이다. 그가 숨쉬지 못하면, 내가 숨쉬지 않을 것이다. 내가 십자가를 지고, 내가 부서질 것이다. 바라보고 있을 수 없다. 말하자면, 숨져가는 예수는 동시에 숨져가는 그의 아버지다. 아버지는 온전히 아들 속에 머문다. 그것이 아버지의 운명이다. 삼위일체는 신학적 개념이지만, 비기독교인인 나는 이것을 생물학적으로 받아들인다. 생명을 가지고, 생명을 이어가게끔 살아가는 것들이 아버지와 아들과 숨pneuma이 하나임을 이해하지 못할 수 없다.

"아들이 십자가에서 하나님에게 버림받고 죽었다면, 아버지 하나님도 아들에게서 버림받은 고통을 친히 겪었다. 비록 서로 다른 방법으로나마 둘 다 고통을 경험한다. 그리스도는 죽음의 고통을 경험하고, 하나님은 그 아들의 죽음의 고통을 경험한다. 그래서 그리스도의 수난은 하나님 자신에게도 파급되며, 하나님의 수난이 된다. (…) '나를 보았으면 곧 아버지를 본 것이다'(요한복음 14: 9). 그리스도가 하나님에게 버림받은 상황에서 하나님은 자신 밖으로 나오며, (…) 그의 하늘을 버리고 친히 그리스도 안에 머문다"(몰트만, 2016: 52-3).

신은, 구타당하고 상처를 입은 채 숨막혀 질식한 아들의 시신을 끌어안고 그와 함께 있다. 기독교의 신은 하늘에 있지 않다. 모든 것을 주재하는 추상적 원리도 아니다. 일반적인 의미에서 전능하지 않다. 그는 십자가에 매달린 아들 속에 있다.

신이 있는 자리는 십자가다. 신이 있어야 할 자리(하늘)의 가장 먼 대척(바닥)으로 이동하여 신과 가장 먼 존재가 되었다. 십자가 위에서 신은 신성함의 대척, 성스러움의 대척, 초월의 대척, 구원의 대척으로 찢겨나갔다. 마치 이 세계의 창조를 위하여, 편재와 전능을 스스로 제한했듯이. 세계에 존재를 부여하고, 공간을 부여하고, 시간을 부여하고, 역사를 부여하고, 자유를 부여하기 위해 '비가시성' 속으로 숨어야 했듯이. 신성 자체의 내적 찢김을 그 자체로 믿는 것. 존재하지 않는, 대답하지 않는, 한 번도 응답한 적 없는 그 신이 부재하는 이 세계 전체가 신이라는 사실을 아는 것.

"신이 완전히 사라진 이 세계가 신이다"(Weil, 1988: 182).

죽어가는 아들을 바라보는 신, 그 아들과 함께 죽어가는 신의 모습은 '종교'라는 단어를 그 근본의 자리에서 다시 생각하게 한다. 이것은 교회의 문제가 아니라 삶의 문제다. 사제와 교리와 의례의 문제가 아니라, 살아가는 것 그 자체의 문제다.

2014년 4월 세월호. 우리는 텔레비전을 통하여 며칠 동안 뒤집힌 배에서 아이들이 숨져가는 것을 바라보았다. 어른으로서, 선생으로서, 부모로서, 친구로서, 시민으로서 우리는 그 모습을 무력하게 바라보았다. 바라볼 수 없었다. 바라보지 못했기 때문에, 우리는 그 아이들이 되었다. 우리는 그때 그 아이들과 같이 죽었다. 세월호 참사에서 아이들을 잃은 부모들의 자리, 거기가 십자가다.

교회에 가두어놓을 수 없는, 기독교라는 이름에 갇히지 않는 영성.

신적인 것의 완벽한 사라짐(십자가)과 대면한 인간은 무엇을 할 수 있는가?

"오순절 날이 이미 이르매 그들이 다 같이 한곳에 모였더니 홀연히 하늘로부터 급하고 강한 바람 같은 소리가 있어 그들이 앉은 온 집에 가득하며 마치 불의 혀처럼 갈라지는 것들이 그들에게 보여 각 사람 위에 하나씩 임하여 있더니 그들이 다 성령의 충만함을 받고 성령이 말하게 하심을 따라 다른 언어들로 말하기를 시작하니라"(사도행전 2: 1-4).

사도행전Acts보다 더 인상적으로 '행위의 창조성'을 보여준 텍스트는 흔하지 않다. 사도행전은 '인간→주체'로의 변신의 가장 극적인 장면을 기록한다. 거기에는 영성적 변화뿐 아니라, 혁명적 사회변동이 서사되어 있다.

'인간은 변할 수 있다'는 증언.

누가의 기록에 의하면, 성령이 120명 제자들에게 내려오자, 복음의 선포와 회개가 일어나며, 군중에게 능욕을 당하는데도 제자들은 이를 기뻐하기 시작한다. 스데반이 돌에 맞아 순교하고, 사울은 다마스커스 도정에서 회심하여 바울로 개명하고 선교여행을 시작한다. 베드로와 빌립도 고초를 겪고 위기를 넘기며 복음을 전한다. 곳곳에 공동체와 교회가 만들어진다.

사도행전의 주체들은 공자의 제자들처럼 시종일관 인간성의 틀 안에서 인간성의 최대치를 지향하는 존재들이 아니며, 불교의 '보살'처럼 초월적 세계로 이미 건너갔지만, 최후의 중생까지 제도하겠다는 의지를 가지고 내재에 머무는 존재도 아니다. 오랜 배움을 통한 인성의 변화, 긴 수련과정, 혹은 지혜에 대한 사랑, 이성의 계발을 거쳐 인간이 성숙해가는 이야기들은 많이 있지만, 어느 날 갑자기 느닷없이, 겁쟁이이며 확신도 없고 용기도 없던 자들이, 한꺼번에 집합적으로 참혹한 죽음을 마다하지 않는 '주체'로 전환되는 이야기는 매우 드물다.

사도행전의 모든 극적 순간에 '성령'의 작용이 있다. 그것은 하나의 '힘'이다. 기왕의 인간의 인간성을 비워내고, 그 텅 빔을 움직여 예수의 가르침을 실천하는 자로 변화되어 살아 가게 하는 힘이 바로 성령이다.

히브리어로 성령은 '루아흐ruah'이며, 숨결, 바람, 공기 등을 의미한다(Neher, 1983: 90). 이는 희랍어로 '프네우마pneuma', 라틴어로 '스피리투스spiritus'로 번역된다. 우리말로는 '영靈'이라 불린다. 독일어 '가이스트Geist', 불어의 '에스프리esprit', 영어의 '스피릿spirit'이 그 번역어다.

가령, 말년의 푸코가 '주체의 계보학'을 탐구하면서 왜 헬레니즘 문화에 내재하는 '자기의 테크닉'에 집중하고 사도행전에 주의를 기울이지 않았을까? 푸코는 주체의 문제를 너무 '장치'의 관점에서 접근한 것은 아닐까? 돌려 말해서, 그에게는 '사건을 통한 주체화'라는 시각이 결여되어 있던 것은 아닐까?

사도행전이 보여주는 주체화는 내성內省이나 자기절제, 교육을 통한 점진적인 변화가 아니다. 그것은 바람처럼, 알 수 없는 곳에서 불어와 알 수 없는 방식으로 예기치 못한 결과를 산출하는 성령 사건을 통해서 이루어진다. 장치가 아니라 사건이다. 성령이 홀연 불어닥친 곳에서, 인간은 기왕의 지배구조에 저항하며, 새로움을 욕망하고, 예기치 못한 사물과 인간과의 동맹을 통해 새로운 세력을 형성하는 혁명적 행위자로 탈바꿈한다. 성령은 인간에게 작용하는 정동affect이다.

바람 혹은 소용돌이. 모든 것을 휩쓸어가는 바이러스적 전염상태(가브리엘 타르드의 모방개념).

바람이 불어오는 것, 돌풍과 같이 길을 트고, 장애물을 날려버리고, 막힌 소통의 벽을 허물고, 더 큰 공동체의 단위 속으로 작은 정체들이 부서져 들어가는 것.

인간-성령-십자가로 연결되는 행위자 네트워크, 혹은 아상블라주assemblage.

"아상블라주란 무엇인가? 그것은 수많은 이종적 조건으로 구성되는 다양체로서 나이, 성, 계règne와 같은 다양한 특성들을 가로질러 그들 간의 연결, 관계를 수립한다. 그래서 그 유일한 단위는 그 공통 기능에 있다. 아상블라주는 공생이고, 공감이다. 그것은 혈연관계가 아니라 동맹과 합금이며, 세습이나 혈통이 아니라 전염, 유행병, 바람이다"(Deleuze & Parnet, 1996: 84).

케노시스. 사도행전의 사도들은 자기 선생의 박해를 피해

비겁하게 달아났다가, 그의 부활 소식을 듣고 다시 모인 오순절, 마가의 다락방에서 성령의 작용하에 '기독교인'으로 변신한다. 선생이 겪은 십자가형을 반복한다. 즉, 멸시를 감내하고 믿음을 증거하고, 순교한다. 사도행전의 주체 또한 자기-비움의 주체다. 이들은 타고난 종족적 정체성을 비워낸다. 그리고 목숨을 걸고 말하기 시작한다. 목숨을 건 말은 행위다. 자기-비움 속에서 말과 행위가 동등해진다.

신도 자기를 비우고, 예수도 자기를 비우고, 인간도 자기를 비운다. 그 비워진 자리에 무엇이 남아 있는가?

은둔지에서

흐름만이 있다. 끊어진 것은 끊어진 흔적을 남긴 채 이어진다.

여름에는 도교를 몽상하고, 일렉트릭 하우스를 듣고, 아이스크림을 먹는다. 구릿빛 피부들 아래 지친 채 작동하는 생명의 기계성에 감탄한다. 여름의 욕망은 상쾌하다. 과열된 뇌파, 밤의 개방성, 광폭한 빗줄기, 웃음을 촉발하는 열기. 돗자리에 누워 왕양명을 읽는다. 돗자리에 누워 누군가 흘리고 간 과자 부스러기를 주워 먹는다. 개미처럼, 먹이에만 집중한다.

매미들이 고막을 찢을 듯 울어대다가 갑자기 울음을 멈춘 짧은 순간, 굉음의 여운 속으로 환각 같은 고요가 찾아든다.

어릴 적 할머니와 다슬기를 잡던 시냇가의 기억. 밤과 낮은 뭉개져 번져 있고, 냇물은 멈춰 흐르지 않으며, 나는 왠지 슬프고, 할머니는 얼굴이 없다.

마음속 깊이 접혀 있던 풍경들이 가끔, 공작의 꼬리처럼 찬란하게 펼쳐질 때.

햇빛 아래 눈을 감고 있으면, 저 멀리 태양이 이글거리며 불타는 소리가 들린다.

어릴 적 풀에 베어 피가 나던, 쓰라린 손바닥.

꿈속의 풍경, 인물, 사물은 모두 '나'에 감염되어 있다.

혼란한 꿈속에서 '나'는 나이도 없고, 소속도 없고, 기억도 없고, 시간도 없고, 의도나 목적도 없는, 흐리멍덩한 살의 덩어리에 박힌 안구, 불특정한 시계視界, 육화된 카메라. 혹은 진화한 로봇이다.

혼란한 꿈속에서 '나'는 명증하고 단단한 한 혼돈으로부터 또다른 혼돈으로, 마치 복사기를 통해 복제되는 이미지처럼, 끝없이 이월되어간다. '나'와 '나'의 또다른 가능성 사이에는 어떤 매개물도, 친근함도, 서운함도 없다.

창문 밖 저멀리, 포플러나무 한 그루가 바람에 수런대고 있다. 물결처럼 일렁인다. 창문 밖으로 내 시선이 빠져나가 나무와 바람과 뒤엉켜 있다. 기쁨이 솟아난다.

아름다움에는 두 극단이 있다. 한쪽 끝에는 생명의 활력과 분방함의 아름다움. 그리고, 다른 쪽 끝에는 생명의 위축이 야기한 강직상태의 아름다움.

내리는 눈송이들은 이 세상에 떨어져 익사하는 영혼들 같다.

중독은 반복에 대한 사랑이다.

모든 것은 결정되어 있다. 내가 언제 어디에서 어떻게 죽을지도, 당신이 언제 어디에서 어떻게 죽을지도, 지구가 어떻게 종말을 맞이할지도 결정되어 있다. 결정되어 있지 않은 것은 없다. 모든 것은 결정되어 있다. 그러나 '모든 것이 결정되어 있다'는 사실은 별다른 의미를 갖고 있지 않다.

산에 오르다보면 작은 나무, 큰 나무, 새, 곤충, 뱀, 고양이, 청솔모, 다람쥐를 만난다. 나무들이 무질서하게 자란 숲은 항상 호기심을 불러일으킨다. 수렵채집하던 구석기인의 눈빛. 자연 속의 탐정.

몇 년 전, 뒷산에서 황금색 두꺼비를 보았다. 길을 가로막고 있다가 기척을 느꼈는지 숲으로 어기적거리며 들어갔다. 최근에 똑같이 생긴 두꺼비를 같은 곳에서 다시 만났다. 이번에도 길을 가로막고 있다가 어기적거리며 풀숲으로 기어들어 사라졌다.

좁고 얕은 곳을 빠르게 흘러가는 시냇물보다 더 명랑한 것은 세상에 없다.

사라졌는데 아직 없어지지는 않은 것들.

산책할 때, 발바닥으로부터 느껴지는 풍경의 느릿느릿한 이동. 조금씩, 걸음 속에서, 세계는 내 뒤로 움직여간다. 발바닥으로 밀어낸 대지가 뒤로 이동한다. 걸음으로 지구를 움직인다는 착각, 누구에게도 해가 되지 않는 은밀한 과대망상.

산천의 풍경을 관조할 때 우리가 느끼는 아름다움은, 풍경을 구성하는 물질들이 겪어야 했을 격렬한 지질학적 격변의 역설적 효과다. 기암괴석은 용암의 분출이 강력했음을 암시하며, 화려하고 역동적인 산세는 땅이 뒤틀려 융기하던 강도를 드러낸다. 절경絶景은 지옥 같은 지각변동의 현장이었을 것이다.

부패하지 않은 채 쌓인 낙엽들.

"그림자는 빛만큼이나 중요하다"—제인 에어.

피의 빨간색과 태양의 빨간색, 그리고 휘귀의 빨간색은 다르다. 색은 그 빛을 반사해내는 물체와 분리되지 않는다. 빨강

그 자체, 순수한 빨간색 같은 것은 없다. 오직 충혈된 눈의 빨강이 있고, 노을의 빨강이 있고, 립스틱의 빨강이 있고, 신호등의 빨강이 있고, 깃발의 빨강이 있을 뿐이다.

벼락이 지면을 때리면서 수직적 길을 보여주는데, 그 길을 통해서는 아무도, 아무 곳으로도 갈 수 없다.

어렸을 때 동네에서 자주 보던 허름한 공사장의 모래산. 더 높이 올라가지 못한 채 계속 흘러내리면서도 형체를 유지하는 그런 모래산.

꽃들의 느리고 화려한 폭발.

환생의 관념에 의하면, 우리는 이 세계를 떠날 수 없다. 우리는 항상 산다. 생은 영원하다. 영생은 주어져 있다. 휴식은 불가능하다. 생활의 노역과 결별하는 것도 불가능하다. 이별한 것들과 또 만나며, 서로를 알아보지 못한 채, 또 떠들고 사랑하고 헤어진다.

오래 살아남는 것들은 단순하고 추상적이다. 이들은 생명력을 낭비하지 않으며, 대개 쉬거나, 잠자거나, 심지어 죽어 있다. 바이러스처럼.

땅에 밀착하여 부드럽게 움직이는 뱀의 모습은 이상적인 사냥꾼을 연상시킨다. 그러나 상처를 입은 채 꿈틀거리는 뱀은, 우리가 처절하게 괴로워할 때의 영혼의 모습을 드러낸다. 뱀은 우리가 무언가를 포획하기 위해 은밀히 계산할 때의 모습과 깊은 상처를 입어 파괴되어가는 모습 모두를 극단적으로 형상화한다. 뱀. 선線이 되어버린 동물.

영혼은 자아의 종말론적 상태에서의 나타남이다.

생각은 끊임없이 밀려온다. 단속적으로, 불규칙적으로, 파도처럼. 생각은 좀비와 같다. 망상, 환상, 상상, 욕망. 우리의 의식과 신체는 많은 경우 생각의 주어가 아니라, 생각들이 몰려가는 지점 혹은 생각들이 서로 만나기 위해 사용되는 교차로다.

군 생활을 하던 시절 동료들과 자주 가던 막걸릿집이 있었다.

다시 돌아갈 수 없을 만큼 많이 와서 되돌아보는 인생의 다리. 내가 왜 이 다리를 건너가게 되었는지를 망각했다는 사실에 놀란다. 이쯤 되면 삶은 여행도, 모험도, 방랑도 아니다. 심연 아래에 드리워진 좁은 다리를 걸어가야 하는 아슬아슬한 전진. 죽음과 탄생 사이의 중간지점, 심연과의 수직적 각도.

가끔 영화를 볼 때, 소설을 읽을 때, 산책할 때 삶의 비밀스러운 영역에 가까이 다가서는 듯한 기분이 들 때가 있다.

개미들이 소리를 내는 곤충이었다면 세상이 얼마나 시끄러웠을까?

노인의 모습에서 불현듯 내 미래를 엿볼 때. 가령 정류장에서 빠르게 출발하는 버스를 타려고 허둥지둥하는 이의 모습.

산책은 걸음으로 선을 긋는 행위다. 바라보는 것은 눈으로 선을 긋는 것이며, 생각하는 것은 알 수 없는 어딘가에서 알 수 없는 어딘가에 선을 긋는 것이다. 세계는 선들로 구성되어 있다.

우리는 모든 것을 그냥 한다. 그러나 사실 우리가 그냥 하는 것은 아무것도 없다.

강북을 산책하다가 매력적인 거리에 접어들었다. 가본 적 없는 거리를 걷는 일은 언제나 즐겁다. 한국 도시를, 외국 도시를 여행할 때처럼 산책하기. 혹은 모국어로 쓸 때, 외국어로 쓰는 것처럼 (괴로워하면서, 사전을 찾아가며, 문법적 확신이 없는 상태로) 쓰기.

가까이 있었지만 잘 알아보지 못했던 골목길로 걸어들어갈 때의 설렘.

강북에서 회의가 있는 날은, 일을 마치고 오랫동안 거리를 걷는다. 예전에 눈에 거슬리던 전신주 전선들의 엉킴도 이제 제법 독특한 풍경으로 느껴진다. 이유가 무엇일까?

천장이 낮은, 백열등이 켜진 작은 부티크들이 있는, 지방 소도시의 밤거리.

도쿄의 저녁, 아롱거리며 밝혀오는 선술집들.

형광등은 밤의 미묘하고 창조적인 무언가를 압살한다. 그 불빛 아래에서는 결코 할 수 없는 생각들이 있다.

1980년대 중반. 5월의 거리. 토요일 수업을 마치고 가로수 그림자를 밟으며 봄날의 눈부심을 뚫고 친구들과 어깨를 걸고 한껏 들떠 걸어갈 때의 그 해방감과 불안감.

어딘가로 발사되기 직전의 탄환처럼 차갑고 뜨겁던 심장.

언젠가 어느 날, 모든 생의 흔적들이, 모든 생의 영상과 풍경들이, 햇빛 아래 눈이 녹듯이 완벽히 사라지기를.

우리가 겪은 삶의 체험들은 타인들과 나눌 수 없고, 그들에게 보여줄 수 없으며, 오직 사적 기억에 응결된 채 남아 있다. 우리가 죽고 나면, 모든 이야기는 완벽하게 소멸할 것이다. 그 수많은 오후, 저녁, 대화, 웃음의 영상들은 다 어디로 가는가?

눈꺼풀이 단두대의 칼날처럼 풍경을 자르며 깜박인다.

어떤 것도 헛되지 않기를 바라는 마음.

고등학교 시절, 교실 청소를 하면서 급우들과 함께 들국화의 노래를 고래고래 불렀다.

과거가 간혹 더할 나위 없이 애틋한 것으로 여겨지는 것은, 과거를 누구와도 나눌 수 없다는 사실, 즉 소통-불가능성의 대가다. 누구에게도 연결되지 못하고, 다른 누구의 의식 속에서 재생되지 못하고, 어떤 형식으로도 부활하지 못할 절대적 유일성이 지배하는 안타까운 삶의 체험들에 사후적으로 주어지는 미학적 보상이 애틋함이다. 오랜 세월이 흘러 향수의 아우라를 두른 채 되돌아오지 않는다면, 지금 눈앞에 전개되어가는 이 리얼리티의 본질적 덧없음을 누가 견뎌낼 수 있을 것인가?

삶의 매 순간은 회복할 수 없는 낭비, 누수漏水, 과오, 실수의 반복이다.

"내가 사라지고 없을 때의 모습 그대로의 풍경을 볼 것"(베유, 2008: 75).

땅에 엎드린 채 죽어있는 벌을 보았다. 평화로운 모습이었다.

꿈에, 사람들이 방에 들어와 집기들을 압수해가고 있다. '대대적 단속'이 있다고 한다. 컴퓨터에 방대한 분량의 학위논문 파일이 들어 있다. 단속 나온 직원에게 다른 것은 가져가더라도 저 파일만은 돌려달라고 외친다. 그는 무표정한 얼굴로 그럴 수 없다고 말한다. 나는 직원들과 몸싸움을 벌이지만, 무력하게 제압당한다.

가끔, 구토로 육체의 순수성을 회복한다.

폭풍이 몰아치기 전, 사람들은 기상예보를 접하고 이제 곧 밀어닥칠 바람을 기다린다. 관능적이고 종말론적인 분위기가 거리를 메우고 있다. 검은색과 보라색 사이를 움직이는 어둠은, 대기와 심리를 하나의 세계로 연결하면서, 모든 것을 단일한 차원으로 뒤섞는다.

사람들은 각자의 막膜 속에 산다. 보이지 않는 캡슐이 사람들을 두르고 있다. 사람들은 자신의 막을 유지하고, 그것이 파손되지 않도록 최선을 다한다. 악수할 때, 손의 막은 다른 손의 막을 더듬는다. 키스나 성교 속에서 한 인간의 막은 다른 인간의 막과 가장 가깝게 밀착한다. 하지만, 막은 찢어지지 않는다. 우리는 우리 자신의 막에 갇혀 있다. 간혹 두 개의 막 사이에 전기 자극이 발생하는 경우가 있다. 오해, 증오, 불신, 혐오, 경멸이 오갈 때, 불쾌하고 자극적인 스파크가 일어난다. 막과 막 사이에는 무수한 것들이 흘러다닌다. 그런데 이 흐름은 아무에게도 인지되지 않는다.

의미는 언제나 의미 없는 것들과 뒤섞여 있다. 의미와 무의미가 분리되는 것은 불행을 통해서다.

선線이 아니라 면面을 말하는 것은 솔직하지 않거나, 망상적이거나, 종교적이거나, 독단적이다. 세계를 동질적인 면으로 상정하고, 그 위에 흩어진 것들의 동일성, 차이, 혹은 관계를 말하는 것. 면의 상상에서 도덕이 나오고, 확신이 나오고, 믿음과 도그마가 나온다. 공동체도 면이 아니며, 개인도 면이 아니고, 민족도 면이 아니며, 인간도 면이 아니다. 면은, 오직 멀리서 본 허상이다. 가까이 가보면, 모든 것은 연약한 선에 의해 간신히 연결된 요소들의 아상블라주다.

직접 전달되는 작용보다 무언가에 매개되어 전달되는 작용이 훨씬 더 강력하다. 혹은 먼 곳에서 오는 작용이 가까운 곳에서 오는 작용보다 훨씬 더 강력하다.

속도를 만들어내지 못하는 곳에서 부패가 시작된다. 속도는 연결에서 생긴다. 이동은 연결을 통해서만 가능하다.

존재하는 모든 것은 아상블라주 속에서 존재한다.

어릴 적 자주 했던 상상. 내리는 비의 어딘가에 있을, 비의 끝을 보고 싶다. 그 비의 경계에 서보고 싶다. 왼팔에는 비가 내리고, 오른팔부터는 비가 내리지 않는 비의 끝에서 몸을 양분해서 오직 반쪽만 비를 맞고 싶다. 하지만 한 번도 그 경계를 실제로 본 적은 없다. 언제나 비의 권역 속에서 비를 맞고 있었을 뿐. 사실 비의 경계는 존재하지 않는 것이다. 구름은 빠르게 이동하니까 경계는 칼로 자른 것 같을 리 없다. 오직 들쭉날쭉 부딪치며 빠르게 이동하는 물방울들의 혼란한 비산飛散, 역동적 상태 하나가 지나가고 있을 뿐이다. 그것을 바라본다 해도, 그 아래에 있다 해도, 결코 그것이 경계나 끝으로 인지되지 않을 것이다. 우리가 비의 안 혹은 밖에 있는 것이 아니라, 비가 우리를 지나가는 것이다.

대만의 밤. 관세음보살. 나무 관세음보살.

벌판에 홀로 서 있는 나무.

큰 나무 꼭대기, 가지에서 가지로 옮겨가며 지저귀는 새.

모든 죽음에는 자발성이 개입한다. 죽고 싶어하는 사람은 없지만, 죽음을 욕망하지 않은 채 죽는 자 또한 없다.

죽음은 아무것도 해결하지 못한다. 다만, 죽음이 해결할 것처럼 보이는 일들이 있을 뿐이다.

술을 마시고 분실한 사물들은 운명의 손에 슬쩍 쥐어주는 뇌물이다.

권여선 소설에 나오는 술자리들. 술에 약한 사람들이 술을 이기지 못하면서, 술과 싸우면서, 끌려들어가 술을 마시고, 인생의 어리석음을 살아내는 그런 자리들.

산행을 마치고 내려오다가, 늙수그레한 중년 남자가 길거리에 주저앉아 담배를 피우는 것을 보았다. 낡은 구두, 긴 머리칼, 피로에 젖은 남루한 행색이다. 실패와 방랑의 분위기가 그를 감싸고 있다. 나그네 혹은 구도자의 인상을 풍기는 사람이었다.

식물들이 녹색이 아니라 빨간색이었다면.

모든 생각에는 화학적 힘이 있다.

자연은 인위를 통해서만 도달될 수 있다. 자연은 인위를 통해서 도달된 것의 이동하는 경계선이다.

꿈에서, 멋진 정원을 바라본다. 내가 사는 집이라고 한다. 내가 언제 이런 집을 갖게 되었는지 의아해한다. 집을 벗어나 몇 걸음 걸어가니 갑자기 황량한 대로가 펼쳐졌다. 대로는 거칠고, 인적이 없고, 삭막했다. 길은 길인데 가고 싶지 않은 그런 길이었다.

창조를 통해 자아를 고양시키고, 표현하고, 완성하겠다는 생각은 환상이다. 무언가를 창조하면 할수록 자아는 고갈되고, 일그러지고, 비워진다. 그는 희박해진다. 드러내거나 표현할 자신은 이미 존재하지 않는다. 자기-비허로서의 창조.

아파트 단지의 낡은 상가 건물. 떡집도 있고, 문방구도 있고, 구제 옷가게도 있고, 내과의원이나 세탁소, 혹은 지하의 허름한 밥집이 있는 건물. 여름이면 나뭇잎이 울창하게 우거져 녹음이 드리워지고, 아이스크림을 하나 입에 물고 벤치에 앉아 지나가는 사람들을 바라볼 수 있는, 그런 오래된 상가 건물.

좌망坐忘. 이길 수 없는 감정들을 소멸시키려는 긴 전투.

2011년 3월의 어느 날 서울에 비가 내렸다. 영등포에 약속이 있어서 오후 늦게 연구실을 나섰다. 하늘은 어두웠고 비는 거셌다. 내리는 빗방울들이 방사능 물질을 품고 있을지 모른다는 걱정을 했다. 우산을 썼지만 비를 맞지 않으려고 세심하게 노력하며 걸었다. 약속을 마치고 귀가하니 늦은 시각이었다. 후쿠시마에 대해 이런저런 생각을 해보고자 했다. 그러나 어떤 생각을 해야 할지 알 수 없었다.

새로운 것은 언제나 소용돌이의 형태로 시작된다. 현기증, 혼돈, 사랑, 공포, 마주침, 사건, 미래.

편의점 앞 벤치에 앉아 있는데, 야위고 늙은 고양이가 몇 미터 떨어진 발치에 앉아서 나를 바라본다. 예뻐서 먹을 것을 한 조각 던져주었더니, 그것을 물고 도로를 건너 아파트 화단으로 들어간다. 얼마 지나지 않아 고양이는 도로를 건너 그 자리로 돌아와 앉아 또 나를 바라보고 있다. 저 화단 속 어딘가에 새끼들이 있는 것이다.

아름다운 기억을 남기지 않기 위해 최선을 다할 것. 이를 엄격히 실행할 때, 아름다운 기억은 파괴되지 않고 보존될 '수'도 있다. 계시는 은폐와 부재를 전제할 '수'도 있다.

"카발라에 의하면, 매 순간 신은 수많은 새로운 천사들을 창조한다. 이들 모두는 신의 옥좌 앞에서 단 한 순간 신의 찬가를 노래하고는 무無 속으로 녹아 사라지도록 운명지어져 있다"(Benjamin, 1990: 336).

새들에게 설교했다 전해지는 성 프란체스코보다 그의 설교를 듣고 있었을 새들이 더 대단하게 느껴진다.

대학 입학 신입생 환영회. 짬뽕 그릇에 담긴 소주를 원-샷. 고함과 노랫소리. 상하로 마구 흔들리던 시계視界. 최루탄 냄새. 불안과 기대가 회오리바람처럼 정신을 휘감아가던 어지러움. 신림동 천변 하수구 옆에서 구토하고 바라본 하늘. 콧물과 눈물. 아직도 그 취기와 혼돈에서 벗어나지 못한 것인가?

꿈속에서, 폭력으로 나를 위협하는 자들과 단 한 번도 맞서 싸우지 못한다. 언제나 도망치거나 두려움에 떤다.

타인의 꿈에 끌려들어가는 것, 누군가의 환상에, 연구논문에, 소설에 등장하는 것, 표상되는 것, 타인의 사진기에 찍히는 것, 내가 통제할 수 없는 자아의 부분이 타자에게 '소유'되고 '사용'되는 것. 이것은 왜 언제나 그렇게도 불편하고 끔찍한 체험인가?

사악한 세계와 투쟁하고 있다고 자부했지만, 사실 자아의 사악한 홀로그램들과 싸우고 있는 자신을 발견하는 순간, 청춘의 환상에는 메울 수 없는 균열이 간다. 이런 균열 없이 나이가 들고 늙어가는 사람들도 있다.

"선생께서 남진南鎭을 유람하실 때, 한 친구가 바위 가운데 꽃나무를 가리키며 물었다. (선생께서는) 천하에 마음 밖에 사물이 없다心外無物고 하셨는데, 깊은 산 속에서 저절로 피었다 저절로 지는 이 꽃나무와 같은 것은 내 마음과 무슨 상관이 있습니까? 선생께서 말씀하셨다. 그대가 이 꽃을 보지 못했을 때 이 꽃과 그대의 마음은 함께 적막한 곳으로 돌아간다同歸於寂. 그대가 이 꽃을 보았을 때는 이 꽃의 색깔이 일시에 분명하게 드러난다. (따라서) 이 꽃은 그대의 마음 밖에 있지 않음을 알 수 있다"(왕양명, 2001: 741).

시간이 빠르게 흘러갈 때, 그것은 빛의 형태를 띤다.

모든 것은 두 극단 사이에 있다. 나는 그 밖으로 벗어난 적이 없다.

영혼은 자기와 자기의, 자기와 타자의, 그리고 타자와 타자의 소통 불가능성이다. 소통 불가능성이 없다면 영혼은 있을 수 없다. 모든 것은 투명할 것이고, 이해될 것이고, 전달될 것이다. 그런 세계에는 영혼이 존재할 이유가 없다.

존재한다는 것의 잔혹성은 무의미가 아니라, 그 견딜 수 없는 의미의 풍요로움에 기인한다. 우리가 일상의 의미를 모두 지각하고 절감한다면, 삶을 결코 현명하게 살아낼 수 없으리

라. 우리에게는 마비와 멍청함과 우둔함이 절실히 필요하다. 존재의 참된 가치는, 별다른 의식 없이 습관적으로 겪어내는 견고한 일상의 고난과 문제들 속에 뿌리내리고 있다.

밤이 낮을 준비하는 것이 아니라, 낮이 밤을 준비하는 것이다.

완전히 소멸하기를 욕망하는 마음이 불멸에의 욕망보다 훨씬 더 강하다는 것. 그 이유는 무엇일까?

어디가 가려운지 알지 못하면서 피가 날 때까지 아무 곳이나 마구 긁어대는 사람처럼 필사적으로.

꿈에서, 협곡을 여행했다. 골짜기에 흐르는 물은 깊고 차고 빠르고 맑았다. 푸르고 하얀 물결들이 넘실거리고 있었다. 청량함과 더불어 미묘한 공포를 느꼈다. 서너 척의 배들이 내가 탄 배의 좌우를 스쳐 지나갔다. 숙련된 젊은 사공들은 두려움 없이 급류를 헤쳐 배들을 몰고 있었다.

있는 것과 없는 것 사이의 간격이 매우 좁아질 때가 있다. 그 경계에서 누군가 오랫동안 소요하고 있다.

물외무심物外無心……

아름다움은 흐름의 것이다. 사라짐의 구조 속에서 나타나는 것만이 아름답다. 그것은 빛을 뿜는다. 언어 밖으로, 감각 밖으로, 기억의 밖으로.

여름, 택시를 타고 가다가 신호등에 걸린 채 멈춰, 느릿느릿 움직이는 사람들과 열기를 뿜어내는 자동차들, 도시의 풍경을 바라보고 있자면, 내가 허상이거나 아니면 저 세계가 허상이라는 생각. 두 개의 영원하고 강력한 픽션이 깍지를 낀 손처럼 내 몸을 통과하며 서로 맞물려 있다.

흐름만이 있다. 끊어지는 것은, 끊어진 듯 다시 이어지고, 태양은 쉴 새 없이 폭발한다. 흐름밖에 없음을 깨닫는 것은 오직 정지 속에서다.

새벽에 쏟아진 폭우 소리에, 마음속의 어떤 풍경이 쓸려내려갔다.

2부

글 쓰기에 대하여

좋은 글을
쓰는 법

자신의 마음 깊숙이 들어왔던 말들만이 타인 마음의 깊은 곳에 전달될 수 있다.

눈이 오면, 먼 산의 윤곽이 한눈에 들어온다. 풍경이 취하는 이 몸짓은 폭설이 오기 전에는 보이지 않던 것이다. 좋은 글은 눈 온 뒤의 산천과 같다. 웅크린 채 육중하게 버티는 존재의 태세가 거기 드러난다.

좋은 글을 쓰기 위해서는 나쁜 글을 쓰지 않아야 한다. 나쁜 글을 '쓰지 않는 것'이 좋은 글을 '쓰는 것'보다 더 어렵다. 무언가를 '쓰지 않는 법'을 모르는 사람은 무언가를 '쓰는 법'도 알지 못한다.

좋은 글을 쓰기 위해서는 좋은 글을 쓰는 자가 되어야 한다. 문제는 글쓰기 테크닉이 아니라 주체성이다. 무엇이 당신을 휘감고 있는 소용돌이인가? 당신을 통해 말하는 자(것)들은 누구(무엇)인가?

문제는 주체가 아니라 그것의 파상이다.

지루해할 틈을 주지 않는 글이 있다. 생각할 틈을, 질투할 틈을, 찬성할 틈을, 반박할 틈을 주지 않는 글. 그것은 몸살에 걸리는 것과 비슷하다. 뭔가 순식간에 내 안으로 들어와버리는 것이다. 쑤시거나, 열이 나거나, 아프거나, 들뜨기 시작한다. 통제할 수 없다.

어떤 글을 누워서 읽다가 순간 자세를 바로잡고 정좌하고 읽게 되는 경우가 있다. 반대로 책상에서 읽다가 안락의자나 소파로 자리를 옮겨 읽는 경우도 있다. 이처럼 독자의 자세를 바꾸게 만드는 글이 좋은 글이다.

첫 문장부터 새로운 글. 끝까지 그 느낌이 사라지지 않는, 지속적으로 갱신되는 새로움. 무엇이 새로운지 모르며, 왜 새로운지도 모르며, 새로운지 아닌지조차 명확히 알 수 없는 그런 새로움. 이런 글은 많은 경우 불화의 산물이다.

좋은 글은 미문이 아니며 악문도 아니다. 그것은 아주, 지나치게, 과도하게 아름답거나 혹은 아주, 지나치게, 과도하게 추한 글이다. 핵심은 균형이 아니라 힘의 강도에 있다. 좋은 글은 움직이고, 변형시키고, 불붙이고, 흐르게 하고, 쏟아지게 하며, 뒤집는다. 좋은 글은 감응이다. 너무 예뻐서 혐오감을 갖게 하는 그런 예쁨, 너무 정확하여 아픔을 야기하는 그런 정확함이다. 가만히 앉아서 읽을 수 없는 글. 온 힘을 다해 부정하고 싶거나, 바로 누군가에게 전달하고 싶은 글.

좋은 글은 심지어 역겹다. 생명력으로 범람하기 때문이다. 생명은 다른 생명을 탈취하는 잔혹성을 갖고 있다. 좋은 글은 그 잔혹성에 닿아 있다. 진리를 드러내거나 인식을 확장시키는 것이 아니라, 이제껏 진실로 간주되어온 것을 무너뜨리고 뭉개버리는 것이다. 생명의 힘에 걸려 진리는 추악한 표정으로 일그러진다.

진실을 말하려 하지 말고 진실의 기준을 바꾸라.

파괴적인 것의 근처. 죽음, 사고, 불행, 중독, 비극, 희극, 추문……

작가는 연결하는 사람이다. 연결하기 위해서는 자아가 비워져야 한다. 나르시시즘이 있는 곳에서 연결의 힘은 쪼그라든다. 마치 어린아이들이 그림을 그릴 때 형상을 또렷이 드러내기 위해 사물과 인물들의 테두리에 그어놓은 검은 윤곽선처럼, 나르시시즘은 비의도적이고 우연적인 연결 가능성을 축소시킨다. 불안과 열등감, 자기연민이 나르시시즘에 항구적 연료를 제공한다. 타인에 대한 도덕적 훈계, 반성을 결여한 도그마티즘, 자신이 선하고 올바른 사람이라는 호소, 은폐된 공격성, 그리고 독자에 대한 아첨만이 남을 수도 있다. 나르시시즘은 나이, 성별, 계급, 인종, 종교를 구별하지 않으며, 가장 그럴 것 같지 않은 자들에게서 더욱 심각한 모습으로 발견된다.

나르시시즘에 대한 효과적인 해독제는 고난과 유머다.

문체는 개성이나 사고 스타일이 아니라 작가가 활용하는 독자 선별 장치다. 작가의 대중성과 비대중성은 글의 내용이 아니라 문체에서 결정된다. 문체는 장벽이기도 하고, 필터이기도 하고, 해자垓子이기도 하다. 우리가 어떤 작가를 좋아하기 시작할 때는 이미 그의 문체 속으로 들어간 이후이며, 그때 우리는 의식하지도 못한 채, 그를 모방하는 자신을 발견한다.

지나친 건강이 건강에 해롭듯, 지나친 인정은 인정에 해롭다.

모든 글쓰기는 존재의 거짓 증언이다.

'나'를 주어로 하는 문장을 되도록 사용하지 말 것.

"폭풍을 일으킬 수 있는 것은 바로 가장 조용한 말이다. 비둘기의 발로 오는 사고만이 세계를 이끈다"(니체, 1982: 191).

농구선수가 묘기를 벌이며 어렵사리 골을 넣고 난 후, 자신의 퍼포먼스에 스스로 놀라 기뻐하는 것을 보면, 본인도 정작 그 짧은 순간을 예기하거나, 계획하거나, 의식하지 못했던 것이 틀림없다. 행위가 이루어지던 순간, 농구 선수는 자기 자신이 아니었다. 그는 자기의 외부에, 자신과 다른 존재로, 농구공과 중력과 자신의 신체와 순간적이고 집중된 교섭을 벌이고 있었을 뿐이다.

"저기 공놀이하는 어린애들을 봐. 서툰 애들은 공을 대상화해서 갖고 노는 반면에, 잘하는 애들은 마치 공이 그들을 데리고 놀기라도 하듯이 공을 다루고 있어. 가장 능숙한 애들은 공이 이동하고 튀는 방향에 따라 움직이고 위치를 바꾸잖아. 우리가 보듯이, 인간 주체가 공을 다룬다는 생각은 정말 잘못된 거야. 공이 그들 사이의 관계를 창조해. 바로 그들이 공의 궤적을 따라감으로써, 팀이 창조되고 인식되고 표상되는 거지. 그래 공은 능동적이야. 놀이를 하는 것은 바로 공이야"(Serres, 1993: 44-5). 글도 그러한 것 같다.

사냥꾼이 맞이하는 진정한 위험은 사냥의 과정에서 오는 것이 아니라 사냥에 성공하여 먹잇감을 먹을 때 온다. 먹잇감의 체내에 기생하는 미생물들은 피와 살을 통해 사냥꾼의 몸으로 이동한다. 감염과 죽음의 위험이 있다(울프, 2015: 53-74). 사냥하되 먹지 않을 것. 이는 글쓰기에도 엄격하게 적용된다. 타인의 생각을 함부로 흡수하여 자기화하는 자들의 최후.

높이에의 욕망, 수직성의 환상을 버릴 것. 배를 땅에 깔고 땅을 밀고 다니는 파충류를 배울 것. 점프할 줄 모르는 동물, 이동하기 위해서는 오직 몸으로 바닥을 쓸어야 하는 동물처럼, 두 지점 사이를 온 몸으로 쓸고 갈 것.

많은 경우, 사회과학자들은 좋은 글을 써야 한다는 강박관념으로부터 상당히 자유로워 보인다.

어떤 시대가 오면 아마추어리즘은 소멸한다. 아마추어들은 단순히 살아남는 것에 실패할 뿐 아니라, 살아남아 있음이 미학적으로 불쾌감을 주는 방식으로 생존한다. 애호의 실체가 사심 없는 완상인지, 문화자본의 은밀한 추구였는지, 과시적 소비였는지, 아니면 자기기만이었는지에 대해 준엄한 평가가 내려지는 순간을 맞이한다.

많은 경우 우리가 쓰는 글은 지성적 성취를 보여준다기보다는 우리가 얼마나 당대의 지배적 가치관, 감각, 언어에 사로잡혀 있었는지를 드러낸다. 우리가 얼마나 독창적이었는지를 증명한다기보다는 우리가 얼마나 사회적 흐름에 젖어 있었는지를 증언한다.

좋은 서평은 서평이 소개하는 책에 대한 욕망을 넘어서, 그 책이 다루는 행위나 상황에 대한 욕망을 불러일으킨다. 가령, 아래와 같은 서평을 읽다 보면, 모든 일을 멈추고 바로 어느 조용한 바로 달려가 며칠이고 독주를 마시며 취하고 싶다는 터무니없는 충동에 사로잡힌다.

“최근에 내가 무척 좋아하는 소설이 우리말로 번역돼 나온 것을 알았다. 영국 작가 맬컴 라우리의 『화산 아래서』(1947)가 그것이다. (…) 멕시코 주재 영국 영사 퍼민이 죽어가는 단 하루, 멕시코의 축일 ‘죽은 자의 날’에 펼쳐지는 그의 열두 시간의 명정酩酊을 기록한 이 소설에서 주인공은 실제 작가가 그랬던 것처럼 대책이 없다. 퍼민은 알코올 중독. 술 마시는 일을 멈출 수 없다. 라우리 자신도 술을 퍼마시다 술로 일찍 죽었다. 두 술꾼의 몰락은 덧없으면서도 동시에 멕시코 사보텐에서 추출하는 메스칼린의 착란효과만큼이나, 또는 원색의 앵무새 깃털만큼이나 화려하고 강렬하게 반짝인다. 아침결부터 침침한 벨라 비스타 바에서 술을 마시면서 퍼민은 덤덤하게 말한다. ‘당신이 나처럼 술을 마시지 않는다면 어떻게 아침 7시에 도미노 게임을 하는 타라스코 노파의 아름다움을 이해할 수 있겠는가.’ 더구나, 이건 또 왜일까, 인디언 노파는 닭까지 안고 있다. 나는 이 장면을 여러 번 읽지 않을 수 없다. 읽고 있으면 시간의 비밀스러운 리듬에 발맞춰 어둠 속에 희미하게 도사린 어떤 추레한 형태들이 점차 유례없는 의연함의 빛을 얻는 게 선연히 보이는 것만 같다. 퍼민은 언제부터인가 '술에 취한 상태인 동시에 취하지 않은 상태'에 도달해 있다. 혹은 죽음에 가장 가깝게 다가가 있다. 그리고 이 말도 안 되게 태연하며 초현실적인 시공간의 아름다움은 그것을 버틸 줄 아는 사람에게만 모습을 드러낸다. 노파, 노파의 닭, 시답지 않은 도미노 조각, 이른 아침의 한산하고 불길한 주점. (…) 이 모든 얼토당토않은 시각적 파편들의 초라함 사이로 흐르며 그것들을 하나의 잊을 수 없는 광경으로 잇고 심지어 아름다움을 대어주는 것은 물의 열기. 또는 물의 열기처럼 스스로 녹고 흐르고 퍼지는 위험을 마다하지 않는 정신과 마음의 꿋꿋함이다. 술꾼의 파탄이 어떻게 그런 경지에 다다를까. 퍼민은 자신을 부르는 것은 등대이고 심연을 향한 여행이지 일상의 사랑이 아님을 이해한다. 독주를 받아마시듯 그 사실을 받아들인다"(김예령, 2012).

쓰인 적조차 없거나, 쓰였지만 발표되지 않았거나, 발표되었으나 아무도 이해하지 못한 그런 글이 좋은 글이다. 다르게 표현하면, 좋은 글은 무언가를 전달하는 글이 아니라 전달 가능성을 창조하는 글이다.

문장이 되지 못한 생각들은 해수에 잠긴 빙산과 같다. 이들이 거대하고 육중해져야 비로소 수면으로 한 줌의 문장이 떠오른다.

미지를 보는 게 아니라, 미지의 눈으로 기지已知를 보는 것이 중요하다.

무협지 혹은 혁명 비사秘史의 어딘가에 나올 법한 노인의 이야기. 청각장애인으로 평생을 살아온 노인이 혁명의 밤에 결정적인 방식으로 암호를 발언하는 장면. 오직 그 한순간을 위해 삶 전체를 장애인 연기를 하면서 지내왔다는, 다소 어처구니없는 이야기에 멋진 글의 비밀이 들어 있다.

가장 명확한 인정의 증거는 질투이다. 당신의 글이 질투의 대상이 되었다면, 당신은 이미 인정받은 것이다.

너무 이른 나이에 데뷔한 자들은, 자신의 사고가 공적인 것이 되기에 충분히 성숙하지 못한 시기에 생산된 것들, 오직 일기나 메모에 남아 있다가 불타버려야 할 것들을 대중에게 들키는 난처한 상황에 던져져 있다.

영감靈感은 평등을 알지 못한다. 언제나 누군가가 다른 누구보다 더 많은 영감을 준다.

반드시 사용하지 않기로 정해놓은 단어들의 목록을 갖고 있어야 한다.

'어떻게 좋은 글을 쓰느냐'보다 더 어려운 문제는 '도대체 어떻게 무언가를 쓸 수 있느냐'이다. 단 한 줄이라도 쓸 수 있다는 것, 그 자체가 문제이다. 커피의 힘으로, 국수의 힘으로, 맥주의 힘으로, 산책의 힘으로.

10년 후의(혹은 22세기의) 눈으로 지금 쓰고 있는 글을 바라보라. 쓰는 자를 규정하는 당대에 함몰되지 않으려 '노력'하라. '노력'이라 말한 이유는, 그것이 불가능하기 때문이다.

10년 후(혹은 22세기)의 세상이 어떻게 변할지 결코 예측할 수 없다. 그러나 지금 우리가 옳다고 믿거나, 멋지다고 판단하는 그런 것들이 옳지도 않고 멋지지도 않은 세상이 생각보다 빨리 오리라는 사실은 틀림이 없다. 지금 쓰는 글에 무의식적으로 새겨진 확신과 신념과 소망을 의심하라. 모든 것이 변화한 이후 도래할 낯선 눈으로 글을 바라보라. 그 미지의 시선을 체화하지 못하고 전진하는 경우 감내해야 하는 대가는 참담할 수 있다.

파상되지 않은 자아가 말하지 않도록 하라.

“오래된 격언에 따르면 두 종류의 비판자가 있다. 우리가 성공하기를 바라는 비판자와 우리가 실패하기를 바라는 비판자. 두번째 종류의 비판자와 벌이는 논쟁은 항상 지루하다”(하먼, 2019: 252).

비판은 우리 시대 교육의 낡고 비생산적인 관행이다. 동전을 넣고 버튼을 누르면 나오는 상품처럼, 자동적으로 쏟아져 나오는 식상하고 무례한 말들이 비판으로 오인되고 있다. 초등학교부터 대학까지 모든 언술의 결론을 차지하게 된 저 습관적인 공격.

“내 이상理想은 이런 것이다. 내가 어떤 저자에 대해서 글을 쓸 때, 그에게 슬픔을 가져다줄 어떤 것도 쓰지 않는 것, 혹은 만일 그가 이미 죽었다면, 무덤 속에서라도 그에게 울음을 터뜨리게 할 만한 그런 글은 쓰지 않겠다는 것. (…) 그가 줄 수 있었고 발명할 수 있었던 기쁨, 힘, 그리고 이 사랑스러운 정치적 생명을 조금이나마 그에게 되돌려주는 것”(Deleuze & Parnet, 1996: 142).

뛰어난 비판자는 타인의 작품이나 인격에 흠집을 내고, 생채기를 내고, 피를 흘리게 하지 않는다. 대상을 모욕하지 않는다. 대신 대상이 미처 달성하지 못한 잠재적 세계를 재창조하여 보여준다. 이를 통해 작가와 작품은 새로운 생명을 얻는다. 벤야민이 말한 것처럼, 비판의 대상은 '타격'이 아니라 차라리 '소각'의 대상이다. 대상에 벼락을 때려 전소시켜버리고 불타고 남은 자리에서 사리를 줍는 것이다. 비판자는 대상의 정수精髓를 구제하여 제시한다. 이런 비판을 받는 행운을 누리는 자는, 분노가 아닌 부끄러움과 용기를 동시에 느낀다.

비판 속에서 무참한 비판에 노출되는 것은 실제로, 비판받는 자가 아니라 비판하는 자다. 비판 속에서, 비판자의 지적 능력, 포용력, 통찰력, 그리고 인성의 진실이 적나라하게 나타나기 때문이다.

손에 쥘 수 있는 탁구공이나 야구공을 잡아서 던지는 것은 어려운 일이 아니다. 그러나 손바닥보다 커서 움켜쥘 수 없는 공을 집어 던지는 것은 불가능하다. 비판 또한 그러하다. 자신보다 큰 대상을 비판하려 할 때 우리는 슬랩스틱 코미디언처럼, 손아귀에서 미끄러져 잡을 수 없는 무언가를 쫓아 허둥대다가 결국 대상에 분노하는 모습을 들킨다. 이 우스꽝스러운 제스처 속에서 드러나는 것은 결국 비판대상의 거대함이다.

애석한 이야기지만, 정말 좋은 글을 쓸 줄 아는 사람은 그냥 좋은 글을 쓴다. '좋은 글을 쓰는 법'에 대한 글 따위는 쓰지 않는다.

문학의 체험

마음 깊은 곳에서 솟아난 문장은, 폭풍에 해변으로 끌려나온 심해어처럼 기괴하고 안쓰럽고 무섭고 우스꽝스럽다.

문학적인 것은 심해적深海的이다. 생명이 최후까지 살아남고, 다시 시작되는 어떤 곳.

권총이 격발되듯 쓰여진 문장들.

미국 소설들의 단순하고 건조한 문체. 미국 소설들은 끝없는 서부로, 깊은 남부로, 사막과 선인장과 술, 침묵, 휘발유 냄새, 트럭이 일으키는 먼지, 문명의 주변부, 그런 것들로 독자를 끌어당긴다. 아무런 뜻도 목적도 없이.

건조하고 단순하지 않으면 삶의 전투에서 승리할 수 없다.

의미는 이해되는 것이 아니라 체감된다. 의미를 느끼는 기관은 뇌가 아니라 피부, 살, 뼈, 내장이다. 의미는 우리를 때리고, 우리에게 통증과 쾌감을 준다.

펜을 쥐고 있을 때 우리는 강하다. 글을 쓸 수 있는 한, 우리가 겪는 모든 것들은 의미로 전환될 수 있다. 무의미란 존재하지 않는다. 다만 의미가 되기 위한 시간이 필요할 뿐이다.

문학의 언어는 예민한 조건에서 활성화되는 바이러스와 같다. 온도와 습도가 조금만 달라져도 문학의 언어는 활동을 멈추고 무기물의 상태로 돌아간다. 문학의 문은 쉽게 닫힌다.

의미는 마른 오징어처럼 생물 고유의 징그러움과 꿈틀거림이 사라지고 남은, 강하고 질긴 사체死體의 물질성이다. 턱관절의 통증을 유발하는 씹는 맛.

나를 승복시키는 인식은 언제나 문학의 형식을 띤다.

문학이 없었다면, 어떤 시절들을 헤쳐나올 수 없었을 것 같다.

시는 꿀과 같다. 너무 많이 먹으면 구토하거나 바보가 된다.

단 한 번이라도 시인인 적 있는 사람은, 시가 아닌 문장을 쓸 때 어려움을 느낀다.

판단하는 언어는 죄책감을 야기한다.

예술은, 아름다움의 가면을 쓰지 않으면 너무 처참하여 견디기 어려운 심판이다. 아름다움은 심판의 처절함을 은폐하기 위해 둘러야 하는 베일이다.

테크놀로지는 다른 세계를 우리에게 데려오지만, 예술은 우리를 다른 세계로 데려간다.

예술의 과제는, 아직 그 기능이 무언지 알 수 없는 어떤 힘의 창조다. 순수 수단으로서의 예술.

푸에블로 인디언들에게는 카치나katcina라는 입사의례가 있다. 살아 있는 구렁이를 입에 문 채 춤추며 의례에 등장하는 존재들, 혹은 그들이 착용하는 가면의 이름이 카치나다. 그런데, 신참자들이 전수받는 비밀은 "전수받을 비밀이 없다"는 사실이다. 일단 이 비밀을 알게 된 자는 공동체의 일원으로 인정받고, 다음 의례에서 스스로 카치나가 되어 또다른 신참자들에게 비밀의 부재를 전수한다. 카치나라는 장치가 미래로 전달하는 것은 '무無'다. 그들은 아무것도 아닌 어떤 것이 차지하는 빈자리를 세대를 이어 전승해간다. 문학 또한 이와 같은 것이 아닐까? 무를 창조하고, 유지하고, 재창조하는 기술. "문학이 정당성을 갖고 있지 않다고 말하는 것으로는 부족하다. 문학은 아무것도 아니다nulle. 그리고 이 아무것도 아닌 문학의 속성이 순수한 상태로 분리된다면, 그것은 문학의 특이하고 경이로운 힘의 근원이 된다"(Blanchot, 1981: 294).

드레퓌스 사건에 관여했고, 사회성 짙은 문제를 다룬 에밀 졸라나 아나톨 프랑스가 아닌, 사적 기억의 탐색에 몰두한 마르셀 프루스트가 모더니티의 진실에 더 깊게 다가갈 수 있었던 까닭은 무엇일까? 벤야민에 의하면, 우리가 가장 중요한 메시지를 큰 소리로 말하지 않고 소곤소곤 고백하듯이, 한 시대 역시 자신의 비밀을 누군가에게 '속삭이기' 때문이다(벤야민, 1987: 243-4).

묘사는 이미지가 언어 속에 설정해놓은 치외법권 지역이다.

창조가 아니라 위로. 도덕도 유희도 아닌 견딤. 우리 시대 글쓰기의 가장 중요한 독자는 자기 자신이다.

투명해질수록 더욱 난해해지는 문장.

이미지는 망명상태의 언어다. 암살 위험에 시달리는.

"상상으로 글을 쓰는 자는 총살형을 각오하라"(다카하시 겐이치로, 2004: 49).

애정의 이름으로 타인에게 자신의 가벼운 험담을 늘어놓는 엄마에게 아이가 느낄 법한 울분. 엄마의 농담에 등장하는 그 아이가 자신이 아니라는 항변. 존재가 왜곡되고 있다는 느낌. 나중에, 자신은 사실 엄마가 말한 그런 아이가 아니라고 말해줌으로써, 진실을 교정해야 할 것 같은 생각.

기형도의 시집은, 펼쳐 읽기 이전에 이미 비통한 물신으로 나타난다. 부당하게 여겨지는 죽음, 그 젊은 얼굴과 무관하게 기형도를 읽을 수가 없다. 그의 시집은 자율적인 텍스트가 아니다. 당나귀나 포도밭이 나오는 시편들, 혹은 사무실의 오후 풍경 같은 이미지들은 그의 죽음과 쉽게 분리되지 않는다. 시인이 '그렇게' 죽었기 때문에 그의 시는 '이렇게' 읽힌다. 다른 시인들의 경우에도 마찬가지이다. 근육질 이상의 「오감도」는 농담이다. 작가의 삶은 작품의 의미론적 질감을 변화시킨다. '어떻게 사느냐'가 '무엇을 썼느냐'를 규정한다. 이것이 자율성을 획득한 근대예술에 부가된 사회적이고 윤리적인 제한이다. 시인의 '삶'은 시의 외부가 아니라 그 구성적 내부를 이룬다. 시인은 시를 쓰지 않을 때조차 사실은 시를 쓰고 있는 셈이다.

인상적인 문장을 접하면 독서를 중단하는 경우가 있다. 문장이 불러일으킨 상념에 빠지기도 하고, 밑줄을 긋거나, 메모를 하기도 하며, 그러다 영감을 받아 글을 쓰기 시작하는 때도 있다. 이런 힘을 가진 문장은 서사나 플롯을 넘어선다. 그것들을 뚫고 나간다. 문장이 발휘하는 이런 비상한 역량에 대한 인정과 취향을 문장물신주의라 부를 수 있을 것이다.

문장물신주의는 텍스트를 창조하고 수용하는 과정에서 가장 중요한 가치를 문장 단위의 아름다움, 정확성, 창조성, 그리고 의미론적 구원 능력에 둔다. 그것은 텍스트의 주권을 문장에 부여한다.

문장물신주의는 좋은 문장에 대한 애호, 감각, 취향, 심지어는 병리적 강박, 자기애적 허위의식을 내포한다. 문장물신주의자의 신념은 가령 이런 것이다—"결국 우리가 마주하는 것은 오직 하나의 '문장'이 아닌가? 한 권의 책을 읽을 때, 우리는 하나의 장章을 펼치는 것이며, 하나의 장을 읽기 위해서는 하나의 페이지를 읽어야 하며, 하나의 페이지를 읽으려면 하나의 단락을, 그리고 결국 하나의 문장을 읽어야 한다. 천 개의 문장이 주어져도, 우리는 단 하나의 문장 앞에 언제나 서게 되는 것이다. 하나의 문장과 마주하지 않을 수 없다. 이 마주함으로부터 도망칠 수 없다. 이 마주함을 책임져야 한다." 이것이 문장물신주의자의 원초적 상황이다.

많은 경우, 문장은 인문주의자의 최후의 보루다.

인문학자는 문장이 '의미'하는 것 이상을 문장을 통해 '구현'할 수 있다. 그것은 인문학자의 지성이 아니라, 그가 우리 시대에 차지하고 있는 위치에서 비롯된다.

아무리 고매한 사상이라도 인상적이지 못한 문장들을 통해 표현되고 있다면, 문장물신주의자는 이를 높게 평가하지 않는다.

문장물신의 매체적 토대는 '구텐베르크 은하계'다. 순간 생성되었다가 곧 사라지는 무수한 생각들을 영속화시키는 문장의 능력에 대한 발견. 점토판이나 죽간처럼 단단한 매질에 힘을 주어 새겨진 글자들이 발휘하던 경이로움.

첫 문장을 찾지 못해 오랜 시간을 허비하다 결국 글을 시작조차 하지 못하는 사람은 대개 문장물신주의자일 가능성이 높다.

하나의 고독한 문장이 발휘하는 물신적 성격을 간파한 벤야민은 문장을 재조립함으로써 문장의 신화를 파괴하고자 했다. 그가 꿈꾼 것은 인용문만으로 이루어진 책이다. 벤야민이 (문장에 대한) 물신주의자인지, 아니면 물신파괴주의자인지 판단하기 어려울 때가 있다.

문장물신주의는 사라지는 이데올로기이다. 모든 사라짐이 그러하듯이, 그것은 유령으로 회귀하거나 좀비로 회귀하게 될 것이다.

꿈에, 이사를 한다. 누군가 벌레를 한 마리 분양해준다. 이사를 축하한다. 섭섭함과 안도감이 뒤섞인 묘한 표정이다. 벌레는 개미처럼 생겼고 사람 손바닥만큼 크다. 벌레를 새집 마당에 옮겨 심어야 한다고(개미니까 땅에 넣어주어야 한다고) 생각하며 보니 이미 마당에 흙으로 만들어진 집터가 있다. 어디선가 "얼마 안 있으면 바글거리겠네"라는 소리가 들려온다. "한 마리가 어떻게 분열을(생식을) 하나?" 의아해한다. 그 사이 개미는 커다란 번데기로 변신하여 누군가에게 밟힌 것처럼 체액을 약간 흘리며 죽은 듯 깔려 있다. 당황하여 주변을 살펴보니, 마당 다른 쪽에 또다른 번데기가 두 마리 있다. 이들은 매우 싱싱하고 건강해 보인다. 죽은 듯 보였던 개미 번데기도 살아나고 있다. 나는 이들에게 먹이를 주었다. 먹이를 주면 바로 살아나는 건강한 번데기라고 생각하며 크게 기뻐한다.

대중문화의 힘

이만희 감독의 〈휴일〉(1968). 첫 장면을 보는 순간부터 흥분과 좌절이 동시에 밀려왔다. 이만희의 카메라가 1968년의 한 오후에 포착한 서울 풍경이 마치 영원한 실존처럼 느껴진다. 허름한 건물들과 택시, 간판의 서체, 네온사인, 주름진 얼굴, 담배 연기, 지붕과 담벼락의 거친 질감. 이 모든 삶의 디테일, 생생한 현재성. 시대의 본질은 이념이 아니라 소년들의 헤어스타일이나 젊은 여성의 화장법에 담긴다. 이만희 작품의 세부에는 비관성이 새겨져 있다. 〈휴일〉이 2005년에 기적적으로 발견되기까지 극장에서 상영되지 못했던 것이 그 때문이다. 검열을 통과하지 못했던 것이다. 군사독재 시절의 검열관은 〈휴일〉의 암울한 불온성을 견딜 수 없었을 것이다. 이만희의 인물들에게는 희망이 없다. 이들은 곤경을 헤쳐갈 힘이 없다. 곤경의 연속 속에서 무너져가면서 희망 없음을 증폭시킨다. 발레리는 언젠가 낙관주의의 천박성에 대해서 말한 적이 있다. 낙관주의가 숨겨지지 않을 때, 그것은 천박할 뿐 아니라 위험하다.

속류철학, 대중문화, 그리고 길거리 음식보다 더 흥미로운 것은 없다. 이들은 지성의 참된 음미의 대상이다.

1990년대 댄스 뮤직의 힘.

〈동사서독〉에 나오는 인물들의 생동감 넘치는 고독.

아무리 작은 구슬이라도 바닷물에 던지면 가라앉는다. 그러나, 거대하고 무거운 쇳덩이라 할지라도 배 위에서는 가라앉지 않는다. 마찬가지로, 당신의 죄가 아무리 커도 참회의 배를 띄운다면 구원받을 수 있다. 이런 이야기를 불경에서 읽은 적이 있다.

잉마르 베르히만 영화 어딘가에서 야간열차를 타고 가는 주인공의 불안한 얼굴이 클로즈업되는 장면.

톰 웨이츠, 질리언 웰치, 라사 데 셀라, Warpaint, 블라디미르 비소츠키, DJ Soulscape, 이병우, 김정미, 주현미, 한영애, 어떤날, 김일두, 남메아리, 곽진언, 삐삐밴드, Cocore, 김오키, 이희문, 장필순, 이아립, 언니네이발관, 장현, 듀스, 김해원, 최백호, Keith Ape, Yaeji, Jaco Pastorius, Jackie Mittoo, Janko Nilovic……

이박사의 〈몽키매직〉. 착란적인 촌스러움. 촌스러움을 벗어나지 않으려는 의지. 한국 모더니티의 야생성. 도식적 포착을 피해가는 절묘한 생명력. "좋아, 좋아, 좋아, 좋아"의 중독성.

〈안개마을〉에서 정윤희가 쓰고 있던 빨간 우산.

보사노바. 우울이 취할 수 있는 가장 밝은 모습. 가령, 카를로스 조빔의 〈Insensatez〉.

쳇 베이커. 어떤 것의 끝.

조 패스의 명석한 건조함.

전국시대를 그린 일본의 한 드라마를 본다. 1970년대 작품이다. 드라마에는 두 개의 시간이 흐른다. 일본의 중세, 그리고 일본의 70년대. 내 눈에 깊이 들어와 박히는 것은 70년대다. 드라마를 감싸고 있는 실제의 일본 사회, 그 70년대라는 시간성이, 극화된 세팅 속에 꾸며진 중세의 시간 속으로 얼마나 깊이 뚫고 들어가 숨어 움직이고 있는지를 느낄 수 있다. 배우들의 표정, 날씨, 분위기, 세팅된 나무들, 이 모든 것은 중세가 아니라 70년대이다. 아련하다.

사티야지트 레이Satiajit-Ray의 〈아푸 삼부작Apu Trilogy〉. 작품의 대단원에서 주인공 아푸가 아들을 되찾아 목마를 태우고 떠나는 장면이 나온다. 나는 이 장면을 좋아한다. 미숙하던 청년이, 이제 아버지가 되어 아들을 데리고 길을 떠나고 있다. 젊은 시절 추구하던 정신적 고행도, 꿈꾸던 글쓰기도 다 버리고, 아이와 화해하고 그 아이를 키우는 것에 자신의 삶을 고착시킨 것이다. 이것은 남성 판타지의 최후의 보루, 일종의 은닉처다. 아이를 사랑함으로써 세계를 사랑하게 되는 중년의 어떤 남성이라는 환상.

사티야지트 레이의 영화에 나오는 인도의 어수선한 숲. 도마뱀들이 기어다니는 방. 예기치 못한 폭력성.

영화는 소설과 달리 역사성의 끈끈이풀, 시간에 붙들린 사물들의 물질성을 벗어날 수 없다. 소설을 읽을 때와 달리, 우리는 영화에 배어들어간 시간을 인지하지 않을 도리가 없다. 1980년대 소설의 낯섦보다 1980년대 영화의 낯섦이 더 충격적이다. 우리는 그 시절의 건물들이 얼마나 허름했는지, 시골 풍경이 얼마나 황량했는지, 나무들이 얼마나 왜소했는지, 사람들의 발성법이 지금과 얼마나 달랐는지, 사내들의 바지가 얼마나 촌스러웠는지를 발견한다. 정신적인 것의 차이보다 물질적인 것의 차이가 압도적이며 흥미롭다. 그것은 상상력으로 쉽게 좁혀지지 않는다.

"미국 영화의 위대한 성취 가운데 하나는 서사로 정돈되지 않는 리비도를 풍경이 끌어안는, 서사적 기획과 긴장하는 시각적 기획의 전통에 있다. 위대한 미국 영화들에 빈번히 등장하는 불모와 황야, 성난 바다, 끝없는 사막, 위압적인 산악과 밀림, 아득한 설원은 인간 중심적 서사의 재강화를 위한 경유지이거나 감상의 대상이 아니라, 오히려 서사를 품고 있는 큰 형식이다. 이를 미국 영화의 지리학적 전통이라 부를 수 있을 것이다"(허문영, 2014: 222).

타르콥스키의 〈거울〉. 러시아 숲에서의 소요.

세계는 대중문화를 통해 생각한다. 어떤 철학이나 사상도 대중문화보다 더 포괄적이고, 심층적이고, 전위적이지 못하다. 대중문화는 언제나 앞서가며, 언제나 흥미롭고, 언제나 막강하다. 언제나 더 실재적이고, 더 환상적이며, 더 유치하고, 더 독창적이다.

기억되지도, 기록되지도, 평가되지도 못한 과거의 어떤 상태들은 대중문화에 숨어 잔존하고 있다.

도래하는 시대를 예언하는 것은 대개 사회과학이 아니라 대중문화다.

문과생의 지성의 척도는 대중문화 텍스트를 얼마나 잘 읽어낼 수 있는가에 있다.

대중문화의 핵심 상황은 트러블이다. 거기, 존재는 언제나 곤경에 처해 있다. 그리고 곤경에서 빠져나오기 위해 고군분투한다. 누구도 트러블에서 자유롭지 않다. 모두가 자신의 트러블을 갖고 있으며, 트러블에 의해 서로 얽혀 있다. 인간뿐 아니라 생명체들, 심지어 사물들도 그러하다. 트러블의 관점에서 보면, 곤충의 삶과 인간의 삶, 개의 삶과 폭파되는 건물의 삶에 본질적인 차이는 없다.

해러웨이에 의하면 '트러블'이라는 단어는 13세기 프랑스어 동사에서 온 것으로 '휘젓다stir up' '탁하게 하다make cloudy' '교란시키다disturb' 등의 뜻을 지닌다(Haraway, 2016: 1).

존재한다는 것은 다수의 트러블이 소용돌이치며 몰려오는 그 쇄도 속에 던져져 있다는 것을 의미한다. 존재는 시험에 드는 것이다. 트러블과의 협상에서 승리하느냐 아니면 패배하느냐, 이것이 존재의 근본 함수다. 승리를 통해 존재는 증강되고, 패배를 통해 존재는 삭감된다.

대중문화에서 이념이나 사상은 언제나 수단적 가치만을 지닌다. 여러 형태의 대립적 이념들이 재조립되고 융합되면서, 트러블에서 벗어나기 위해 몸부림치는 행위자에 의해 사용, 활용, 적용된다.

"전 세계를 통틀어 가장 흔한 꿈 유형은 쫓기거나 공격당하는 꿈이다. 그 밖의 보편적 주제로는 높은 곳에서 떨어지는 것, 물에 빠지는 것, 길을 잃거나 함정에 빠지는 것, 벌거벗은 채 남들 앞에 서는 것, 부상을 입는 것, 병들거나 죽는 것, 자연재해나 인재를 당하는 것 등이 있다. (…) 깨어 있는 시간의 대부분의 일상 업무가 꿈에 등장하는 일은 거의 없었다. 꿈에 등장한 것은 트러블이었다. 트러블은 흉내 놀이, 픽션, 꿈의 환상들을 하나로 묶는 굵고 붉은 실이다. 트러블은 이 모든 활동에 공통된 기능, 즉 '삶의 커다란 문제에 대처하는 연습'을 해명하는 단서이다"(갓셜, 2014: 112-3).

살아가면서 우리가 생각하지 않으려 최선을 다하는 것은 자아, 본질, 세계, 진리, 정의, 인생의 의미 같은 것이 아니다. 우리가 전력으로 생각하기를 회피하는 것은 만나고 싶지 않은 자들과의 약속, 건강 검진, 치과 치료, 혹은 자존심 상하는 부탁 같은 일, 즉 트러블이다. 우리는 트러블을 생각하지 않기 위해 집요하게 노력한다. 그러다 새벽에 홀로 깨어나 불안해하고 괴로워한다.

사람들은 지식인들이 생각하는 것보다 훨씬 더 삶의 본질에 깊은 사고를 투하한다. 다만, 그들은 지식의 언어가 아니라 생활의 언어로 삶을 사고할 뿐이다. 인간뿐 아니라 벌레들도 나무들도 자신의 존재에 대해 염려하고 사고한다.

세계가 사고한다는 것은 문자 그대로 세계가 사고한다는 것이다. 숲이 사고하듯, 도시가 사고하듯, 국가가 사고하듯, 지구가 사고하듯, 돌멩이가 사고하듯, 블랙홀이 사고하듯.

우리가 사고하는 것은 고상한 존재가 되기 위해서가 아니라 잘 살기 위해서다. 문제들을 해결해감으로써 우리는 잘 사는 삶 쪽으로 한 걸음씩 다가선다. "첫째, 사는 것to live, 둘째, 잘 사는 것to live well, 셋째, 더 잘 사는 것to live better (…) 이성의 기능은 바로 삶의 기예의 증진이다"(Whitehead, 1929: 8).

윤성현 감독의 〈사냥의 시간〉. 인생의 벼랑에 몰린 네 청년이 무모한 강도 행각을 벌여 성공한 후, 전문 킬러에게 쫓긴다. 정체불명의 킬러는 네 청년을 하나씩 살해하며 쫓아간다. 사냥을 하듯이. 한 청년이 이렇게 말한다. "이건 분명 악몽일 거야, 이게 현실일 리 없어." 킬러가 파괴하는 것은 꿈이다. 이들이 대만으로 도망가서 해변에 집 짓고 살고 싶은 꿈. 사냥의 시간은 미래의 끝에 '사살射殺'을 규정해놓은 시간이다. 무엇을 해도, 어디에 가도, 어떤 방식으로 저항을 해도 결국에는 사살당한다. 청년들은 필사적으로 도주하지만, 모든 도주로는 차단되어 있다.

종일 메르세데스 소사를 듣던 시절이 있었다.

길거리 음식은 우리가 문제들과 싸우고 있을 때 강력한 강장제를 제공한다. 비 오는 날의 막걸리와 파전 같은 것. 비닐 천막 끄트머리 좌판에 앉아서, 손으로 집어 허겁지겁 입에 털어놓고, 김을 뿜어내며 막걸리를 한 잔 마실 때, 우리는 트러블의 무게에 압도되지 않고, 그것을 망각하고 비웃으며, 전의를 다시 불태울 수 있는 것이다.

극복된 트러블은 이야깃거리가 된다. 아무리 힘들어도 이 시간은 지나갈 것이며 언젠가 유쾌하게 지금의 이 곤경을 이야기하고 있으리라.

트러블은 트러블을 부른다. 트러블은 결코 한 번으로 끝나지 않는다. 반드시 더 심각한 다음 트러블이 온다. 아이러니하게도, 차후의 트러블은 앞선 트러블을 해결하기 위해 서둘러 수행한 일에 의해 발생한다. 트러블이 왔을 때 차라리 아무것도 하지 않는 것이 현명할 수 있다.

트러블에 빠져 허둥거리며, 실수하고, 화를 내고, 또다른 트러블을 불러일으키는 모습보다 더 '인간적인' 장면은 흔치 않다.

트러블에 빠진 사람은 '희극'의 대상이 된다. 희극의 본질은 관객이 재판관이 된다는 것, 그리고 웃음을 야기한 사람이 즉결 처형된다는 점에 있다. 사회적인 것은 연대, 공감, 협동의 외관 뒤에 이 살벌한 '처형극장'을 품고 있다. 웃음은 처단이고, 사회는 배심원이다. 트러블을 헤쳐나오지 못하면 트러블에 의해 파멸되는 것과 동시에 사회에 의해 심판된다.

"채플린에 의하면, 어떤 인물이 어처구니없는 상황에 던져져 있으면서도, 아무 일도 없는 듯이 있을 때 가장 코믹하다. 예를 들어 머리통이 댕강 잘려 발아래 굴러떨어진 자가 넥타이를 고쳐 매려고 애를 쓰는 모습은 코믹하다"(Chklovski, 1998: 96).

미국식 스탠드 업 코미디에서는 어떤 말도 가능하다. 말의 유토피아. 정치, 도덕, 이념, 종교의 걸림돌들이 일시적으로 효력 정지한다. 웃음은, 마치 사정거리 너머에서 포탄을 열심히 발사하는 포병들을 조롱하듯, 판단의 언어들이 발휘하던 강력한 힘을 무력화시킨다.

21세기 대중문화에 나타나는 대표적 시체의 표상은 부검대 위의 시체다. 이 죽은 몸은 전문가의 조사를 기다리는 정보의 집적물이다. 법의학적 시체는 생명이 끝난 사물이지만, 풍부한 단서들을 품고 있는 일종의 '텍스트'로 나타난다. 그것은 매장이나 애도를 위한 시신이 아니라, 관찰과 조사를 위한 자료다. 함몰된 두개골, 총상의 구멍들, 절단된 팔다리는 인간적 시선에는 끔찍한 것이지만, 검시관의 시선에는 흥미로운 단서가 된다. 물질성은 인간성에서 인과성으로 그 관점을 옮긴다.

비극은 헐벗은 자의 미학이 아니다. 비극은 부유한 자의 잉여감정 처리법이다. 트러블에 휩싸여 일상을 허둥대는 자들에게는 비극 따위에 바칠 시간이 없다. 비극을 통한 주체의 성립을 말하는 모든 서사는 위험하다. 비극을 통해 바라보는 역사도 위험하다. 벤야민이 언젠가 말했듯이, 역사와 인생은 비극적이라기보다는 차라리 슬픈 것이다. 대중문화에 비극이 없다는 것은 그 건강성을 역설한다.

생명의 기쁨은 오직 통속성을 통해서만 최고치로 표현될 수 있다. 저속하고, 잡스럽고, 말초적이지 않은 그 어떤 것도 생명의 활기를 제대로 재현하지 못한다.

철 지난 유행가를 후일 우연히 듣다가, 그 노래에 감전되는 경우가 종종 있다. 심야 라디오, 유튜브, 혹은 술집에서 간혹 그럴 때가 있다. 잊고 있던 과거의 기억이 떠오르고, 지난날이 생생하게 육박해온다. 회한이 엄습하기도 하고, 그리움이 밀려오기도 한다. 유행 당시에 별로 주목하지 않았던 노래가 20년이 흐른 뒤 아우라를 두른 채 새롭게 지각되는 것은 흥미로운 현상이다. 원곡과 가창은 물리적으로 변한 것이 없다. 새로 부른 것도 아니고, 편곡된 것도 아니다. 다만 그것이 불러일으키는 감각이 변한 것이다. 평범하던 유행가에 그것을 초과하는 무언가가 스며들어 있다. 20년의 세월이, 마치 술을 발효시키듯이 한 노래에 형질변환을 일으켰다. 무슨 일이 그 노래에 발생한 것인가? 혹은, 작품은 시간과 어떻게 관계 맺는가?

사실 노래가 유행하던 시기에 우리는 그 노래와 '동시대적'이지 못했다. 라디오에서, 텔레비전에서, 거리에서 노래는 흘러나오고 있었지만, 우리는 사실 거기 있지 않았다. 스펀지가 물을 흡수하듯이 노래를 빨아들인 것은 의식이 아니라 신체였다. 기억하지 못하는 미세지각을 통해 우리의 존재는 노래를 흡수했다. 의식으로는 '아직' 인식하지 못한 것을 몸이 '이미' 체화한 것이다.

이미 거기에 있었지만 느끼지 못한 무언가의 돌연한 회귀는 우리를 뒤흔든다. 우리는 오직 사후적으로 유행가의 시간과 '동시대적'이 된다. 동시대성은 같은 시간을 같이 사는 것이 아니라, 분열된 시간의 조각들이 사후적으로 조립될 때 가능한 현상이다. 유행가의 시간은 노래가 유행하는 시간이 아니라, 유행가의 어떤 것이 미래의 어떤 상황과 (우주선과 우주선이 도킹하듯이) 결합할 때 완성된다.

연구

꿈에서 시체를 보았다. 알바니아의 산맥에 둘러싸인 고산지대였다. 폐기물 하치장 옆 더러운 연못, 썩은 물이 고인 곳에 한 남자의 시체가 있다. 경찰들이 몰려와 그를 끄집어낸다.

탐정이 사건을 해결해가는 과정, 이것이 연구이다. 탐정은 사건부를 남기고 연구자는 논문을 남긴다. 한 편의 논문은 한 편의 사건 보고서다. 모든 탁월한 연구는 탁월한 탐정소설이다. 연구는 탐정이 범인을 잡는 이야기인 동시에, 탐정이 수사를 통해 변화되어가는 이야기이기도 하다.

현장은 시체(사건의 흔적)가 발견되는 모든 곳이다. 이론연구자에게도 현장이 있다.

시체는 유일한 대상이다. 반복될 수 없고 재연될 수 없다. 시체를 만나는 순간 연구가 시작된다. 시체는 생물학적으로는 '죽었지만' 기호학적으로는 '살아 있다'. 다른 어떤 생명체보다 더 활발하고 생동감 있게 살아 있다. 즉 시체는 말한다. 표현한다. 시체의 이 기호학적 능동성이 연구의 조건이다.

시체가 없는데 수사가 시작되는 경우가 종종 있다. 경험적 현실도 흔적도 질문도 대상도 자료도 없이 수사를 시작하는 경우다. 아무도 죽지 않은 살해사건을 수사하여, 존재한 적 없는 범인을 잡아, 허가받지 않은 법정으로 끌고 가는 연구자들이 간혹 있다.

연구의 영역에서 선생은 존재하지 않는다. 선생은 학문적 개념이 아니라 도덕적 개념이다. 연구 앞에서는 모두가 학생이다. 교수도 학생이고 학생도 학생이다. 선생이란 단지 오직 조금 더 일찍 학생이 된 사람을 가리킨다.

연구는 연구자의 능동성을 통해 수동적 대상에 대한 진실을 밝혀내는 행위처럼 보이지만, 사실 깊은 수동성의 체험을 전제한다. 연구의 시발점에는 감수, 즉 겪음이 있다. 연구자는 연구하는 사람이기 이전에 놀라는 자, 충격에 빠진 자다. 충격이 아니라면 질문이 솟아나지 않기 때문이다.

"연구studium라는 단어는 충돌 혹은 쇼크를 가리키는 st- 혹은 sp-의 어근으로 소급된다. 연구하는 것studiare과 놀라는 것stupire은 이러한 의미에서 친근관계를 갖는다. 연구하는 자는 충격을 받아서 그를 놀라게 한 것 앞에서 마비되어, 그것을 끝까지 이해하지도 못하고, 거기서 벗어나지 못하는 상태에 빠진 사람과 같다. 학생student은 그리하여 언제나 마비된stupid 자다. 그러나 만일 한편으로 그가 늘 대상에 집중되어 있고, 얼빠져 있으며, 그로 인해서 연구가 본질적으로 고통이며 고난임에도 불구하고 다른 한편으로 말하자면, 연구에 내재하는 어떤 메시아적 유산을 통하여 학생은 자신 연구의 결론을 내리고자 하는 것이다. 이와 같은 마비와 명석의 교차, 발견과 상실의 교차, 감수passion와 행위action의 교차가 바로 연구의 리듬을 구성한다"(Agamben, 1988: 45-6).

사회학은 사회를 가르치는 학문이 아니라 사회로부터 배우는 학문이다.

"만일 당신이 개미를 연구한다면, (…) 개미들이 당신의 연구에서 무언가를 '배우기'를 기대하겠습니까? 물론 아니지요. 개미는 당신의 선생님입니다. 당신은 개미로부터 배우는 것입니다"(Latour, 2005: 151).

고기를 가득 잡은 그물을 끌고 버티다가 그 힘에 휩쓸려 다시 파도에 휘말리는 어부처럼, 간혹 연구자들은 스스로가 발견한 사실들의 예기치 못했던 힘에 어디론가 휩쓸려 실종되기도 한다.

논문이 획득한 균형은, 오랫동안 심리적 평정을 상실한 채 진행되어야 했던 집요한 조사의 기만적 외관이다. 차갑고 냉정한 보고서에는, 탐정이 수사하면서 느꼈어야 하는 경악과 분노와 상처와 좌절과 환희가 숨겨져 있다.

탐정은 범인의 공격을 받을 수 있다. 매복에 당할 수 있고, 격투에 휘말릴 수도 있다. 탐정에게 호신술이 필요하듯이, 연구자에게도 학문적 호신술이 필요하다.

어떤 학문은 레슬링을 닮아 있다. 바닥에서 조르고 숨통을 조여 상대를 기절시킨다. 어떤 학문은 주짓수와 같다. 칭칭 감아 적을 질식시키고, 관절을 부러뜨릴 수도 있다. 어떤 학문은 유도처럼 상대의 힘을 활용하여 상대를 집어던져 다시 일어나지 못하게 한다. 이론적 사유는 복싱에 비유할 수 있다. 대상을 껴안거나, 대상을 조르지 않고, 대상과의 거리를 유지하고 가격하여 침몰시킨다.

어떤 학문은 시범용 무술들과 흡사하다. 화려하고 경탄을 불러일으키는 동작들과 묘기들을 보여주지만, 실전에 사용하면 무참하게 무력하다.

(넓은 의미의) 문학은 고단수 호신술에 속한다. 연구에 사용되는 문학의 역량은 명명의 힘이다. 대상의 고유명을 발견해내는 힘. 제대로 호명되면 대상은 이름 부른 자를 돌아보고 스스로 말하기 시작한다. 연구는 그 자백의 기록이다. 인간의 자

백을 넘어서 사물의, 물질의, 도구의, 상상적 형상들의 자백.

연구자의 언어는 대상의 언어에 전적으로 빚지고 있다. 흥미로운 연구는 연구 속에서 발언하는 대상들이 흥미로워서 흥미로운 것이다. '자료로 하여금 말하게 하라'는 권고는 아무리 강조해도 지나치지 않다.

항상 취해 있거나, 게으르고, 몰락해버린 듯 보이지만, 과거에 천재적 능력을 소유하고 있었으며, 지금도 사실 그렇지만 주변의 인물들이 안타깝게도 알아보지 못하는 탐정들이 있다. 연구자들의 세계에도 그런 사람들이 종종 있다.

"사람들이 기하학을 본 곳에서 (…) 무용이나 체조를 보아야 한다"(Bourdieu, 1987: 90).

사회학적 묵상의 형식들—등산, 통증, 기도, 법정, 좌절, 애도, 술자리……

사회학의 법정에 배심원들과 방청객들이 앉아 있다. 배심원단은 전국의 사회학자들이다. 누군가는 불참했고, 누군가는 조교를 대신 보냈다. 방청객은 학생, 시민, 사회단체, 정부기관 등으로 잡다하게 구성되어 있다. 재판정에 피켓을 든 시위대가 나타나 구호를 외치고, 경찰이 그들을 제압하여 재판정 밖으로 데리고 간다. 사람들은 재판에 아무런 관심이 없는 듯 주변의 지인들과 잡담을 나누고 있다. 예정된 시간이 한참 지났는데도 판사는 오지 않는다. 사람들이 웅성거리며 주고받는 말에 의하면, 판사는 오늘 중에는 오지 않을 것이라고 한다. 100년 전의 재판도 아직 시작조차 하지 못했고, 오늘의 재판 또한 어쩌면 100년 후에나 판사가 도착하면 시작되리라 한다. 오늘 잡힌 범인이 진범인지, 형을 얼마나 받게 될지, 판사가 도착하는 100년 후에나 결정될 듯이 보인다.

지난 100여 년 동안, 사회학의 법정에는 항상 동일한 범인이 잡혀 왔다. 범인의 이름은 놀랍게도 '사회'다. 자살의 범인도, 우울증의 범인도, 혁명도, 반혁명도, 과체중도, 거식증도, 변화도, 변화 없음의 범인도 '사회'였다. 문제는 이 사회라는 것을 어떻게 체포하여 법정까지 끌고 올지 아무도 모른다는 것이다. 누구를, 무엇을, 어디까지를, 어디에서 체포해야 하는가? 어디서부터가 사회이고, 어디서부터가 사회가 아닌가?

자연과학대학에는 자연 전체를 연구하는 '자연학'이라는 분과가 존재하지 않는다. 사회과학대학의 '사회학'이 연구하는 '사회'는 무엇인가?

'society'의 여러 가능한 번역어 중에 세간世間이라는 용어가 있었다. 만일 그 번역이 채택되었다면, 사회학은 세간학世間學이 되었을 것이다. 세世라는 한자는 "돗자리를 짜고 새끼를 꼬는 데 쓰이는 도구"의 상형이다(김언종, 2001: 39). 세상이나 세계를 의미하는 '세'의 기원에는 실로 연결된 네트워크의 이미지가 존재하는 것이다.

'여론'보다는 '세음世音'이 더 좋다. 세음은 인간의 목소리뿐 아니라 비인간을 포함한 만물유정의 음音도 배제하지 않는다. 들리지 않는 소리, 인간 아닌 것들의 소리, 그것이 세음이다. 숲의 신음, 바다의 신음, 토양의 신음, 대기의 신음, 동물들과 미생물들의 신음. 세상의 만물들이 서로 연결되고 뒤엉켜 네트워크를 이루어가면서 내는 소리. 인간들의 여론은 그 일각에 불과하다.

음은 파동이다. 파동은 입자와 달리 특정 시점에 하나의 지점을 점유하고 있는 것이 아니라, 여러 지점에 동시 존재할 수 있다. 그것은 확산되고 회절되고 소실되는 운동이다. 사회는 이런 파동들의 장場이다. 사회는 물결친다. 요동친다. 욕망의 파동, 공포의 파동, 믿음의 파동, 환멸의 파동, 번영의 파동, 파국의 파동, 파동과 파동의 상쇄, 파동과 파동의 충돌, 파동과 파동의 중첩, 이것이 사회다.

학문 세계에는 언제나 소수의 앞선 자들이 있고 다수의 뒤진 자들이 있다. 세상이 앞선 자들의 비시대적 통찰을 인정할 수밖에 없을 만큼 진화한 이후에야 비로소 뒤진 자들은 아무런 저항이나 어려움 없이, 마치 오래전부터 불운했던 선구자들을 이해해온 것처럼, 그들의 지식을 섭취하고 선전하고 찬양하고 소비한다. 그러나 뒤늦은 자들이 뒤늦게 지식을 전파하는 데 열심인 동안, 소수의 앞선 자들은 이미 또다른 세계로 걸어가버렸다는 것.

학문이 리얼리티를 표상하고, 설명하고, 검증하는 것이 아니라, 리얼리티가 학문을 테스트하고, 선택하고, 그 적합성 여부를 판결한다.

어떤 사회도 충분히 적대하고 있지 못하며, 어떤 사회도 충분히 통합되어 있지 못하다.

사회는 꿈이다. 사회 속에서 어느 누구도 모방과 암시를 벗어날 수 없다. 당신을 둘러싼 모든 사람들이 믿지 않는 그것을 믿는 것은 얼마나 어려운가? 당신을 둘러싼 모든 사람들이 옳지 않다고 말하는 그것을 옳다고 말하는 것은 얼마나 어려운가? 당신을 둘러싼 모든 사람들이 혐오하는 것을 혐오하지 않음을 밝히는 것은 얼마나 어려운가?

사람들이 진정으로 원하는 것은 사교가 아니라 따뜻한 친교다. 사회의 익명성과 억압, 그리고 사회생활에 내재하는 긴장과 고통에 대한 해독제는 마음을 나눌 수 있는, 부담 없는 관계에서 온다.

다수의 위대한 사회학자들은 사회학을 전공하지 않았다. 뛰어난 사회학 연구들에는 비사회학적 인식과 방법과 통찰들이 가득하다. 사회학의 힘은 순수성이나 정통성이 아니라, 이 불순하고, 하이브리드적이고, 잡스러운 아상블라주의 힘이다.

사회학의 시간은 정오부터 석양까지다. 그 시간 사회학은 밝게 빛난다. 사회학은 빛의 학문, 계몽의 학문이다. 어둠이 오면, 사회학자들은 특별히 할 말이 없다. 어둠 속에서 사물과 현상은 숨겨온 다른 면모를 드러낸다. 어둠 속에서 현실은 무시무시해진다. 독립변수와 종속변수 사이의 앙상한 상관관계를 벗어난다. 인터뷰에서 이야기되는 말과 완전히 다른 말이 들려오기 시작한다. 징그럽고, 생동감 있고, 혼란스럽고, 지저분하고, 야비한 실재가 슬그머니 얼굴을 드러낸다. 이것은 낮의 질서와는 다른 밤의 질서, 밤의 냄새, 밤의 진실이다.

태양이 작열하는 한낮에는, 밤의 사회학은 그림자로 은둔한다.

〈버닝〉

1994년에 듀스가 발표한 뮤직비디오 〈여름 안에서〉.

파도가 밀려오는 해변에서 힙합 댄스를 추는 남성들. 해풍에 나풀대는 바지와 하얀 셔츠의 나부낌. 유사 동성애적 순수의 세계. 무게도 억압도 없는, 작열하는 광선으로 충만한 해변. 사방에서 난입된 빛의 눈부심. 지상에 불시착한 일군의 천사나 유령, 혹은 기화 직전의 사물을 닮은 신체들.

한 해가 지난 후 김성재의 갑작스러운 죽음이 거기 영원성의 노스탤지어를 새겨놓게 될 저 빛의 박동들은 당대 청춘의 몽상적 표현물이다.

영화에서 사물들이 내뿜는 빛은 몽환성의 기호다. 스크린에 아롱거리는 눈부심은 재현된 세계가 판타스마고리아라는 사실을 지시한다. 로버트 레드포드 주연의 〈위대한 개츠비〉(1974)에서 은제 식기, 샹들리에, 가구, 의상들, 자동차 표면의 번쩍거림, 심지어 공허하지만 집요한 허영의 광채를 품은 데이지(미아 패로 분)의 눈동자는 모두 휘황한 빛에 휘감겨 있다. 모든 것의 배후에는 속절없이 부패해가는 인간 군상이 있다.

이창동의 〈버닝〉(2018)은 빛이 잦아들어간 어스름을 사는,

우리 시대 청년을 그린다. 화면은 빛에 인색하다. 다수의 장면이 해가 뜨거나 질 무렵에 촬영되었다. 석양이 비춰질 때, 세상은 불타고 남은 잔재처럼 보인다. 어둠이 오기 직전 수상한 빛의 잔상들이 스크린을 떠돈다. 주인공들의 집 또한 어둡다. 해미의 실종 이후 종수가 박명의 파주를 마취된 듯 달려가는 동안, 그는 산소가 부족한 물고기처럼 입을 벌리고 헐떡거리며, 불타는 비닐하우스가 뿜어내는 상상 속의 빛에 주린 자의 모습으로 나타난다. 빛의 결핍의 정점에는 해미의 방이 있다. 그 북향 옥탑방에는, 남산 전망대 유리창에 반사된 한 줌의 햇빛이, 하루에 한 번 인색하게 비춰 들어온다. 종수는 해미와 정사를 나누다 벽에 희미하게 아롱거리는 그 빛을 응시한다. 신기루 같은 짧은 조명에 손을 뻗는 종수의 얼굴을, 카메라는 클로즈업한다.

"영혼의 '자연스러운' 모든 움직임은 물리적 중력의 법칙과 유사한 법칙들에 의해 지배된다. 오직 은총만이 그 예외다. 초자연적인 것의 개입을 제외하면, 일들은 중력에 부합하여 전개된다고 기대해야 한다. 두 힘이 우주를 지배하고 있는 것이다. 빛과 중력"(Weil, 1988: 41).

〈버닝〉의 청년을 지배하는 것은 부모로부터 상속받은 문제의 중력이다. 종수는 아버지의 무게를 고스란히 짊어지고 있다. 해외에 파견되었던 노동자로 제법 돈을 모아 돌아온 부친은 공무원 폭행과 공무집행 방해로 체포되어 재판을 받고 있다. 고향에서 축산업을 하며 몰락해간 그의 아버지는 분노조절장애를 앓고 있으며, 어머니는 집을 떠났다. 종수는 아버지의 빈자리를 지키고 송아지를 돌보기 위해 파주 집으로 내려가 있던 참이다. 거기서 동네 사람들에게 탄원서 서명도 받으러 다닌다. 종수에게 아버지는 자신을 짓누르는 문제의 이름이다.

행사장에서 춤추며 아르바이트를 하는 해미는 빚에 시달린다. 해미에게는 친구도, 돈도, 가족도 없다. 해미에게는 모든 것이 문제이기 때문에 어떤 것도 진정한 문제가 아니다.

벤의 가족은 강남 대형교회를 다니며, 일요일 오후에는 화랑에서 그림을 보고, 고급 레스토랑에서 와인을 마신다. 벤은 가족에 동화되지 못한 채, 자신에게 결핍된 것에 대한 충동에 이끌려 떠돈다. 벤의 결핍은 결핍 그 자체이다. 즉, 벤에게는 결핍이 없다는 사실이 결핍이다. 그래서 모든 것이 결핍인 해미를 만난다. 벤은 결핍의 부재, 부재의 부재라는 공백을 채우기 위해 강박적으로, 넘쳐나는 해미의 결핍을 수집한다. 벤은 결여를 욕망하면서 아래로 내려온다. 그가 욕망하는 아래는 존재의 충만을 위해 요구되는 부정성의 장소인데, 그의 아비

투스가 이 결여를 견뎌내지 못할 때 그는 '하품'을 한다.

서바이벌리즘은 존재에 각인된 중력의 무늬다. 생존주의자는 중력의 힘에 굴복한 채, 중력에 대한 인정 속에서, 오직 은밀하게 불가능한 빛을 희망한다. 숨어서 은총을 희망한다. 중력에 충분히 짓눌려보지 않은 자들은 떠오를 수 있다는 착각에 사로잡힌다. 그것이 그들의 오만이며, 오만에 도사린 위험이다. 이들에게 상승은 주로 '사회적' 상승으로 상상된다. 그러나 사회적 상승이 곧 존재의 상승인 것은 아니다. 사회적 상승은 알코올에 의한 상승만큼이나 급작스런 추락으로 이어지는 경우가 많다.

술을 마실 때, 취기는 중력을 이긴 듯한 실감을 제공한다. 취하면 우리는 조금 떠오른다. 그 부력에 고양되어 용감해지고, 희망적이 되고, 무모해진다. 떠올랐기 때문이다. 사랑, 열광, 역사적 환호 속에서도 비슷한 체험을 한다. 하지만, 도취에서 깨어나는 순간 우리는 떠오른 만큼의 높이를 바닥에 돌려주어야 한다. 술에서 깨어나는 참담한 아침의 우울은, 취기 속에서 존재가 허공에 떠 있을 때 가능한 것처럼 보였던 모든 것들이 땅으로 떨어져 부서지는 것을 바라보아야 하는 자의 곤혹이다. 우리는 작은 추락을 겪는다. 중력에 다시 지배당한 채 바닥을 기어 바로 그 높이에서 바라보는 세계 앞에서 부끄러움을 느낀다.

서바이벌리즘은 '아래'의 간지奸智다. 그 신학적 상징이 뱀이다. 뱀은 중력에 가장 잘 적응한 포식자이다. 그러나 상처를 입은 채 온몸을 극단적으로 요동치며 꿈틀대는 뱀의 운동은, 무언가에 다친 채 발악하는 우리 자신의 이미지이기도 한 것이다. 〈박하사탕〉으로부터 〈시〉에 이르기까지, 이창동 영화에 포착된 한국인의 심적 리얼리티는 상처 입은 뱀의 꿈틀거림과 같은 것이었다. 그의 영화는 가장 극렬한 방식으로 동시대인들의 정신의 요동을 표상해왔다. 그의 영화 속에서 우리는 은총을 갈망하는 인간의 절박한, 극대화된 운동성을 발견한다.

가령 〈밀양〉의 신애에게서 우리는 "반쯤 뭉개진 벌레처럼 바닥 위에서 버둥거리는"(Weil, 2013: 59) 한 영혼을 읽고 끔찍해한다. 신애의 꿈틀거림은 은총의 갈구, 중력을 넘어서려는 발악이다. 마지막 장면에서, 그녀가 거울을 들고 마당에 나와 머리칼을 깎을 때, 카메라는 마당 구석에 내려 쪼이는 한 줄기 햇빛을 비춘다. 바닥에 떨어져 내리던 빛은, 우리의 기대와 희망을 거스르며 오는 '비밀스런 빛密陽'이다.

홍상수 영화에도 바닥을 기어다니는 것들이 등장한다. 〈돼

지가 우물에 빠진 날〉에서 주인공은 화분 속의 벌레를 손가락으로 무심히 가로막는 장난을 한다. 〈잘 알지도 못하면서〉에는 초록색 자벌레가 땅바닥을 열심히 기어간다.

〈생활의 발견〉에는 청평사의 설화가 소개된다. 신분을 뛰어넘는 욕망으로 억울하게 죽임을 당한 청년이 뱀으로 환생하여 사모하는 공주를 휘감지만, 결국 청평사 회전문에 가로막혀 다시 도망쳤다는 이야기. 주인공 경수가 선영의 집 앞에서 쏟아지는 비를 맞다가 천둥이 치는 어두운 골목을 빠져나갈 때(그때 경수의 얼굴은 얼마나 무서운가), 그는 설화 속의 뱀과 같은 위치에 선다. 홍상수에게도 인간은(혹은 남자는) 뱀이나 벌레다.

이창동이 벌레를 높은 곳에서 내려다봄으로써 관객을 위압한다면, 홍상수는 벌레들과 비슷한 높이에서 카메라를 돌린다. 벌레의 표정, 움직임, 속내가 인간화되고 희화화된다. 벌레들이 분주히 기어가는 모습, 그들의 얼굴을 바라보며 웃음을 터뜨린다.

종수, 해미, 벤은 전형적인 이창동의 주인공들이다. 이들 모두 '빛'을 향하고 있으며, 상승을 향한다. 그 빛은 글쓰기에서 올 수도 있고(종수), 칼라하리사막의 석양에서 올 수도 있고

(해미), 아니면 벤이 태운다는 비닐하우스의 불붙은 모습에서 올 수도 있다. 해미, 종수, 벤은 모두 친구가 없다. 벤의 사회성은 철저하게 전시적展示的 성격을 띤다. 그의 기묘한 웃음소리나 내면을 드러내지 않는 가면 같은 얼굴, 나이스하면서도 차가운 목소리는 그가 철저히 혼자임을 드러낸다. 종수나 해미도 친구가 없는 것은 마찬가지이다. 이들과 가장 친한 것은 동물이다. 해미가 고양이와 맺는 관계 그리고 종수가 송아지와 맺는 관계는 애정으로 충만해 있다.

〈버닝〉에 겹쳐 있는 하루키의 단편이나 포크너의 단편도 흥미로운 텍스트다. 이들은 '헛간 방화'라는 소재를 공유하지만 여러 점에서 많이 다르다. 이를테면, 하루키적 세계는 분화된 환경들로 파편화된 공간이다. 인물들의 만남은 우발성의 형식을 취한다. 하루키에게는 단일한 서사적 우주가 없다. 반면에 포크너적 세계Yoknapatawpha는 통일된 단일우주다. 차별이 있고 침묵이 있다면, 반항이 있고 절규가 있다. 가장 먼 거리에 있는 존재들도 일종의 원격작용을 통하여 결합하고 만나며 이해하고 통찰한다. 『팔월의 빛』에서 조 크리스마스가 조애나 버든을 살해하고 집에 불을 지르는 것은 지극히 현실적인 사건이다. 우연성이 들어설 자리는 없다. 이에 비하면, 하루키의 「헛간을 태우다」의 인물들의 행위는 납득 불가능성에 사로잡혀 있다. 만남이나 행위는 우발적인데, 그것은 그 이유가 '미지'로 남아 있기 때문이다. '왜'는 대답 되지 않는다. 인물들이 답을 주는 것도 아니며, 소설가도 답하지 않으며, 독자들도 답할 수 없다. 벤은 왜 비닐하우스를 불태우는가? 그가 태웠다는 헛간은 무엇인가? 그 너무나 가까운 곳에 있다는 헛간은 무엇인가?

종수 나는 아버지를 미워해요. 우리 아버지는요, 분노조절장애가 있어요. 가슴 속에 분노가 있어서 그게 폭탄처럼 터져요. 한번 터지면 모든 게 다 부서져요. 엄마가 우리 남매를 두고 집을 나간 것도 그것 때문이었어요. 엄마가 집을 나간 날, 내가 엄마의 옷을 태웠어요. 저 마당에 불을 지펴놓고. 아버지가 시켰어요. 내 손으로 직접 태우라고. 난 지금도 그때 꿈을 꿔요.

벤 난 가끔 비닐하우스를 태워요.

종수 뭐라구요?

벤 가끔 비닐하우스를 태운다구요. 나는 비닐하우스를 태우는 취미가 있어요. 들판에 버려진 낡은 비닐하우스 하나를 골라 태우는 거예요. 두 달에 한 번쯤? 그 정도 페이스가 제일 좋은 것 같아요, 나한테는.

종수 페이스요? 그러니까 남의 비닐하우스를 태운다는 건가요?

벤 당연히 남의 거죠. 말하자면 범죄행위죠. 종수씨와 내가 이렇게 대마초 피우는 것처럼. 명백한 범죄행위. 그런데 아주 간단해, 진짜. 석유를 뿌리고 성냥불만 던지면 끝. 다 타는 데까지 10분도 안 걸려요. 마치 처음부터 존재하지 않았던 것처럼 사라지게 할 수 있어요.

종수 잡히면 어쩌려고?

벤 안 잡혀요, 절대. 한국 경찰이 그런데 신경 안 쓰거든요. 한국에는요, 비닐하우스들이 진짜 많아요. 쓸모없고 지저분해서 눈에 거슬리는 비닐하우스들. 걔네들은 다 내가 태워주기를 기다리는 것 같아요. 그리고 난 그 불타는 비닐하우스를 보면서 희열을 느끼는 거죠. 그러면 여기서, 여기서 베이스가 느껴져요. 뼛속까지 울리는 베이스.

종수 쓸모없고 불필요한 건지는 형이 판단하는 건가요?

벤 난 판단 같은 거 하지 않아요. 그냥 받아들이는 거지. 그것들이 태워지길 기다리고 있다는 것을. 그건 비 같은 거예요. 비가 온다. 강이 넘치고 홍수가 나서 사람들이 떠내려간다. 흐흐흐흐. 비가 판단을 해? 거기에 옳고 그른 것은 없어요. 자연의 도덕만 있지. 자연의 도덕이란 동시존재 같은 거예요. 난 여기도 있고, 저기도 있다. 난 파주에도 있고, 반포에도 있다. 서울에도 있고 아프리카에도 있다. 그런 거. 그런 밸런스?

파주에서 대마초를 피우며 종수와 벤은 비교적 내밀한 이야기를 주고받는다. 종수는 아버지에 대한 증오를 고백한다.

벤은 종수의 고백에 대해 화답하듯이, 자신의 범죄적 취미를 이야기한다.

벤이 비닐하우스를 태우는 것은 유용한 것의 가치를 무화시키는, 그런 파괴가 아니다. 벤은 이미 가치가 파괴된 것을 파괴한다. 있는 것을 사라지게 하는 것이 아니라, 없는 것을 없게 만드는 것이다. 부재를 반복적으로 생산한다. 〈없음→없음〉이다. 이는 해미가 실행하는 판토마임의 논리와 반대다. "여기에 귤이 있다는 걸 생각하지 말고, 여기에 귤이 없다는 것을 잊어버리면 돼." 판토마임은 없는 것의 망각을 통해서 없음을 있음으로 전환시킨다. 이것은 〈없음→있음〉이다. 벤이 방화를 통해 없는 것을 더욱 없게 하는 자라면, 해미는 없음에서 있음의 가상을 만들어낸다.

벤은 파괴자이지만 해미는 창조자이다. 벤이 요리를 즐기는 것은 무언가를 만들고, 그것을 먹어치우는 '제의적' 파괴를 향유하는 것이다. 해미는 반대로, '고양이'나 '우물'처럼 그 실존/부재를 쉽게 판별할 수 없는 대상들을 이야기 속에서 만들어낸다. 해미가 키운다는 고양이는 한 번도 모습을 드러내지 않았다. 종수는 고양이를 실제로 본 적이 없다. 그러나 고양이의 밥을 주러 간다. 실제 존재하지 않을 수도 있는 고양이를 중심으로 새로운 관계가 형성된다. 해미는 이야기꾼이다. 해미는 허구의 세계를 연다. 파괴자 벤은 종수의 분노의 제물이 되어, 그의 손에 죽음으로써 '자기파괴'를 완성한다. 해미 또한 스스로 사라지는데, 그 이후 종수는 해미를 집요하게 추적하기 시작한다.

해미는 없을 때 가장 강렬하게 있다. 해미의 존재의 강도는 부재의 정도에 비례한다. 행사장에서 춤추는 해미보다, 사라져 추적의 대상이 되는 해미가 더 많이, 더 강하게, 더 선명하게 존재한다.

해미에게 존재한다는 것은 없다는 것과 대립한다. 있는 것과 없는 것 사이에는 아무것도 없다. 그러나 벤에게 그것은 다소多少의 문제, 많아짐과 적어짐의 문제다. 벤은 존재를 축적해나간다. 부재도 축적해나간다. 무無는 단순한 '없음'이 아니라, 더욱 없어질 수 있는 어떤 것이다. 벤의 욕망은 무의 끝을 향해 있다. "뼛속까지 울리는 베이스"의 더 많은 축적을 향한다. 이런 점에서, 벤은 식인증/우울증적이며, 수집가적이며, 근본적으로 자본주의적이다. 자본주의의 핵심에는 무제한적 축적 충동이 존재한다. 사회 시스템이기 이전에 자본주의는 마음의 시스템이며, 그 강박적 운동은 무한성을 향한다. 자본주의의 원형적 주체는 기업가가 아니라 사제, 연구자, 그리고 예술가다. 도달될 수 없는 절대적 가치에 대한 욕망을 동력으로 삶을 이끄는 자들. 자본주의에 멜랑콜리가 내재되어 있는 것은 그 때문이다. 근대 이전에 자본주의는 수도원에 유폐되어 있었다. 수도사들은 이미 오래전부터 자본주의적으로 영혼의 경제를 운영해왔다. 근대 자본주의는 수도원이 온 세계로 확대된 형태에 다름아닌 것이다. 없음과 있음 사이에 '더 많이 있음' 혹은 '더 많이 없음'의 점증적 가능성이 지배하는 공간, 그것이 자본주의적 삶의 공간이다. 삶(생명)의 의미는 존재의 강화, 확장, 팽창이다. 벤이 스스로의 도덕적 지평을 설정한 곳이 바로 거기이다. 자연철학적 원리가 지배하는 곳, 부정성이 존재하지 않는 곳이다.

이후 〈버닝〉은 다음과 같이 전개된다. 종수는 해미의 안위를 걱정하면서 벤을 의심하기 시작한다. 벤은 해미를 본 적이 없다고 단언한다. 종수는 벤을 미행하고 추적한다. 그러던 중 우연히 찾아간 벤의 집에서 종수는 결정적 단서들을 발견했다고 믿는다. 이를 바탕으로, 종수는 벤이 해미를 살해했다는 확신을 갖고 글을 쓰기 시작한다. 마침내 벤을 불러내어 칼로 찌르고 그를 태운 뒤 자신이 몰고 온 트럭을 타고 황망히 사라진다.

대마초를 피우던 밤, 종수는 불타는 비닐하우스에 서서히 다가가는 꿈을 꾼다. 벌거벗은 채 타오르는 불길 앞에 서 있다. 종수의 표정은 두려움과 희열, 파괴의 기쁨으로 기묘하게 어른거린다. 비닐하우스가 화염에 휩싸여 녹아 흘러내리면서, 악마적이기도 하고 동시에 해방적이기도 한 불길, 구조물의 붕괴가 느린 화면으로 전개되고 있다. 종수는 꿈속에서 어린 시절의 자신의 얼굴을 본다. 발가벗은 젖은 몸. 화마에 압도당한 채 매혹당한 채 정지해 있는 몸. 뼈대만 남기고 무너져가던 그 비닐하우스는 무엇인가? 그것은 아버지인가, 어머니인가, 자신인가, 아니면 이 세계인가? 종수는 태우는 자인가, 아니면 불타는 자인가?

1999년 6월 30일 경기도 화성군 씨랜드 청소년수련원에서 화재사고가 있었다. 모두 23명이 사망했는데 그중 19명은 캠프 놀이를 갔던 유치원생이었다. 이들은 대부분 1993년 혹은 1994년생이었다. 희생자들이 살아 있었다면 종수나 해미의 나이였을 것이다.

〈버닝〉은 프로이트의 『꿈의 해석』 7장에 나오는 '불타는 아이'를 생각하게 한다. "어떤 아버지가 병든 아이의 침상 옆에서 며칠 밤낮을 뜬눈으로 지새웠다. 그는 아이가 죽은 다음 옆방으로 가 휴식을 취하면서, 아이의 시신이 커다란 촛불들로 둘러싸여 안치된 곳이 보이도록 방문을 열어놓는다. 한 노인이 그곳을 지키라는 명령을 받고 시신 곁에 앉아 기도문을 중얼거리고 있다. 아버지는 몇 시간 동안 잠을 잔 후, 아이가 침대 옆에 서서 자신의 팔을 잡고 비난하듯이 속삭이는 꿈을 꾼다.

"아버지 내가 불타고 있는 것이 안 보이시나요?"(프로이트, 1997: 593)

루만

니클라스 루만을 읽는 것은 '독서'라기보다는 '돌파'에 더 가깝다. 책을 집어든 이후, 루만 애호가가 되거나 루만의 적대자가 되기까지는, 오랜 시간이 걸리지 않는다.

루만은 전형적인 이론가, 즉 관조자다. 그에게는 고공高空의 냄새가 난다. 흙도, 물도, 오물도, 꽃도, 인간이나 동물의 내장도 루만의 세계에는 없다. 그것은 좋은 의미에서 추상된 우주다. 추상은 압착을 통해 정수를 짜내는 것이다. 좋은 이론은 최상급의 추상을 성취한다. 루만의 이론을 따라가다보면, 우리는 대기권을 벗어난 우주인이 지구를 바라볼 때 느낄 법한 적막감에 빠진다. 폐허 속 어딘가에 있는 듯, 때론 절망적인, 때론 자유로운, 때론 방황하는 기분을 느낀다. 우리는 허공에 떠 있고 사회 세계를 관조한다.

아주 높이 올라갔을 때, 우리는 순간적으로(강한 이론이 선사하는 초월의 기분) 저 세계가 그저 하나의 우연에 불과하다는(그래서 기적이라는) 사실을 인식한다. 두려움과 우환으로부터 잠시 벗어난다. 탤컷 파슨스를 제외하고 사회에 대해 이처럼 높은 시선을 가졌던 자는 없다. 우리가 지상의 드라마에 지쳐 이 찬란하게 더러운 세상에서 벗어나고 싶을 때, 루만은 사회학이 줄 수 있는 최고급의 위안을 준다. 여기까지 올라와서 네가 사는 세상을 봐. 저 작은 시스템들이 작동하는 세계를 봐. 거기에서 '너'라는 존재에 부여된 괴상한 중심성을 지워봐. 루만은 속삭인다. '네'가 세상을 가르친다고 생각하면, 대중을 교육하고 사회를 이끌어간다고 생각하면 큰 어리석음이자 오산이야. 세상이 너를 가르치는 거야. 세상이 너를 계몽하는 거야. 그가 말하는 '사회학적 계몽soziologische Aufklärung'이 의미하는 것이 이것이다. 사회학자는 시민사회를 계몽하는 존재가 아니라, 시민사회로부터 계몽되는 자다.

루만은 칸트의 가면을 쓴 니체다.

복싱에 비유하면, 그는 탁월한 아웃복서다. 거리를 허용하지 않으며, 오직 잽과 스텝으로만 상대방을 허물어뜨린다. 가령, 이런 점에서 루만은 부르디외와 다르다. 부르디외는 지독한 인파이터로서, 깊이 파고들어가서 상대의 공간을 허물고, 거기에서 지루하고 집요한 펀치로 상대의 가드를 함몰시킨다(물론 부르디외보다 훨씬 더 지독하고 무서운 인파이터는 라투르다).

칸트의 가면을 씀으로써, 루만 속의 니체는 칸트적 산문성과 단조로움, 그리고 급진적 정직함 뒤에 숨어(칸트는 거짓말을 하지 않는다), 한층 더 파괴적이 될 수 있었다. 칸트의 가면을 씀으로써, 루만 속의 니체는 광기에 함몰되지 않고 작업을 이어갈 수 있었다(그렇게 막대한 이론작업을 평생 이어갔던 것이 사실 광기였을 수도 있지만). 그에게는 독일적 심오함과 프랑스적 명료함이 동시에 있다. 형식적 엄격함과 사고의 과격함이 동시에 존재한다.

시스템. 환경의 복잡성이 감축되어 조직된 단위. 환경과의 차이를 통해 창발하는 무엇. 즉 고정된 건물이나 비계, 골격 같은 것이 아니라, 사건. 나타나고 생성되고, 반복적으로 작동하지만, 작동하지 않을 수도 사라질 수도 있는 무엇. 환경에서 나와서 환경 속으로 흩어져버릴 수 있는 것. 어떤 것도 시스템의 영속성을, 외부로부터, 선험적으로 보장하지 않는다. 사회는 시스템이다.

시스템에 목적이 있는가? 없다. 생명의 목적이, 유기체의 텔로스가 있는가? 없다. 우리의 의식, 즉 심리적 체계의 목적이 있는가? 없다. 그렇다면 사회적 시스템, 사회에는 목적이 있는가? 없다. 오직 스스로를 재생산하는 과정들만이 있다. 시스템은 선과 악을 넘어서 있다. 의지와 표상을 넘어서 있다. 시스템은 근본적으로 공空하다. 사람들이 공유하는 가치, 규범, 문화가 사회를 만드는 것이 아니다. 사회는 차이의 끝없는 생산 속에서 텅 빈 채 지속된다. 루만은 사회를 안정과 영속 그리고 질서 위에 구축하려던 모든 시도들을 붕괴시킨다. 사회는 고도의 우연성에 노출되어 있다.

인간은 언어의 힘을 빌려 몸으로부터 의식으로 진화했고, 더 나아가서 아무런 물질적 실체도 없고(사회는 건물이나 영토가 아니다), 심지어는 심리적 실체들도 없는(사회는 의식이나 생각이 아니다, 사회는 꿈이나 독백이 아니다), 텅 빈 의사소통의 지속적 시스템(사회적 체계들)을 발명했다. 그것이 사회다.

사회는 인간으로 구성되어 있지 않다. 사회를 구성하는 것은 소통이다. 루만은 소통에 대한 관습적 비유라 할 수 있는 전달Übertragung의 비유와 결별한다. 소통은 진심과 진심의 교환이 아니다. 그런 소통은 전형적으로 친밀소통의 영역에서, 그것도 하나의 이상으로 잔존하고 있다. 대부분의 경우 소통은 마음을 나누는 것이 아니라 정보가 나에게 통지되었다는 사실(정보와 통지의 차이)을 이해하는 것으로 발생한다.

'인간이 소통하지 못한다'는 것은 심리체계들이 서로에게 닫혀 있다는 의미다. 의식은 의식을 들여다보지 못한다. 아무리 밀도 높은 소통 속에서도(사랑 속에서도) 한 의식이 다른 의식 속으로 들어가는 일은 없다. 다만 다른 의식을 들여다보았다는 생각을, 다른 의식을 깊게 이해했다는 생각을 자기의식 안에서 만들어내는 것뿐이다. 의식, 즉 심리적 체계는 인지할 뿐 소통할 수 없다. 소통의 성공은 합의가 아니라 소통의 연계다.

왜 소통하는가? 소통하기 위해. 누가 소통하는가? 소통이 소통한다.

루만에게 사회는 진보하거나 발전하는 것이 아니라 '진화'하는 무엇이다. 진화는 목표도 계획도 없는 것이며 그 방향도 정해져 있지 않다. 섭리도, 이성도 존재하지 않는다.

사회에는 중심도 정점도 존재하지 않는다.

사회에는 주소가 없다. 사회가 어디에 있는지 우리는 알지 못한다.

사회에는 신이 없다. 신이 없기 때문에, 사회는 어떤 방향으로든 갈 수 있다. 고도의 불확실성을 끌어안은 채 사회는 도대체 어디로 가고 있는가? 루만은 언젠가 이렇게 말했다.

"생명체인 인간이 (…) 스스로 만들어낸 재앙 때문에 다시 사라질 개연성이 충분하다"(Luhmann, 1992: 149. 베르크하우스, 2012: 414에서 재인용).

단상이란 무엇인가

보통의 문장이 사람의 얼굴이라면, 단상은 해골이다. 살肉이 헐벗어야 단상이 드러난다.

"비교할 수 없이 탁월한 해골의 언어: 해골은 검은 눈구멍의 완전한 무표현성과 비웃음 치는 이빨들의 야생적 표현을 하나로 통합하고 있다"(벤야민, 2007: 108).

산문이 걸음과 같고 시는 춤과 같다면, 단상은 덫에 비유할 수 있다.

'문학적인 것'의 체험은 어디론가 비상하는 자유의 감각이 아니라, 한 문장과 마주치면서 발생하는 '정지停止'의 강제력을 절감하는 것이다. 어떤 글이 우리를 멈춰세울 때, 문장은 자신의 전후 맥락으로부터 분리되어 하나의 단상으로 성립된다. 단斷의 칼날이 문장을 주변의 상황으로부터 도려내고, 거기에 새로운 리얼리티가 생성된다. 우리는 그 현실 속으로 떨어져 내린다. 덫으로 기능하는 문장. 더 못 나아가게 하는 문장, 제지력을 가진 문장, 그 안에 갇힌 채 새로운 시간의 흐름에 휘말리게 하는 문장, 이것이 단상이다.

우리는 어떤 문장에 갇혀 평생을 빠져나오지 못하는 경우도 있다.

단상은 은둔상태의 문장이다.

단상이 보여주는 힘의 근원에는 '헐벗음'이라는 사태가 있다. 헐벗음은 갖고 있던 소유물이 상실되는 것, 믿고 있던 신앙이나 신념이 소멸하는 것, 자아의 일부가 떨어져나가, 자아가 가난해지고 홀가분해지는 것이다. 그것은 존재론적 사태다. 단상이 우리를 멈추게 하는 이유는, 그것이 헐벗은 문장이기 때문이다.

단상은 문장의 자기-비움이다.

자기를 비우는 모든 것, 자기의 그 자기自己로부터 박탈되어 가는 모든 것은 우리를 멈춰세운다. 그것이 진실을 드러내기 때문이다. 문장이 헐벗어 그 뼈가 드러날 때 그것은 단상이 된다. 문장이 헐벗기 위해서는 불가피하게 그것을 쓰는 자가 헐벗어야 한다.

이상적 단상은 법조문의 건조함과 시의 표현력을 동시에 갖는다.

단상은 적에게 발견되더라도 쉽게 해독되지 않는 기호다.

오직 아군만이 그 의미를 알아보고 미소를 짓는다.

모르는 사람에게 전달되는 암호처럼, 단상의 메시지는 쉽게 암기된다. 암호가 적힌 종이를 불태우거나 씹어 삼키고 나서도 생생하게 기억되듯이.

수면에서 물고기가 솟아오르듯, 단상은 모든 글의 첫 문장같이 돌연해야 한다. 무언가 출현하는 순간의 일렁거리는 생명력. 생각이 뇌리에 나타날 때, 이미지가 생성될 때 동반되는 정신의 파문, 육체의 감응.

단상에는 시종始終이 없다. 어디서 끊어 읽어도 상관이 없다.

일반성은 단상을 파괴한다. 일반성을 추구하는 자들에게 단상은 아무런 가치를 지니지 못한다.

단상은 그것을 쓴 사람에 의해 소유된다. 단상을 쓰는 이유는 그것을 소유하기 위해서다. 마치, 위급한 상황에서 호주머니에 챙겨 달아날 수 있는 보석들처럼.

이상적인 단상은 자신을 책임진다. 의미와 진실을 입증하기 위해 다른 문장을 요구하지 않는다. 자기충족적이고 자기

완결적이다. 이는 단상의 순수성을 말하는 것이 아니다. 반대로 단상에는 최대치의 다양체가 응축된다. 더 짧을수록, 더 많은 것이 집약된다. 최고의 단상은 오직 한 문장으로 구성된다.

액션 페인팅과 같은 의미에서, 액션 글쓰기action writing를 시도할 것.

구명救命의 기능이 없는 것은 단상이 아니다. 암벽등반을 하는 사람이 한 걸음 더 올라가기 위해서 붙잡아야 하는 돌출부. 그것이 없으면 더 올라갈 수 없는 어떤 손잡이. 다음 단계로 나가기 위해서 반드시 통과해야 하는 무언가. 생각의 영역에서 이런 손잡이는 단상의 형태로 주어진다. 단상이 주어져야 우리는 다음 지점으로 건너갈 수 있다.

떨어져내리는 자들이 손을 뻗어 붙잡을 수 있는 돌출부 또한 단상이다. 우리가 불가피하게 경험하는 쓰라린 실패, 그 추락의 아찔한 속도에 브레이크를 걸어주는 문장들.

문장에 내포된 구제력에는 위계가 있다. 바닥에는 범용한 속담들과 관용구들이 있으며, 정점에는 경전이 존재한다. 단상은 경전을 뒤집고 비틀고 모방하는 세속의 글쓰기다.

단상의 프랑스적 전통. 라 브뤼에르, 몽테뉴, 파스칼, 보들레르, 폴 발레리, 시몬 베유, 샤를 페기, 롤랑 바르트, 에밀 시오랑, 모리스 블랑쇼……

헐벗은 자가 아직 헐벗지 않은 자에게 하는 말은 단상처럼 들린다. 헐벗지 않은 자는, 오직 오랜 시간이 지난 후, 자신도 헐벗은 이후에야 비로소 그 말의 의미를 이해할 수 있다.

단상은 메시지를 전달받을 사람을 까다롭게 선별하는, 소통의 한 극단적 형태다.

소통疏通이 아니라 밀통密通.

밀통은 비밀스럽지만 촘촘하고 과밀한 연결이다. 타인들은 알아볼 수 없는 무언가가 소통하는 두 주체를 과도하게 연결한다. 단상을 통해 일어나는 커뮤니케이션이 그런 것이다. 그러나 단상은 밀어가 아니다. 귓속말이라기보다는 오히려 함성과 더 가깝다. 너무 크고 시끄러워서 오히려 잘 들리지 않는 함성.

취하면 단상을 쓰지 못한다. 술에도, 기분에도, 감각에도, 자아에도, 세계에도 도취하지 않아야 한다. 명정해야 한다.

단상의 생산은 기계적이다. 카메라가 풍경을 끊어내듯, 프레스 기계가 철판을 찍어내듯, 메스가 피부를 절개하듯, 그렇게 하나의 문장이 잘려나온다. 단상은 반-유기적이다.

실패한 단상은 꼰대의 훈계이거나 애송이의 트윗이다. 헐벗지 않은 자가 쓰는 단상은 실패한 단상이다. '무엇'을 쓰느냐보다 '누가' 쓰느냐가 더 중요한 이유가 이것이다. 단상은 충만하고 풍요로운 정신으로는 쓸 수 없다. 오만하거나 가르치는 것을 좋아하는 사람은 단상에 실패한다.

꼰대도 애송이도 단상을 쓸 수 없다. 양자 모두 자신은 헐벗지 않은 채 타인을 헐벗기려는 자들이기 때문이다. 자신이 헐벗을 때, 주관이 헐벗을 때, 자아가 헐벗을 때, 문장이, 표현력이, 욕망이 헐벗을 때 단상이 가능하다.

주관적 진술이란 존재할 수 있는가? '나'를 주어로 하는 문장들은 진실로 '주관'을 드러내는가?

자신에 대하여 쓴다고 해서, 진실이 발설되는 것은 아니다. 자기 자신을 파고 내려갈수록 덩이줄기처럼, 세계 전체가 끌려나온다. 가족과, 친구와, 애인과, 적과, 타자와, 사물과, 관념과, 물질이 끌려나온다. 우리가 자기 자신이라 생각하는 그것은 사실 이질적인 것들이 만든 아상블라주다.

모든 단상은 반-주관이며, 반-객관이다. 객관이 허구인 것처럼 주관도 허구다.

객관을 진리의 기준으로 삼는 것이 오만한 만큼이나, 주관을 정의의 원천으로 내세우는 것은 사악하다.

상처는 '주관'에 의해 대표되거나 독점될 수 없다.

상처를 제대로 표상하기 위해서, 그것을 우상화하는 '주관'은 죽어야 한다. 상처가 자신의 말을 시작하는 순간 '주관'은 파괴된다.

고백을 연상시키는 모든 말들은 단상과 극단적으로 대립한다.

단상은 읍소도 고발도 비판도 아첨도 신음도 엄살도 과장도 아니다. 단상은 이야기를 들어주는 타자가 사라지면 곧바로 허물어지는 그런 언어가 아니다. 단상은 듣는 자가 '아직' 없을 때 행해지는 말이다. 타자의 부재는 단상의 조건이다. 단상 속에서 말은 그 빈약함과 가난함과 헐벗음 속에서도, 꼿꼿함을 상실하지 않는다. 그것이 단상의 자존심이다.

3부

난류 속으로

숲의 종언

비 내리는 정원. 떨어지는 빗방울들, 이들을 튕겨내는 이파리, 나무 아래 차분히 젖어가는 흙, 수분을 만끽하는 생명체, 그것을 바라보는 나, 내 눈동자에 비쳐 있을 풍경, 마음속에서 발동하는 생동감, 이 모든 것들의 동시적 전개.

어떤 조화로움이 있다. 모두가 서로를 요구하고 품고 인정하고 있다. 내가 조화를 느끼는 것이 아니라, 조화의 '상태'가 발생하고, 조화의 '느낌'이 발생하고, 그리고 비로소 조화를 느끼는 '내'가 발생한다. 나 없이도 저 상태는 그 자체로 완벽하다. 존재자들은 비 내리는 정원을 각자의 각도에서 관조하고 있기 때문이다. 그것은 구름과 물의 생명력, 무거워진 수증기를 바닥으로 당기는 지구의 중력, 그리고 빗방울을 받아내는 신체들의 탄력, 그 모습에 기쁨을 느끼는 내가 동시에 만드는 관조의 오케스트라다. 내가 빗소리를 듣는 것과 동시에 빗소리는 내 존재를 듣는다. 내 피부가 대기를 느끼는 것과 동시에 대기는 내 피부를 느낀다. 내 몸이 뿜어내는 열기에 대기의 끄트머리가 부드럽게 휘어지고, 그렇게 회절된 파동들이 파문처럼 정원으로 퍼져나간다.

> 자연은 하나의 신전, 거기 살아 있는 기둥들에서
> 이따금씩 어렴풋한 말소리 새어나오고;
> 인간이 그곳 상징의 숲을 지나가면,

숲은 정다운 시선으로 그를 지켜본다(보들레르, 2003: 50)

벤야민은 보들레르의 시 「상응」에서 시선의 방향에 주목한다. 위의 시에서 무언가를 바라보는 주체는 인간이 아니라 숲이다. 숲이 정다운 시선으로 인간을 지켜본다. 숲이 눈을 떠서 자신을 느끼는 인간을 느끼고 있다. 시선이 비인간에게 회복되고 있다. 비인간이 '주체'가 되어 행위자로 나타난다. 비인간이 주도하는 소통, 비인간에서 인간으로 오는 시선이다. 이런 상호작용을 벤야민은 '아우라aura'라고 불렀다. 벤야민이 말하는 아우라는, 인간 시선의 대상이 된 무언가가 이 시선에 감응되어 바라보는 인간에게 다시 시선을 던지는 '상호 지각'의 체험이다. 먼 곳의 일회적 나타남. 그 나타남은 눈빛의 교환이다. "어떤 사물의 아우라를 경험한다는 것은, 시선을 되돌려줄 수 있는 능력을 부여한다는 것이다"(벤야민, 2010: 240-1).

아우라는 대상의 생명력을 느끼는 체험이다. "기계복제시대의 예술작품"에서 벤야민이, 초창기 사진의 아우라가 마지막으로 숨어 들어간 곳이 사람의 얼굴, 가령 영정사진이라 말하는 것은 바로 이 맥락이다. 영정사진 속에서 죽은 자는 살아 있다. 섬뜩하고 기이하고 오싹한 시선으로 우리를 바라본다. 그 으스스한 생기生氣, 어떤 각도에서도 나를 쳐다볼 것 같이 편재의 착각을 불러일으키는 눈빛, 함부로 다루면 안될 것 같은 생명력의 기운, 이것이 아우라다. 우리에게 시선을 되돌려주는 모든 것들은, 살아 있다. 보들레르가 노래한 '상응'의 숲은 '상징의 숲'이 아니라 '생명의 숲'이다.

인류학자 에두아르도 콘은 아마존 숲에서 '인간이 재규어를 어떻게 바라보느냐'라는 문제보다 더 중요한 것이 '재규어가 인간을 어떻게 바라보느냐'라는 점을 지적한다. 숲은 생존 공간이다. 거기서 우리는 다른 존재자들과의 위험하고, 물질적이고, 해석학적인 관계를 갖는다. 인간만이 자기self인 것이 아니다.

숲에서, 모든 존재자는 다른 존재자들이 발산하는 기호를 읽을 줄 알아야 한다. 그래야 생존할 수 있다. 인간만이 언어를 갖고, 비인간 세계는 언어가 없는 죽은 물질의 세계라는 착각을 하는 자는 아마존 숲에서 단 하루도 버티지 못할 것이다. 물, 공기, 바람, 흙, 곤충, 식물, 작은 동물, 큰 동물, 날씨, 습도, 정령spirit, 사자死者는 모두 자기self다. 이들은 각자의 시선과 권능과 생명과 영혼을 갖는다. 이들은 서로가 발산하는 기호를 읽고 탐구하는 해석학자들이다. 아마존 숲에서 먹이를 찾아 산책하는 재규어와 마주친 인간은 (인간의 관점에서는) 주체이지만 (재규어의 관점에서는) 잠재적 먹이, 즉 대상이다. 자신이 재규어의 먹잇감이 아니라 그와 동등한 또다른 자기라는 사실을 알려주기 위해서, 그는 재규어의 눈을 똑바로 바라보아야 한다. 재규어에게 아우라를 느끼게 해주어야 한다. 즉, "재규어의 시선을 돌려주어야 한다"(콘, 2018: 12).

"수마코 화산 기슭에 있는 사냥 캠프의 초가지붕 아래서 엎드려 누워 있는데, 후아니쿠가 내게 다가와 경고했다. '반듯이 누워 자! 그래야 재규어가 왔을 때 그 녀석을 마주 볼 수 있어. 재규어는 그걸 알아보고 너를 괴롭히지 않을 거야. 엎드려 자면 재규어는 너를 아이차aicha(먹잇감)로 여기고 공격한다고.' 후아니쿠의 이 말은 재규어가 우리를 마주 응시할 능력이 있는 존재로 본다면, 우리를 가만히 놓아둔다는 뜻이다. 그러나 재규어가 우리를 먹잇감—'그것'—으로 보게 된다면, 우리는 죽은 고기나 다름없다. 다른 부류의 존재들은 우리를 어떻게 볼까? 이 문제는 중요하다"(콘, 2018: 11).

이것은 토테미즘이 아닌 애니미즘의 세계다.

개구리 토템은 개구리의 축축한 피부나 끈적거리는 점액, 빠른 혓바닥, 그리고 꽥꽥거리는 소리를 숭배하는 것이 아니다. 개구리 토템은 물질성이 지양되고 승화되어 만들어진 개구리라는 '기호sign' 혹은 상징에 대한 숭앙이다. 상응의 숲은 토템으로 정신화되기 이전의 생명들이 발휘하는 소통의 힘으로 넘실거리는 세계이다. 그것은 아이들의 세계, 동화의 세계, 만화의 세계와 같다. 이 환상적 서사환경에서 사물과 생물은 영혼이 있고, 살아 있고, 말을 하는 행위자다. 기표의 남근적 헤게모니에 의해 중화되고 증류되지 않은 수많은 '눈'과 '관점'의 세계, 아우라의 숲이다. 따라서 '나'의 시선으로 세계를 통일할 수 없다. '나'는 수많은 관점 중의 하나일 뿐이다. 조화란 내 시선이 응답을 받고 다른 시선에 내가 응답하는 관계, 모든 비인간 존재자들의 '힘'이 존중되는 순간인 것이다.

1986년 체르노빌 참사 이후 우크라이나의 아름답던 숲은 생명체에게 가장 위험한 지구상의 장소로 변했다.

재난 현장을 여행한 기록을 만화로 그린 『체르노빌의 봄』에서 만화가 에마뉘엘 르파주는 오염된 숲에 들어가 풍경을 스케치하던, 2008년 5월 2일의 체험을 이야기한다(르파주, 2013: 108-117). 마스크를 쓰고 장갑을 끼고 숲에 들어갈 때, 그는 아무것도 만지지 말고 땅에 앉지도 말라는 충고를 듣는다. 그러고는 자리를 잡고 앉아서 적막 속에서 홀로 그림을 그린다. 그런데, 그의 눈에 펼쳐지는 숲의 풍경은 그가 상상했던 장면과 매우 달랐다. 숲은 아름다웠다. 폐허, 검게 타버린 이파리들, 유전자 변형으로 기괴하게 자라난 이상식물들,

괴물이 된 동물들, 음산한 죽음의 기운 같은 것은 거기에 없었다. 참사 현장이라는 사실을 믿기 어렵게 할 정도로 찬란한 "색상의 향연"이 그의 눈앞에 전개되고 있었다. 그는 당황한다. 최악의 재난지역에서 아름다움을 보는 만화가의 '눈'은 혼란에 빠진다. 그는 무성한 이파리, 새싹, 휘날리는 꽃잎들, 색깔들의 관능을 느끼고, 그것을 그렸다.

이 믿을 수 없는 풍경에 내재하는 파괴적 힘을 지각한 것은 인간의 감각기관이 아니라 방사능 측정기였다. 그는 멋진 색채로 그려진 숲의 풍경화 아래에 위험을 알리는 방사능 수치를 적어놓는다. 측정기는 그에게 '이곳은 위험하니 여기를 떠나시오'라고 종용하고 있었다.

체르노빌의 숲은 참사 이전처럼 아름답다. 그러나 그곳이 죽음의 땅이라는 사실을 아는 우리에게 그 '아름다움'의 의미는 지극히 모호한 것이다. 그 아름다움은 우리의 시각이 얼마나 현실을 호도하고 있는지, 얼마나 현실을 왜곡된 방식으로 인지하는지, 아름다움의 이면에 방사능 물질로 인해 고통스럽게 변형되어 가는 생명체들의 목소리에 우리가 얼마나 무감각한지를 역설한다.

만약 당신이 방사능에 오염되어 죽어버린 체르노빌의 숲

에 내리는 방사성 빗줄기를 바라보며 '상응'을 명상한다면? 방사성 핵종이 당신에게 그 파괴적 시선을 돌려준다면? 세슘의 시선, 코발트의 시선, 스트론튬의 시선, 라듐이 시선이 당신 세포들을 응시하고, 침투하고, 파열시키는 것을 느낀다면? 물질의 아우라를 느낀다면?

그것은 조화, 상응, 소통, 애니미즘 그 어떤 것도 아니다. 그것은 죽음이다. 벤야민의 관찰에 의하면, 아우라는 기계적 복제의 시대에 사라질 수밖에 없었다. 그러나, 진정으로 아우라의 가능성을 파괴한 것은 기계적 복제가 아니라 핵 문명이다. 체르노빌의 숲에서, 물질이 돌려주는 시선을 받은 자는 아우라를 느끼는 것이 아니라 피폭되어 죽는다. 거기 아름다움은 죽음의 베일이며, 맹목적 환각이다. 아우라는 생명의 시선이 아니라 파괴의 시선이다. 거기 인간의 삶과 물질의 아우라는 양립할 수 없다. 아우라는 그것에 감응되는 신체를 파괴한다. 아우라의 숲은 사라져야 한다.

체르노빌 참사의 영향을 제거하는 작업에 동원된 사람들은 청산인liquidator이라 불렸다. 한 청산인은 그가 행한 작업에 대하여 이렇게 회고했다.

"우리는 땅을 묻었소, 커다란 지층을 잘라서 둘둘 말았소.

(…) 숲을 묻었소. 나무를 1미터 반 길이로 잘라서 비닐로 포장한 다음 무덤으로 던졌어. 밤에 잠이 안 오더군. 눈만 감으면 뭔가 까만 게 꿈틀거리면서 뒹굴더라고. 산 것처럼, 살아 있는 흙 토막이었어. 딱정벌레, 거미, 지렁이도 들어 있는. 나는 그 벌레들을 몰랐어. 이름도 몰랐소. 그냥 딱정벌레, 거미, 개미, 이렇게만 알았지. (…) 나는 이름도 모르는 그들을 수십, 수백, 수천 마리씩 죽였고. 그들의 집을 파괴했소. 그들의 비밀을 묻고, 묻었소"(알렉시예비치, 2011: 145-6).

땅을 땅에 묻고, 숲을 숲에 묻고, 바다를 바다에 묻고, 공기를 공기에 묻고, 우리는 이제 아우라 없는 세계를 꿈꾼다. 아우라 개념이 아우라를 상실한다. 이것이 진정한 아우라의 종언이다.

포스트휴먼

음식점 벽에 붙어 있는 문구들. 미꾸라지의 효능. 김치의 효능. 메밀의 효능. 마늘의 효능. (…) 맛보다 효능. 신유물론 new materialism이 한국에서 가장 일찍 수용된 곳은 교회와 음식점이다. 오순절 교회의 성령과 음식의 효능.

내비게이터 밤풍경에 별들이 흩어져 있다. 인류는 이제 저 먼 행성으로 이주할 꿈을 꾼다. 별은 생명의 기원이 아니라 피신처다. 우주를 여행하는 검고 낡고 쇠락한 우주선. 그 안에 홀로 깨어 있는 인공지능. 캡슐 속에 잠든 인간들. 숨어들어온 바이러스나 미지의 생명체. 사막을 닮은, 낯선 별의 바다와 모래 폭풍. 검은 우주.

기차나 비행기에서 말 못 하는 어린애의 울음소리를 듣고 있어야 하는 상황의 괴로움. 울음소리가 시끄러워서가 아니라, 아이가 왜 우는지를 엄마도, 승무원도, 나도, 승객들도 알지 못하기 때문이다. 너무 어려서 오직 발작적인 울음으로 밖에는 불편을 표현하지 못하는 저 아이와 같은 존재들이 세상에는 얼마나 많이 있을까? 누구도 자신이 처한 문제를 인지하지 못하고, 따라서 누구도 자신을 제대로 도와주지 못하는 곤경에 처한 사람들, 동물들, 식물들, 그리고 우리 눈에 띄지 않는 생명체들. 이 모든 존재자들이 저 어린애처럼 어디선가 울부짖고 있는 것이 아닌가 하는 생각. 여섯번째 대멸종이 다가

오는 우리 시대, 인간의 가청권 외부에서 신음하는 중생들.

여우가 토끼를 잡아 내장을 파먹고, 그 나머지 사체를 파리와 구더기가 파먹고, 뱀이 쥐를, 쥐가 벌레를, 벌레가 식물을 먹는 저 무수한, 먹고 먹히는 스펙터클이 끊임없이 벌어지는 자연은 왜 우리에게 끔찍한 것이 아니라 아름다운 것으로 나타나는가?

인간의 악을 직시할 것. 인간의 악을 용서할 것. 자신의 악을 직시할 것. 자신의 악을 용서하지 말 것.

우리는 세 개의 생명을 갖고 살아간다. 하나는 우리에게 주어진 생명. 다른 하나는 우리에 의해서 살아진 생명. 그리고 마지막으로 우리가 미래에 물려줄 생명(Rose, 2006: 74).

재난을 겪을 때, 우리는 사물들이 수동적인 재료나 대상에 불과하다는 생각에서 깨어난다. 아플 때 심장이 뛰는 소리가 들리듯, 일상적으로는 감지되지 않던 물질의 활력은 그때 생생하게 느껴진다. 재난이 휩쓸고 간 현장에 흩어진 것 중 범상한 것은 아무것도 없다. 모든 것은 살아 있고, 말하며, 작용한다.

물질은 안다. 지각한다. 생각한다. 판단한다. 결정한다. 행위한다.

인간의 삶이 고해苦海이듯, 나무의 삶도 곤충의 삶도 버섯의 삶도 박테리아의 삶도 고해다.

실재는 상상계 혹은 상징계와 다른 무언가가 아니다. 상상적인 것도 상징적인 것도 실재적인 것도 모두 실재다.

"옛 시대의 장비들로 현재의 도전에 응하는 것보다 더 큰 지적 범죄는 없다"(Latour, 2004: 231).

말이 무엇을 '의미'하는가를 묻지 말고 무엇을 '수행'하는가를 물을 것.

말은 사물이다. 그것은 접촉이며, 진동이며, 타격이며, 고문이며, 애무이며, 절개다. 말과 현실 사이에는 표상의 거울이 있는 것이 아니라, 변형의 연쇄적 계기들이 있다.

담론의 무의식을 찾으려 하지 말고, 담론이 생산하는 현실의 차이를 추적할 것. 텍스트를 해석하여 거기에 '숨어' 있다고 상정되는 의미구조를 찾으려 하지 말 것. 많은 경우 그 '의

미구조'는 텍스트의 내부에 있는 것이 아니라 해석자의 머릿속에 있다.

우리가 자연이라 부르는 대상의 아름다움, 선함, 신비스러움, 편안함, 쾌적함은 인간적 관념에 불과하다. 푸른 숲, 맑은 물이 흐르는 시냇물, 물안개가 피어나는 바닷가, 갈대밭이 우거진 강변, 갯벌과 호수, 풍요로운 산과 평원. 이런 모습들은 인간이 자연에 투사해놓은 하나의 이미지일 뿐이다. 지구가 이런 '인간적' 모습을 띠기 시작한 것은 사실 최근 1만 년 동안 기후가 안정화된 충적세 이후의 일이다. 태어난 지 얼마되지 않은, 문자 그대로의 '자연'의 모습은 다음과 같았다.

"지구의 탄생은 하데스대Hadean라 불리는, 지금으로부터 약 45억~39억 년 전에 이루어졌다. 그 즈음은 지각 폭발과 고열의 시대로 대양이나 호수는 물론 존재하지 않았고 눈이나 진눈깨비 같은 기상 현상도 없었다. 행성 지구는 마치 용암의 불덩어리 같았고 내부에서는 방사능 물질인 우라늄, 토륨, 칼륨 등이 분해되면서 고열을 방출했다. 지구상에 존재하는 물은 지구 내부에서 지표로 마치 간헐천의 수증기처럼 방출되었다. 온도가 너무 높아서 비의 형태로 지표에 떨어지지 못하고 대기 중에 수증기로 남을 수밖에 없었던 것이다. 대기는 유독성의 시안화물과 포름알데히드를 다량 포함했다. 물론 산소는 전혀 없었고 어떤 생물체도 호흡할 수 없었다"(마굴리스·세이건, 2011: 51-2).

인간의 의식이나 작용과 무관하게 주어진 물리적 환경의 시원적 형태를 자연이라 한다면 그것은 천국이 아니라 흔히 지옥이라 불리는 곳과 훨씬 더 유사하다.

'태양이 불탄다'는 명제는 태양이라는 별이 먼저 있고, 그 별에 불이 붙어 타오르는 시간적 전개를 연상시킨다. 태양(주어)이 불탄다(술어). 그러나 실제로 태양은 불타기 이전의 불타지 않는 무언가였던 적이 없다. 황색왜성인 태양은 폭발, 가스 분출, 변화, 광자光子의 방출 그 자체다. 태양은 언제나 불타고 있었다. 불타왔다. 타고 있음 그 자체가 태양이다. 실제로 있는 것은 '존재'가 아니라 지속적 폭발과 연소, 즉 '사건의 연쇄'다. 계속되는 사건, 에너지의 끝없는 발산, 빛과 열의 방사, 폭발, 폭발, 폭발의 끝없는 이어짐이다.

언제나 생성 속에 있는 태양은 특정 거리에서만 동그란 모양을 지닌 '존재자'로 나타난다. 존재/생성은 관찰자와 관찰 대상의 관계에 따라 결정된다. 무엇이든 일정한 거리를 취하여 보면, 그것은 '존재'하는 무언가로 보인다. 그러나 서서히 그것에 다가가면, 그 존재자는 무수한 사건들이 그 안에서 발생하는 하나의 '프로세스'로 나타난다. 심지어 바위와 같은 무기물도 광대한 시간 속에서 보면, 미세하게 변화해가는 생성물이다.

세상에 그냥 '실존'하는 것은 없다. '무언가가 있다'라는 명제가 의미하는 것은 많은 경우 '무언가가 없지 않다' 정도에 그친다. '있다'는 그 주어에 대해서 별다른 사실들을 알려주지 않는다.

'실존'하는 것들은 그냥 있는 것이 아니라, '있을 수 있기' 위해 고투하고 있다. 그저 있는 듯이 보이는 나무는 광합성하고 있고, 성장하고 있고, 분열하고 있다. 바람에 버티고 있으며, 흙을 뚫고 내려가고 있다. 그저 있는 것처럼 보이는 존재자를 구성하는 요소들은 부단히 운동하고 있다. 흐르고 있고, 불타고 있고, 대립하고 있고, 버티고 있다. 가까이에 다가가서 보면, 모든 존재는 무수한 작용과 겪음의 지속적 '과정'이다. 존재가 아니라 생성, 혹은 생존이다.

가장 작은 세계, 미분된 곳, 극미極微로 가는 집중된 탐구, 생각의 흐름만이 전율적인 것을 발견한다. 극한으로 쪼개져가는 시선만이 생성의 힘을 포착한다. 극미를 응시하던 사고가 지쳤다면, 눈을 들어 가장 먼 곳, 우주의 끝, 극원極遠을 바라볼 것.

태양은 태양을 연기하고, 먼지는 먼지를 연기하고, 원자는 원자를, 중성자는 중성자를, 플루토늄은 플루토늄을, 바이러스는 바이러스를, 엽록소는 엽록소를, 흐름은 흐름을, 운동은 운동을, 블랙홀은 블랙홀을, 너는 너를, 그리고 나는 나를 연기하고 있다.

곰팡이나 기생충, 혹은 악성종양이 우리에게 주는 충격은, 우리가 그동안 그들의 존재와 생장을 인지하지 못했다는 사실에 기인한다. 보이지 않는 곳에서 자라는 것들, 비가시적 생명의 힘을 인지했을 때의 놀라움.

대부분, 인간적 현상보다 비인간적 현상이 훨씬 더 심오하다. 그러나 '어떤' 인간적 현상은 비인간적 현상보다 아름답다.

21세기, 우리가 착용하고 있는 이 인간이라는 가면 뒤에서 도대체 무엇이 생성되고 있는 것일까?

지구는 자연사하지 않을 것이다.

"지구에서 살아남으려면 사이보그가 되자"(해러웨이, 2019: 120).

푸코 계보학의 성취. 인간 역사에서 주체화 장치들이 얼마나 엉성하게 작동했는지, 리얼리티의 기원에 얼마나 우연적인 꿈과 생각들이 자리잡고 있었는지, 주체화의 시도들이 어떻게 계속 실패해왔는지, 인간 세계가 얼마나 깊이 통치-불가능성에 가로질러져 있는지를 보여주었다는 점. 푸코의 이 계보학적 시선을 비인간 세계에도 던져야 한다. 우리가 흔히 자연이라 부르는 그 세계로.

"우리는 결코 이성 앞에 무릎을 꿇지 않는다. 우리는 힘 앞에 무릎을 꿇는다"(Latour, 1988: 233). 이 말은 인간뿐 아니라 비인간 행위자에게도 적용되어야 한다.

비인간 행위자들의 기호학적 소통능력. 모든 존재자들은 기호의 생산자이며 해석자다. 구름과 별, 동물의 배설물, 식물의 색깔과 모양, 벌레의 움직임, 땅의 냄새, 어떤 분위기.

의미한다는 것은 차이를 갖는다는 것이다. 차이를 생산하기 위해서는 '선택'해야 한다. 이것이 아니고 저것을 선택할 때, 거기에 의미가 발생한다. 왜 이것이 아니고 저것인가? 인간의 중대한 선택은 결단이라 불리지만, 결단은 인간만의 것이 아니다. 미생물도 결단한다.

"다양한 먹이가 주어지면 헤엄치는 세균, 섬모충류, 편모충류 등 운동성이 있는 미생물은 하나를 택한다. 선택하는 것이다. 위족을 써서 움츠렸다 폈다 하며 나아가는 아메바는 테트라히메나(섬모충)를 발견하면 반기지만 코프로모나스는 피한다. 짚신벌레는 작은 섬모충류를 게걸스럽게 먹는데, 만일 섬모충류나 다른 원생생물이 부족하면 마지못해 에어로모나드 같은 세균을 먹는다"(마굴리스 · 세이건, 2016: 299).

생각, 의지, 욕망, 언어, 소통은 인간의 전유물이 아니다. 그것은 생명의 가장 원초적인 단계에서 이미 발견되는 생기론적 능력들이다. 생명체는 감각하고, 사고하고, 소통한다.

계시되는 기호는 생사를 묻는 질문이다. 하나의 질문은 기호 앞에 선 생명의 총체적 능력을 시험대에 올린다. 가령, 끈끈이풀 앞을 날아가는 파리, 가젤을 발견한 사자, 설탕가루를 발견한 개미, 숲에서 만난 미지의 타인의 눈빛을 살피는 여행자, 수학 문제를 풀고 있는 학생, 실험실에서 발견한 어떤 물질을 응시하는 과학자에게, 기호는 유희가 아닌 시험이다. 스핑크스와 오이디푸스의 대면은 기호 해독자가 처해 있는 생사의 갈림길에 대한 원초적 그림을 제공한다. 답을 찾지 못하면 죽는다. 기호를 잘 못 읽는 것들은 생존하지 못한다.

생사를 가르는 원초적 시험이라는, 기호의 아우라가 아직 잔존한 인간적 영역이 있다. 그것은 운명의 기호를 해독하는 점집이나 무당집이다. 삶의 기호의 비밀에 귀기울이는 사람의 얼굴에 스쳐가는 불안과 매혹은, 기호의 원천에 존재하는 생명과 죽음의 집중된 엇갈림의 생물학적 체험의 깊이와 두께를 암시한다.

인문학의 원천에는 동물행동학이 놓여야 한다. 인간 기호만이 '존재의 집'인 것은 아니다. 삼라만상이 공생하는 세계에서, 기호는 인간뿐 아니라 비인간 행위자에게도 생명이며, 길이며, 진리다.

기호가 전달하는 힘이 응축되어 최종적으로 언어적 형태를 띨 때, 우리는 그것을 의미라 부른다. 어떤 기호의 의미를 말할 때, 우리는 이미 기호 고유의 세력이 사라진 순간에 접어든 것이다. 혐오하는 사람들은 혐오를 말하기 전에 혐오를 행위하고, 혐오의 표정과 몸짓과 기운을 발산한다. 행위, 체험, 몸짓은 혐오하는 사람의 의식 외부에, 사물들에 배분된 채, 의미를 초과하며, 흐른다.

아이를 키우는 엄마는 아이와 연관된 모든 것을 행위자agent

로 대우한다. 먼지, 화학물질, 음식, 공기, 장난감, 말…… 엄마는 이 모든 것들을 살아서 작용하고 영향을 주는, 힘을 지닌 존재자로 대우한다. 이들이 어떤 존재인지 알고자 한다. 이들을 무시하지 않는다. 엄마가 세계의 정치에 참여하는 지점은 비인간 행위자들이 발휘하는 힘과 아이가 만나는 접촉지점이다. 아이의 피부, 세포, 뇌, 정신. 엄마가 비인간 행위자와 관계 맺는 방식은 유물론적 '인정recognition'이다. 비인간을 죽은 사물이 아닌, 관계 속에서 힘을 행사하는 공존의 대상으로 바라보는 것.

비인간의 행위능력을 무시하는 사람들에게 흔히 발생하는 일. 후쿠시마 원전 재난 이후 후쿠시마산 농산물로 만든 음식을 카메라 앞에서 호기롭게 먹은 사람들이 피폭으로 암에 걸리거나 사망했다는 보도가 있었다.

비인간 행위능력을 간파하지 못하는 사람은 '센스 없는' 사람일 가능성이 있다. 가령, 금연중인 친구가 아무것도 아닌 일에 짜증을 낼 때, 그것을 혈중 니코틴 부족으로 금단현상을 겪는 '뇌'의 짜증이 아니라, 그 친구의 '인격'의 짜증으로 받아들이는 사람은 센스가 없다.

체호프는 비인간의 행위능력에 대한 정당한 인정이 서사

학적으로 얼마나 중요한 것인지 잘 알고 있었다. 1막에 권총을 등장시켰다면, 3막에서는 그 권총이 발사되어야 한다는 것. 이야기 속에서 비인간은 단순한 배경이 아니라 언제나 행위자로 등장한다.

우리는 인간이라는 이름의 가로등 불빛이 비추어지는 동그라미 안에서만 인정/무시의 증거들을 발견하려 모여든 사람들과 같다. 그러나, 정작 인간이라는 불빛 밖의 어둠 속에는 수많은 동물, 식물, 여러 형태의 생명체, 그리고 환경과 무기물이라는 무수한 존재자들이 인지되지도, 지각되지도, 성찰되지도, 존중되지도 못하는 상황에 던져져 있다. 그들에 대한 무시는 인간에 대한 무시만큼이나 정의롭지 않다.

생명의 핵심에는 비인격적 잔혹성이 있다. 삶의 주인이라 생각하고 느끼고 지각하는 자아가 통제할 수 없는 냉혹성.

에일리언은 존재하기 위해, 연속해서 존재하기 위해 존재하는 존재-과정이다. 어떤 주저도, 지체도, 망설임도 없이, 먹이와 숙주를 발견하고 그 생명을 탈취한다. 연민도 슬픔도 없이. 기계를 닮은 냉정한 작동. 에일리언의 벌린 입과 거기 흐르는 산성 타액은 생명현상에 내재한 깊은 공허, 그 텅 빈 성격을 드러낸다. 생명에 대해서 '왜'라는 질문은 의미를 갖지 못한다. 그것은 그저 생명을 지속해나가는 끝없는 작동을 수행하는 것뿐이다.

지구의 여러 생명체에게는 인간이 에일리언이다.

벤야민은 역사를 진보의 과정이 아니라 파국의 연속으로 보았다. 그에게는 어떤 절멸의 예감이 있다. 가령, '신적 폭력' 개념은 원자폭탄을 연상시킨다. 히로시마와 나가사키에서 번쩍하는 섬광과 더불어 모든 것이 지옥이 된 바로 그 순간 핵폭풍 앞에 선 자, 그것이 '역사의 천사'처럼 보이기도 한다. 1940년에 자살로 삶을 마치기까지 벤야민이 고민한 '역사'는 구약의 구속사救贖史 그리고 그것의 세속적 판본으로 읽힐 수도 있는 마르크스주의의 해방의 역사였다. 그가 남긴 마지막 텍스트인 「역사의 개념에 대하여」에서 역사의 외부는 메시아에 의해 독점되고 있다. 역사의 내부는 계급투쟁의 이야기로 전개된다. 마르크스는 세계를 담당하고, 세계 너머는 메시아가 담당한다.

벤야민이 죽은 지 5년이 지난 1945년 7월 16일 뉴멕시코 앨라모고도의 사막에서 최초의 원자폭탄 실험이 성공한다(맨해튼 프로젝트). 며칠 후 히로시마와 나가사키에 원폭이 투하된다. 이 정도 규모의 폭발과 살상은 존재한 적이 없고, 상상할 수도 없었고, 체험될 수도 없었다(원자폭탄의 폭발을 '체험' 한다는 것은 도대체 무엇을 의미하는가?). 태평양 전쟁을 종결시킨 것은 원자폭탄이라는 비인간 행위자였다. 역사의 결정적 변화는 원자핵의 분열에서 생성되는 에너지의 파괴력을 통해 이루어진 것이다. 즉, 역사는 신적 섭리나 역사이성(헤겔)이나, 계급투쟁(마르크스)이 아니라, 물질의 가공할 작용으로 전개된다. 역사는 신학이 아니라 물리학으로 전향한다.

바이러스

죽음과 동맹 맺고 있는 것들의 파괴 불가능성.

바이러스는 단백질과 지질 껍질에 싸여 있는 RNA 혹은 DNA 조각들로서, 스스로 에너지를 생산하지 못하고 물질을 합성하지도 못하는 유전단위다. 오직 숙주세포의 핵산과 단백질 합성기구를 이용하여 자신을 복제해야 하는 기생체다.

숙주에 침투하기 이전의 바이러스는 캡시드(바이러스 게놈의 핵산을 감싸는 단백질의 집합체)에 둘러싸인 입자에 불과하다. 비리온virion이라 불리는 이 입자는 혼자서는 성장, 생식, 대사할 수 있는 능력이 없다. 숙주와의 감염적 관계를 맺고 있지 않는 동안에 바이러스는 생명활동을 멈춘 채 그냥 존속한다. 그러나, 일단 숙주에 침투하면, 바이러스는 자기복제를 실행하기 시작한다.

바이러스는 죽음도 아니고 생명도 아니다. 그것은 죽음을 의태할 수 있는 능력을 가진 존재, 생명 속에 죽음을 초대함으로써 생명의 능력을 극대화시킨 존재다. 바이러스는 존재의 가능성을 철저하게 환경에 위탁함으로써 평소에는 차라리 죽어 있기를 택한다.

부동不動과 불활성不活性은 생명의 잠재력을 유지하는 수단이다. 바이러스 속에서 죽음과 생명은 상응한다. 죽음의 극과 생명의 극은 서로를 나선형으로 휘감은 채 전개되어간다.

생명의 작동이 멈추었지만 죽지 않은 것. 부활-가능성 속에서 잔존하는 것. 조건이 주어지면 맹렬하게 자기복제하는 것. 유보, 정지, 멈춤을 내장한 생명력. 막강한 변이능력. 그리고 면역 시스템에 식별되지 않을 수 있는 은폐능력. 바이러스의 힘.

니체에 의하면 인간뿐 아니라 세포의 원형질 역시 '힘에의 의지'를 갖는다. 이 관점에서 보면, 인간과 원형질 사이에는 연속성이 존재한다. "원형질은 스스로에게 저항하는 무엇인가를 찾아내기 위해 자신의 위족僞足을 뻗치거니와 (…) 그것은 굶주림에서가 아니라 권력에의 의지에서다. 이에 잇달아 원형질은 이 저항물을 극복하고 자기 것으로 만들어 동화하려고 시도한다. 즉, 영양이라고 이름지어져 있는 것은 보다 강해지려고 하는 저 근원적 의지에서 결과하는 한 현상, 이 의지의 유효한 한 효용에 지나지 않는 것이다"(니체, 2003: 418-9). 바이러스 역시 힘에의 의지를 갖고 있다.

21세기 문명에서 바이러스는 생물학적 명칭이라는 함의를 넘어서, 시대의 탁월한 존재론적 형상figure으로 이해되어야 한다. 정치적 현상, 미디어적 현상, 경제적 현상, 심리적 현상, 사회적 현상, 기호학적 현상 모두가 바이러스적viral이다.

COVID-19를 통해 우리는 바이러스라는 비인간 행위자와 대면하게 되었다. 바이러스의 맹목적이고 저돌적이고 가공할 생명력, 변이와 복제의 속도, 통제하기 어려운 미세한 작용, 기존의 사회제도를 무력화시키고 재구성하는 힘, 사회적 삶에 가져온 파괴적 영향력의 폭과 깊이를 매일 느끼고 지각한다. 만일 바이러스가 생명과 활동력이 없는 무언가라면, 타인과의 악수를 꺼리거나 밀폐된 공간에 들어가는 것, 종교행사에 참석하는 것을 겁낼 필요가 없을 것이다. 사람들이 바이러스를 두려워한다는 것은 이미 그들이 바이러스를 행위자로 인정하기 시작했으며, 그 행위능력agency을 지각하기 시작했음을 의미한다.

바이러스의 작용에 의해 세계가 변화하고, 세계화의 흐름이 갑자기 멈추어지고, 새로운 생각과 실험과 발명이 유도되고, 비참과 고통이 증대되며, 시장이 출렁거리고, 삶의 형식이 변화해가는 스펙터클이 진행중이다. 바이러스는 학문의 현실적합성을 검증하고, 낡은 관점을 도태시키는 문명변동의 방아쇠를 당길 수도 있다. 그것은 퇴치의 '대상'으로만 인식되지만, 사실 사회변동의 '주체'이다.

봉준호의 〈기생충〉에서 아버지 기택(송강호)은 아들 기우(최우식)가 '기생' 작전을 수립하자 감탄하며 이렇게 말한다. "아들아, 너는 계획이 다 있구나." 바이러스에게도 계획이 있다. 바이러스는 다음 네 가지 계획을 실행해야 생존한다. i) 숙주세포를 감염시키기, ii) 숙주세포 내부에서 복제하기, iii) 숙주의 방어막을 피해가기, iv) 새로운 숙주로 옮겨가기(Sompayrac, 2013: 4-5). 바이러스는 최소 30억 년 이상 위의 네 가지 목표만을 실행하면서 지구상에서 생존해왔다. 생존에 관한 한, 바이러스는 호모사피엔스보다 훨씬 더 긴 역사를 갖고 있다.

COVID-19 이후 인간, 사물, 공간, 관계는 바이러스에 감염되기 이전에 이미 감염 가능성에 감염되어 있다.

COVID-19가 재구성하는 사회공간에서 인간은 인간에게 (늑대도 천사도 아닌) 전염원이라는 새로운 의미를 띤다. 우리는 타인들이 보유하고 있(을 수 있)는 감염의 힘과 가능성을 척도로 그를 판단한다. 남/녀, 빈/부, 강/약, 갑/을, 적/친구와 같은 범주보다 오히려 감염/비감염이라는 범주가 타인을 판단하는 데 중요한 것이 된다.

기호의 존재 및 작동 방식은 바이러스적이다.

도서관에 꽂혀 있는 수많은 책들에 인쇄된 글자들은 비리온virion 상태의 바이러스와 유사하다. 인지되고 이해되기 이전의 글자들은 물리적으로 현존할 뿐이다. 그것은 작용하지도 감응하지도 않는다. 그러나 페이지가 펼쳐지고 어떤 의식이 그것을 읽는 순간, 글자와 뇌가 연결되는 순간, 글자는 인쇄된 특정 모양을 지닌 단순한 잉크 자국에서 의미의 활발한 파동으로 변신한다. 글자는 살아나고, 이미지와 생각과 느낌이 되어 읽는 자의 신체와 그 외부로 퍼져나간다.

글자, 그림, 부호, 풍경, 말, 상징, 아이콘, 인덱스는 바이러스적으로 존재하고 바이러스적으로 작동한다.

커뮤니케이션은 '전염'이다. 기호는 의식과의 만남을 기다리는 바이러스다.

읽는다는 것은 숙주가 되는 과정이다. 저자가 생산한 바이러스가 읽는 의식에 기생체로 밀려들어온다. 의식 내부에서, 바이러스의 영토화가 발생하고, 새로운 기호의 배치가 생산된다. 쓴다는 것은 의식에 침투한 바이러스의 변이다.

'나'는 하나의 바이러스 아상블라주가 또다른 바이러스 아상블라주로 변화해갈 때 거쳐야만 하는 이행점이다.

바이러스적으로 작용하는 대부분의 기호는 면역계에 의해 차단되고, 파괴되고, 무력화되어 자아의 내부에 침투하지 못한다. 반지성주의, 편견, 우상, 혐오, 독단, 신앙과 같은 강력한 면역 시스템.

기호는 실재를 살해하고 나타나는 상징계가 아니다. 기호는 실재와 구분되지 않는다. 기호도 실재의 한 부분이다.

기호의 핵심에는 '의미'가 아니라, 의미의 단속적 '출현'이 있다. 의미가 있다는 것이 중요한 것이 아니라, 의미가 특정 '순간'에 나타난다는 것이 중요하다. 의미는 상황에서 솟아나 증식한다.

알레고리는 바이러스에 감염된 상징이다. 상징이 병들어, 그 피부에 발진이 일어나고 기관의 일부가 괴사하여 기능이 정지될 때, 그 지독한 물질성 속에서 알레고리가 나타난다. 알레고리는 상징에 기생하고, 상징의 내장에 파고들어, 그 생명력을 흡입하고 증식한다.

말러 교향곡 5번은 어디에 있는가? 1901년 마이어니크의 여름별장에 머물던 말러 뇌의 뉴런 축삭돌기들과 시냅스, 신경전달물질들 속에, 고통과 슬픔 속에, 삶을 회복하는 호흡과 맥박과 눈빛에, 오선지에 쓰인 악보, 그가 사용한 필기구가 종이를 긁을 때의 질감에 그것은 분산되어 있었다. 그것은, 1904년 쾰른 초연에 현존했던 관객들의 마음에 새겨졌고, 시간이 흘러 누군가의 강인한 마음이 되고, 위로가 되고, 표정이, 감격이, 취향이 되었다. 말러 교향곡 5번의 '있음'은 이 모든 사건, 파편, 흐름, 생성의 앙상블이다. '말러가 교향곡 5번을 창작했다'는 명제는 명백한 사실이지만 거꾸로 '교향곡 5번이 말러를 창조해간다'는 명제도 진실을 내포하고 있다. 교향곡 5번이 획득하게 된 기호학적 생명의 작용하에서 말러라는 인물은 부단히 재구성되어가고 있기 때문이다(100년 후에도 또 누군가가 말러 교향곡 5번을 듣게 될 것이므로). 작가가 작품을 세상에 던지는 것은, 누구도 그 생장과 확산을 예측할 수도 없고 책임질 수도 없는, 바이러스적 생명체를 세계에 투하하는 것과 같다. 작가가 죽음을 맞이한 이후에도 작품은 지속적으로 살아나간다. 작품이 아니었다면 연결될 수 없었을 존재자들과 공생의 끈으로 묶이게 된다. 작품으로 인해 작가는 죽을 수 없는 존재, 사라질 수 없는 존재, 망각될 수 없는 존재가 된다. 말러를 듣는 자는, 말러라는 거대한 자아-아상블라주의 한 부분에 접속되어, 그가 바라본 생의 어두움과 아이러니, 애착과 희망, 그리고 심오한 체념에 속절없이 감염되어간다.

바이러스는 기관 없는 신체다.

인류세

2020년은, 호주에서 발생한 거대 산불로 그 시작을 알렸다. 털과 가죽이 검게 그을린 채 도로에 내려와 황망한 눈동자로 카메라를 바라보는 코알라의 표정에서, 우리는 호주 대륙을 휩쓴 불길이 어떤 파괴력을 발휘했는지 직관적으로 깨달을 수 있었다. 그것은, 피골이 상접한 채, 녹아 깨지는 북극 빙하 조각 위를 헤매는 북극곰의 이미지와 기묘하게 중첩된다.

산불은 방대한 삼림을 태우고, 생태계를 파괴하고, 생명을 몰아내 떠돌다 죽어가게 했다. 막대한 양의 이산화탄소가 방출되었다. 이는 해수 온도를 상승시켜 극지방 얼음을 녹이고, 그 다량의 물이 다시 지구를 광폭하게 떠돌면서 기상이변을 일으킬 것이다.

코알라와 북극곰은 연결되어 있다. 불과 물은 연결되어 있다. 폐부로 들어오는 숨과 허리케인도 연결되어 있다. 이 연결은 어떤 권력에 의해서도, 어떤 첨단기구나 로봇으로도, 성령으로도, 예술적 상상력으로도 절단되지 않는다. 그것은 인식론이 아니라 존재론이다.

파국적 재난의 연쇄 속에서 우리가 깨달아가고 있는 것이 바로 이 '모든 것의 모든 것과의 분리 불가능성'이다. 우리는 다른 인간, 동물, 식물, 미생물, 물질, 원소, 원자 그 어떤 것과도 분리되지 않는다. 신체와 신체는 얽혀 있다. 우리는 방사능, 바이러스, 기온, 바람, 독성물질의 작용처이자 그 매체다. 우리의 몸은 세계와 상호-투과적inter-permeable이다.

진정으로 보편적인 성격을 띠고 있는 것은 재난이다. 재난 속에서 우리는 모두 생명이 된다. 국적, 나이, 계급, 젠더, 종교, 인종과 같은 속성이 벗겨져나가는 그 궁극적 상황에서 우리는 생존해야 하는 생명체 그 자체로 나타난다. 그 생명체의 이름이 '아무개'다. 21세기의 참된 주체는 자신의 삶이 오염되어가고 있다는 것을 아는 자, 그것으로 아픈 자, 그것을 걱정하고, 그것이 문제임을 느끼는 아무개다. 아무개들은 사태의 잠재적 피해자이며 행위자다. 아무개가 된다는 것은, 세계를 공유된 위험공간으로 인지하는 것과 동시적이다. 아무개의 용기는 그의 두려움에서 나오고, 좌절감에서 나온다. 아무개는 선험적으로 규정된 주관이나 사회적 위치가 아니다. 선험적 주체성과 사회적 위치가 헐벗으면서 드러나는 생태적 감수성의 주체, 모두에게 열려 있는 잠재적 주체성이 아무개다.

아무개-되기는 21세기의 정치학이다.

2020년 아무개들은 세계를 어떻게 느끼는가? 그것은 저 멀리 끝없이 펼쳐지는 지평이나 창공, 천하, 혹은 정신의 대지 같은 것이 아니다. 세계는 불타고, 녹고, 갈라지고, 분쇄되고, 작용하며, 스며드는 무엇으로 감지된다. 대기에 부유하는 미세입자들이거나, 섭취하여 세포에 흡수되는 동물의 살, 세슘이 포함된 흙, 바이러스가 존재할지도 모르는 비말이 퍼지는 곳, 사라지는 숲과 멸종이 진행되는 무대로 지각된다. 그것은 이미 피와 뼈에 섞여 있는 신체의 부분이며 호르몬에, 세포에, 체액에 용해된 유동체다. 먹고, 마시고, 숨쉬고, 만지고, 바라보고, 냄새 맡는 모든 것의 끈적끈적한 유동체, 점착성 물질이 펼쳐진 오염된 표면과 같은 것. 해변에 유출된 원유를 뒤집어쓰고 무거워진 날개로 안타깝게 고투하는 갈매기처럼, 우리는 세계의 그 끈끈하고 탱탱한 기름 범벅에 붙들린 채 시간을 끝을 불길하게 예감한다.

지나간 과거의 일만이 트라우마가 되는 것이 아니다. 아직 다가오지 않은 사태에 대한 트라우마 또한 존재한다. 이를 "사전 트라우마pretrauma"(Kaplan, 2016)라 부른다.

세계는 내 신체 안에 스며든 채 흐르고 있다. 내 살과 뼈와 피는 분말과 점액의 형태로 이동하는 세계가 잠시 거주하는 집이다.

아무개들에게 사랑이란 아가페도 에로스도 아닌, 그저 이 불길하고 달콤한 점착성 안락과 맹독성 세계로부터 사랑하는 자(우리의 아이들)가 벗어나기를 바라는 염원이다. 아무개에게 악이란 아렌트가 말한 '사유의 불가능성'이 아니라, 과도한 사유를 통한 과도한 변형, 과도한 힘, 과도한 행위능력, 과도한 움직임, 어떤 제어장치도 없이 폭주하는 욕망의 과도함 그 자체다. 검은 원유가 해변에 쏟아지게 된 모든 과정에 협조한 손들이 저지른 죄의 네트워크다. 아무개가 보는 인간이란 막강한 힘으로 자연을 변형시키는 데 성공했지만, 그 결과 생존 위기에 빠진 역설적 행위자다.

인간은 지구와 뒤엉켜버렸다. 자연은 사회와 뒤엉켜버렸다. 우리에게는 초월적 위치도, 객관적 위치도, 실험적 위치도 없다. 우리는 붙들려 있고, 침투당했고, 피폭되었다. 이것이 21세기 파상적 리얼리티의 풍경이다. 이 냉혹하고 초현실적인 생태-존재론적 위급상태의 이름이 바로 '인류세Anthropocene'다(김홍중, 2019).

인간을 뜻하는 '안트로포스Anthropos'와 시간을 뜻하는 '카이노스Kainos'를 결합한 신조어인 인류세는, 노벨 화학상 수상자 폴 크뤼천과 생태학자 유진 스토머가 2000년에 IGBP의 뉴스레터에 기고한 짧은 글에 처음 등장한다. 이들은 수온 상승과

수질 산성화로 인해 산호초가 탈색되는 현상을 연구하다가 암석, 물, 대기에 인간활동에서 비롯된 지울 수 없는 흔적들이 새겨져 있다는 사실에 충격을 받는다. 그리고, 이 새로운 인식을 지질학적 시간에 반영해야 할 필요성을 공식적으로 제기한다.

"인간 행위가 지구와 대기에 미친 중요하고 점증하는 영향을 고려해보건대 (…) 지질학과 환경학에서 인류의 중심적 역할을 강조하는 것이 참으로 적절하게 보입니다. 그리하여 우리는 현재의 지질학적 시대를 '인류세'라 부를 것을 제안하는 바입니다. (…) 인류는 수천 년 동안, 어쩌면 아마 다가올 몇백만 년 동안 주요한 지질학적 힘으로 남게 될 것입니다"(Crutzen & Stoermer, 2000: 17-8).

11700년을 이어온 홀로세Holocene가 끝나고 인류세라는 새로운 지질시대가 시작되었다는 주장의 타당성에 대한 논쟁은 어느 정도 정리된 듯이 보인다. 2019년 5월 21일, 국제지질학연맹 산하 국제층서위원회에 부속된 인류세 워킹그룹은 중요한 결의를 도출해낸다. 즉, 34명의 구성원 중 29명이 20세기 중반을 인류세의 기점으로 삼는 데 동의했다. 이들이 제시한 결정적 근거에는 1945년 이후 방사능 물질들이 토양과 빙하에 침전되어 명백한 지질학적 기록을 남기기 시작했다는 사실이 내포되어 있다. 워킹그룹의 결의는 2021년까지 국제층서위원회에 제안되고, 여러 소위원회를 거쳐 국제지질학연맹 집행위원회의 비준을 받게 되면, 공식적으로 인정된다.

"20세기 중반부터 우리는 이미 인류세를 살고 있다." 우리는 이 사태를 어떻게 이해해야 하는가?

바로 이것이 인류세 담론이 우리에게 던지는 파괴적 질문이다. 이 질문은 서구 모더니티의 몽상성을 가차없이 해체한다. 인류세의 관점에서 보면, 중세의 어둠을 벗어나 계몽주의적 이념을 향한 진보로 기록된 유럽 근대사는 이제 지구 생태계의 파괴의 역사와 쉽게 구별되지 않는다. 해방, 자유, 진보의 역사는 말하자면 '자본주의-증기기관-석유-탄소-백인-기독교-핵-남근 문명'의 실재를 은폐하고 찬란하게 너울거리던 몽상의 베일로 나타난다.

인류세에서 진리는 생명의 존속 가능성, 지구 시스템의 작동 가능성, 그리고 그런 과정에서 '나'의 삶의 축소 가능성의 교점에 존재한다. 인류세의 진리는 지구의 진리와 생명의 진리와 나의 진리의 조응이다. 얽힘이다. 이 진리는 휴머니즘적 믿음을 부식시키고, 인간에 대한 문명적 미화의 스토리, 생명의 아름다움에 대한 신화를 폭로한다. 이 진리는 주체에 변형적 힘을 가한다. 이에 감응한 자들이 인류세의 영성을 획득한다.

인류세 생존주의. 인간의 인간에 대한 통치가 중요한 것이 아니라, 인간이 인간을 멸종시킬 수 있는 능력에 대한 통치가 참된 통치성의 테마가 되어야 한다. 푸코가 보여준 통치 합리성에 대한 느긋한 분석, 그토록 세련된 담론과 사상의 분석이 아니라, 발전과 진보, 기술적 유토피아와 행성 이주와 같은 테크놀로지 몽상 구성체들을 파상시키고, 그 대안을 제시해야 하는 더 현실적인 과제가 우리에게 주어져 있다. 생존주의는 이때 부정적 함의를 벗어나 긍정적 효과를 산출하는 정치적 전략이 된다. 인류세는 생존주의를 진보적이고 급진적인 정치적 자원으로 전환시킬 기회를 제공하고 있다.

타연

자연은 아니지만 자연처럼 느껴지며, 언젠가는 소멸할 것이지만 그 소멸을 역사적으로 상상하기 힘든 세계를 타연他然이라 부르고자 한다. 가령 21세기 테크노 자본주의 문명.

기술은 우리에게, 세계가 더욱 더 향유 가능한 것이 되었으며, 세계를 더욱 더 향유 가능한 것으로 만들 수 있을 것 같은 가능성의 느낌을 제공한다.

기술의 외부는 존재하지 않는다. 기술 속으로 자연과 사회와 정치와 인륜과 미학과 윤리와 죄가 접혀 들어온다.

타연적 삶의 형식은 알고리즘algorithm이다.

기술은 하이데거가 말하는 닦달Gestell로 환원되지 않는다. 기술은 닦달이 아니라 생명의 확장이다.

우리는 온라인으로 구매하고, 지불하고, 쇼핑하고, 학습하고, 강의하고, 예약하고, 결정하고, 판단하고, 예배하고, 투표하고, 소통하고, 논쟁한다. 온라인은 사회, 경제, 정치, 문화, 종교, 공론장을 흡수했다. 오프라인의 주요 거점들은 온라인 속으로 구겨져 들어왔다.

오직, 이미 결정된 무언가를 확인하기 위해서 우리는 오프라인으로 들어간다. 온라인에서 이미 느낀 흥미를 확인하기 위해 오프라인에서 그 대상을 찾아간다. 온라인에 지쳐 휴식이 필요할 때, 오프라인에서 레저를 즐기거나, 산책하거나, 드라이브한다.

오프라인은 온라인의 기생-리얼리티다.

오프라인에서 입자처럼 행동하던 사람들이 온라인에서는 파동처럼 행동한다.

온라인과 오프라인 사이에는 '스크린' 인터페이스가 존재한다. 타연의 행위자는 오프라인에 등을 돌리고 스크린 앞에 앉아서 터치하거나 클릭한다. 21세기의 주인공은 '클릭/터치하는 인간'이다. 클릭/터치를 통해 세계는 조작 가능한 것으로 전환되어 스크린에 나타난다.

인터넷을 통해 우리는 타자들의 얕은 내면에 흐르는 생각과 감정을 즉각적으로 읽어낼 수 있다. 이 기술적 가능성은 사회라는 관념을 위기에 빠뜨린다. 사회적 삶은 내면을 서로에게 은폐하고, 예의의 가면을 쓴 채 공존하겠다는 암묵적 계약이다. 만일 타인이 우리의 진심을 읽는다면 사회적 관계는 불가능하다. 타인의 마음 '속'에서 일어나는 일을 바탕으로 심판하거나 처형한다면, 세상에는 어린아이와 천사만 남게 될 것이다. 사회는 방법론적 위선의 약속 위에 구축된 얇고 위태로운 질서다. 인터넷은 사회라는 이 얇은 막을 찢고 나오는 얕은 내면이라는 판도라의 상자를 열어버렸다. 우리는 이제 인간의 마음속에 얼마나 강렬한 적의, 질투, 혐오, 살의, 오만, 맹목, 공격성의 에너지가 솟아나고 있는지를 너무나 투명하게 깨닫지 않을 수 없다.

타연 속에서 세계는 우주의 끝으로 뻗어간다. 선/악의 낡은 도식들은 외계생명체들과 벌이는 새로운 우주의 역사로 다시 펼쳐지면서, 역사적 시간의 새로운 외관을 생산한다. 그러나 사실 그것은 역사가 아니다. 공간적 확장을 통해 확보된 시간성의 착시일 뿐이다.

타연은 유토피아가 이미 실현된, 일상성의 최대치를 경험적 상관물로 갖는다. 그것은 가장 각성된 듯이 보이는 꿈-세계다. 타연은 이미 구원되어 있고 이미 완성된 세계로 나타난다.

타연을 가장 절묘하게 묘사하는 부사구는 '언제 그랬느냐는 듯이'이다. 매일매일 불행이 닥치고, 재난이 닥치고, 참혹한 사건들이 발생하고, 그 각각에 대하여 모두가 경악하고 분노하고 흥분하고 소리치지만, 지나간 일들의 경과와 이후의 이야기는 추적되지 않는다. 마그마도 화산재도 남기지 않고 폭발만 있는 분화噴火와도 같다. '언제 그랬느냐는 듯이'는 사회의 가공할 복원력을 묘사하는 동시에, 그 복원력에 동반되는 부당함의 감정을 수식한다.

극지방의 얼음이 녹아 생긴 거대한 양의 수증기가 지구를 돌며 거대 폭풍과 폭우를 일으키듯이, 기상학적 광폭성을 닮은 정동이 사회 전체를 뒤흔드는 광경.

카프카의 『소송』에서 주인공 K는 느닷없는 호출을 받고 법정을 향하지만, 장애물과 미로에 걸려 정작 법에 이르지 못하고 죽는다. 법은 영원한 유예를 강요한다. 21세기 한국 사회는 『소송』의 세계가 전도된 상태를 보여준다. 시민들은 법에 도달하지 못한 채 헤매는 대신, 법정이 아닌 삶의 복판에서 법을 구현하며, 법을 체화하고, 법을 수행한다. 모든 곳에 법이 있으며, 법이 흘러넘친다. 법에 도달하는 것이 불가능한 것이 아니라, 법이 없거나 희박한 곳을 찾는 것이 도리어 매우 어려운 일이 되었다. 이제 죄의 기원은 행위가 아니라 존재다. 누군가 어떤 행동을 하지 않았다 할지라도, 그의 존재에는 죄의 잠재성이 새겨져 있다. 초법적 법.

법의 범람이라는 이 독특한 현상은 2016년 촛불과 2017년 박근혜 전대통령의 탄핵을 기점으로 형성된 '탄핵 사회'의 한 측면이다.

탄핵 사회는, 다양한 유형의 '탄핵 사건'이 지속적으로 발생하면서 사회, 문화, 감성의 혁명이 이루어지는 상태를 지칭한다. 탄핵 사회에서, 데모스民의 정동적 에너지는 '적폐'로 상징되는 구세력의 제거에 집중된다. 누가 '적폐'인가, 왜 '적폐'인가를 판단하는 자가 주권자다.

탄핵의 핵심은 일반 사법절차의 외부에서 일어나는 특권적 존재들에 대한 '비상사태'적 처벌과 응징이다.

비상사태는 신학적으로 보면 '기적'에 대응한다(슈미트, 2010: 54). 오직 기적의 순간에만 신이 나타나듯, 비상사태는 주권자를 가시화한다. 탄핵 속에서 주권자는 고발하는 피해자의 형상으로 등장한다. 그의 육성이 개시되는 곳에서 심판이 시작된다. 이 법정은 합법/불법의 코드보다 더 근원적인 존재론적 코드인 삭제/보존의 코드로 심판한다. 가해자를 사회의 집합기억에서 삭제할 것인가 아니면 보존할 것인가? 주권자는 누가 왜 사회에서 삭제되어야 하는지를 결정하는 자, 즉 탄핵하는 자다.

타연의 시민들은 역사에 대한 감각을 상실한다. 그들은 지금이 과거로부터 얼마나 달라진 세계인지를 깨닫지 못한다. 역사에 대한 무지는 부끄러움이 아니라 라이프스타일이 된다. 그 이유는 두 가지다.

첫째, 테크놀로지가 역사를 현재화하기 때문이다. 테크놀로지는 과거와 미래를 공격적으로 현재화한다. 과거의 과거, 그리고 미래의 미래가 시야 밖으로 밀려난다. 이 착시 속에서 현재의 지평선은 끝없이 확장된다.

둘째, 그것은 현재에 펼쳐지는 '향유-가능성enjoy-ability'을 방해받고 싶지 않다는 권리의식과 긴밀히 연결되어 있다. 과거에 대한 심오한 이해는 현재 누리는 것들이 어떻게 만들어진 것인가에 대한 진지한 인식을 유도한다. 그것은 향유의 순도를 떨어뜨린다. 역사적 인식은 디테일을 향해가는데, 모든 디테일의 끝에는 고통받는 누군가의 얼굴이 있기 때문이다. 죄책감 없는 향유를 위해서는 이 얼굴은 망각되어야 한다.

타연을 살아가는 인간은 사고의 주체, 욕망의 주체, 생산의 주체, 언어의 주체, 창조의 주체가 아니라, 향유의 주체다. 향유는 존재being가 아니며 소유possession도 아니다. 오히려, 향유는 존재를 덧없게 하고 소유물을 파손시키는 것에 더 가깝다. 그 과정에서 흔적들의 묘한 폐허가 만들어진다.

향유는 즐기는 것을 넘어서 즐기고 있다는 사실의 인식이며, 즐기는 것을 가치화하는 것이며, 즐김의 가능성을 확장해 가는 실천이다. 향유에는 부정성이 없다. 향유는 자본주의적 삶의 정점에서 비로소 나타날 수 있는 실천양식, 존재양식, 사유양식이다.

향유대상은 향유 속에서 파손되고 소실된다. 파손과 소실은 향유가 생산하는 가치의 형식이다. 이처럼 반-생산을 생산하고, 반-축적을 축적한다는 점에서, 그리고 물적 자본의 파괴를 새로운 형태의 자본으로 만든다는 점에서, 향유는 자본주의적 축적의 극한에 접근한다(김홍중, 2017). 향유는 명령한다. 무엇이 되었건 그것을 향유하라. 향유 속에서 대상을 무화시켜라. 물질적 실체들을 사라짐 속으로 투입하라. 없어지는 것이 되도록 변형시켜라. 없어짐을 생산하라. 없어짐의 생산의 증인이 되어라. 덧없음을 추적하여 체험하라. 향유의 체험을 공표하라, 공유하라, 공식화하라. 자본주의의 끝으로 가라. 가서 자본화할 수 없는, 있음과 없음 사이에 펼쳐져 있는 분산된 존재자들을 자본의 회로에 넣어, 그들의 소멸에 현실성을 부여하라. 자본주의의 한계를 경신하라. 향유를 향유하라.

향유하는 입들, 눈동자들, 몸짓들, 성기들, 피부들, 혓바닥들, 기억들, 콧구멍과 손가락들, 문장들, 기계들, 이미지들, 정보들, 정동들의 증식, 반향, 모방, 전염, 범람, 상쇄, 폭발.

향유-가능성은 주체의 능력과 대상의 속성을 동시에 가리킨다. 주체의 향유-가능성과 대상의 향유-가능성이 최대치의 극점에서 결합한 것이 바로 포르노그래피다. 향유의 모든 실천들은 포르노그래피로 수렴된다.

향유할 수 없는 대상들과 향유의 능력이 없는 주체들은 타연의 외부로 추방된다.

포퓰리즘은 조건 없는 향유를 약속한다.

향유-가능성은 지구의 물질적 한계와 공존할 수 없다. 향유-가능성의 극대화를 욕망하는 주체들과 향유-불가능성을 선고받은 지구라는 행성 사이에 존재하는 이 논리적 모순이 우리 시대의 핵심 문제다. 즉, 자본주의적 향유 가능성에 내포된 '무한'과 지구의 물리적 '한계'의 차이가 향유 패러다임의 근본 모순이다. 이 모순의 다른 이름이 인류세다.

향유-가능성은 언제나 다수이며, 언제나 분열되어 있으며, 언제나 격렬하게 충돌한다. 누군가의 향유-가능성이 억누르는 다른 누군가의 향유-가능성. 계급, 젠더, 세대, 종교, 지역 등의 모든 사회적 분리선들은 향유-가능성을 둘러싼 근본적 투쟁과 연결되어 증폭되고 재교섭된다.

우리는 자본주의의 끝에서, 생산수단(기계이건, 정보이건, 정동이건, 데이터이건)의 소유 여부에 의해 분화된 두 계급, 혹은 여러 세력들(젠더, 문명, 종교 등) 사이의 적대와 만나는 것이 아니고, 향유권의 개념으로 응집된 '나'와 그 외부의 모든 것들 사이에 존재하는 분리선을 만난다. 타연의 근본 적대는 '나'와 '나 아닌 모든 것'의 적대다.

향유-가능성은 '태어나지 않을 수 있었을 가능성'을 포함한다. 태어나지 않을 수 있었을 가능성을 향유할 수 있는 권리. 이 권리의 침해가 바로 태어남, 지금 여기에 있음, 여기에 태어나서 살고 있음이다.

'태어나지 않을 수 있었을 권리'는 이미 태어난 자에게 부여되는, 그가 태어나기 전에 소유했으리라고 오직 사후적으로만 인정되는 역설적 권리다. 태어나지 않을 수 있었을 권리의 구성요소는 권리 향유의 논리적 불가능성이다. 그 권리를 진정으로 누렸다면 태어나지 않았을 것이며, 태어나지 않았다면 권리를 주장할 수 없기 때문이다. 이 관점에서 보면, 모든 탄생은 태어나지 않을 수 있었을 권리의 침해와 다르지 않다. 모두가 태어남과 태어나지 않음을 선택할 기회를 부여받지 못하고 출생한다. 모든 탄생은 이런 점에서 고소-가능성을 동반한다. 향유란 권리 침해상태에 다름아닌 삶 속에서 침해된 권리를 보상하고 교정하는 사후적 과정의 지도원리다. 태어나지 않을 수 있었지만 태어나버린 이상, 삶은 향유-가능성의 최대치를 향한 운동으로 약동해가면서, 침해된 권리를 회복시켜가는 수밖에는 없다는 것이다.

인간의 생명은 부모, 신, 자연이 우리에게 준 선물로 이해되어왔다. 우리는 타자에게 우리 생명을 '빚지고' 있었다. '내가 지금 여기 있음'은 가족, 친족, 사회, 국가, 순교자들, 선현들, 과거의 희생, 즉 역사 덕분이었다. 그러나 이제 거꾸로 생명은, '나'의 태어남을 향유한 누군가 혹은 무언가에게 주어진 선물, 즉 증여가 된다. 내가 태어난 것이 아니라 '태어나준 것'이 된다. 이제 나의 존재는 채무가 아니라 채권이다. 누군가가 이 빚을 갚아야 한다. 그것은 누구인가? 타연적 주체의 존재론은 채권의 존재론이다. 존재의 신비는 다음의 질문들로 분해되어 사라진다. 누가 내 존재를 보상해줄 것인가? 누가 '나의 여기 있음'이라는 사태를 책임질 것인가? 태어나지 않을 수 있었을 권리의 박탈을 교정해줄 것인가? 부모? 사회? 국가? 인류? 신? 테크놀로지? 향유하는 나 자신? 혹은 미지의 무엇?

파국은 향유-가능성을 침해한다. 파국이 도래하면 향유를 추구하는 행위에 브레이크가 걸린다. 파국 속에서 태어나지 않을 수 있었을 권리의 새로운 주체들이 등장한다. 더 빈곤하고, 더 불행하고, 더 처참한 인간과 생명이 주검의 형태로 나타난다.

미래의 미래

미래는 오지 않는다. 미래는 생산된다.

미래가 가장 거세게 소용돌이치는 시간은 정작 미래가 아니라, 지금이다.

미래는, 미래 쪽으로 뻗어간 현재라는 소용돌이의 위족이다.

미래 생산의 힘은 공평하게 분배되어 있지 않다. 어떤 사람들은 풍부한 미래를 향유하고, 어떤 사람들의 미래는 빈곤하다. 불평등의 가장 근본적인 수준에는 미래 생산능력의 차이가 자리잡고 있다.

미래의 미래. 우리의 상상이 뻗어가는 그 가장 먼 미래의 끝의, 보이지 않는 다음 순간.

언어가 최대치로 확장되어간 그 끝의 너머.

미지의 미지unknown unknown. 무엇을 모르는 것인지조차 알지 못하는, 알 수 없음.

내일이 되어서야 비로소 깨닫는 내일의 진실. 오늘은 결코 알 수 없는 오직 내일만의 세계. 그 내일의 또다른 내일의 세계.

미래의 미래는 종말의 다음날이다. 간절히 염원하는 해방의 다음날, 혁명이 성공한 날의 바로 다음날, 파국이 도래하여 모든 것이 파괴된 날의 다음날. 유토피아가 실현된 날의 다음날.

미래의 미래는 예측될 수 없고, 예언될 수 없다. 그것은 오직 사건으로 온다.

누구도 미래의 미래에 도달할 수 없다. 상상으로도, 계시로도, 직관으로도 갈 수 없다. 그것이 오기 전까지 우리는 그것이 무엇인지 모른다.

미래의 미래는 현재를 불태우면서 굴러오는 불덩어리와 같다. 그것은 우리가 미래에 투사해놓은 이미지의 지평을 몽땅 불살라버린다.

미래의 미래가 도래하는 곳은 폐허가 된다. 아무도 예측하지 못한 사건들을 통해서 메시아와 악마가 손을 잡고 걸어들어온다. 우리는 무엇이 메시아이고, 무엇이 악마인지 구분할 수 없다.

매 순간 우리는, 미래의 미래로부터 지금의 한복판으로 쏟아져내리는 빛을 받고 있다. 다만, 인지하지 못할 뿐이다. 미래의 미래에서 오는 빛에 드러난 세계. 이것이 참된 앎의 대상이다.

4부

모든 것을 단순하게

어떤 이야기

중세 유럽의 한 유대인 마을. 폭설이 쏟아지는 날, 한 남자가 눈을 맞은 채 집에 들어서면서 아내에게 장광설을 늘어놓는다. 거위를 팔고 돌아오는 길에 마차가 고장나 곤경에 처했을 때 누군가 그를 구해 눈보라를 벗어날 수 있었다고. 경이로운 일이라고. 그가 누구인가?

남편 트라이틀 그로시퀘베르. 크라쿠프의 조하르 랍비 아래에서 공부한 저명한 학자, 미슈나의 모든 구절을 암송한다는 그분이 나를 구해주었다고.

아내 그분은 죽었단 말이에요, 3년 전에. 신이 우리를 저주했네요.

남편 무슨 소리야, 나하고 이야기도 나눴는데.

아내 악령이에요. 그 양반은 발진티푸스로 죽었다고.

이때 누군가 문을 두드리는 소리. 부부는 놀라 소리가 들려오는 문쪽을 바라본다.

남편 내가 랍비를 초대했어. 수프 한술 뜨고 가시라고.

문을 여니 심상치 않은 눈빛의 랍비가 서 있다.

랍비 아하, 당신이 도라 부인이시군요. 듣던 대로 볼이 붉고

다리가 튼튼하시네요. 자네 아내 정말 놀랍네.

랍비는 넉살 좋게 인사하고 식탁에 앉는다.

아내 남편이 수프 한잔 드시라고 초대했다면서요?

랍비 네, 수프는 됐습니다. 늦은 시각에 뭘 먹으면 악몽을 꾼답니다.

아내 그럴 줄 알았어요. 악령은 음식을 안 먹으니까.

랍비 악령이라고요? 하하 자네 아내 정말 놀랍구먼.

남편 죄송해요, 랍비님. 선생님이 돌아가셨다고 믿고 있어요.

아내 당신은 죽은 사람이야.

랍비 발진티푸스에 걸린 것은 맞소. 하지만 회복이 되었어요.

그의 말이 끝나기 무섭게 아내는 칼로 랍비의 심장을 찌른다. 가슴에서 흐르는 피를 보고 놀랐지만, 랍비는 이내 정신을 차리고 부부를 바라보면서 또다시 폭소를 터뜨린다.

랍비 하하하하. 이보게, 자네 부인 정말 놀랍구먼. 이게 뭐하는 짓이오? 이성적인 사람으로 지금 누가 악령처럼 보이는가?

아내 거봐요. 악령이라서 아파하지도 않잖아.

랍비 이제 그만 가봐야겠네. 환영받지 못할 곳에 있으면 안 되지.

코언 형제의 〈시리어스 맨〉의 프롤로그. 영화는 중세 랍비 라시Rashi의 잠언을 보여주며 시작한다.

"너에게 일어나는 모든 일을 단순히 받아들여라."

인간희극

꿈에, 거대한 유조선이 한쪽으로 위태롭게 기울어졌다가 침몰 직전에 바로 선다. 갑판의 승객들이 공포에 휩싸여 비명을 지르고 있다. 이번에는 유조선이 반대 방향으로 기울어졌다가 가까스로 다시 선다.

욕망은, 억압으로부터의 '해방'과 해방을 욕망하게 하는 '억압'을 동시에 욕망한다.

무언가를 창조하기 위해 우리는 먼저 자기自己를 창조해야 한다. 대다수 오류와 죄악은 이 과정에서 발생한다. 자기를 아직 정립하지 못한 자가 그 괴로움을 벗어나 주체가 되기 위해 몸부림칠 때가 가장 위험한 순간이다.

누구나 자신과의 사이에 영원히 도달할 수 없는 거리, 우회로, 이해할 수 없는 상징들, 막다른 골목, 미로, 영원히 빠져나올 수 없는 사막을 갖고 있다.

타인을 험담하지 않는 사람에는 두 부류가 있다. 첫째, 타인을 험담하기에 너무나 고결한 품성을 타고난 사람들. 둘째, 타인을 험담하는 자신의 추한 모습을 견디지 못할 만큼 자존심이 강한 사람들.

자신이 원하는 것을 얻지 못해 세상을 증오하고 타인을 혐오하는 자들.

한 번도 강인한 적이 없었던 마음.

비겁한 자들은 용기 속에 숨어 평온하다. 용기 속에서, 용기 밖에 있는 자들을 경멸한다. 그러나 용기는 용기 안으로 들어가 거기에 안착하려는 욕망과도 싸울 수 있는 힘이다. 용기는 비겁을 초월하는 것이 아니라 비겁을 내포한다. 비겁할 수 있는 자들만이 용기 있는 자들이다.

높은 곳에서는 수직성의 감각이 소멸한다. 수직성에 대한 환상은 중력에 짓눌려 있는 자들에게 주로 나타난다. 아주 높은 곳으로 가면 부드러운 하강에 대한 열망이 나타난다. 그러나, 부드러운 하강은 사실 거센 중력이 작용하는 사회에는 존재하지 않는다. 오직, 직진 낙하로 부서지는 것만 가능하다.

질서의 붕괴에 괴로워하면서 질서를 회복하기 위해 절박하게 동원되는 감정으로서의 혐오. 혐오의 기능은 대상을 소멸시키는 것이 아니라, 대상과의 거리를 생산하는 것이다. 혐오의 주체는 언제나 주관의 위기 속에 있는 자다. 해체 직전의 존재들. 무언가를 혐오함으로써만 자기 자신일 수 있는 자들.

우리가 자랑스러워해야 하는 것은 우리가 부끄러워해야 하는 것에서 온다. 부끄러운 부분을 도려내면, 우리는 한없이 무력해진다. 힘은 추하고, 잊고 싶은, 부정하고 싶은 삶의 침전물들이 썩어 화학적 변형을 겪고 열과 증기를 발산하는 오염물질에 뿌리내리고 있다.

어떤 경우, 범죄는 도덕주의적 동기에서 발원하고 심지어 정의의 추구와 연결되어 있기도 하다. 이런 경우, 범죄는 처벌의 성격을 띤다(Black, 1983).

혐오하는 자들은 빈곤하다. 그것이 존재의 빈곤이건, 인정의 빈곤이건, 금전의 빈곤이건, 혹은 빈곤의 빈곤이건.

냉소는 가장 저렴한 방어기제다.

시련은 인간을 단련시킨다. 그런데 단련이 반드시 성숙으로 이어지는 것은 아니다. 그것은 종종 인격의 왜곡, 질병, 혹은 정신질환으로 귀결된다.

아이들은 엄마의 뱃속에서부터 배우로 존재한다. 초음파에

잡히는 태아들의 영상.

한 번의 멋진 선택. 그후의 잘못된 선택. 그리고 다시 멋진 선택. 그리고 다시 잘못된 선택.

죽은 자의 방은 사자死者의 손길, 체취, 지문, 체액, 얼룩, 피, 침의 흔적들이 살아 머문다. 죽음은 사자와 사물들이 맺고 있던 물질적 관계에 X광선을 쏜다. 체취, 지문, 필적, 그림, 피, 얼룩의 물질성은 이 조명하에서 생생하게 드러난다. 죽음은 사자가 살아 있는 동안에 접촉했던 모든 것들을 가시화하는 화학작용을 하는 것이다.

성찰의 빛에 드러나는 자아는 괴물성을 띤다. 자기를 징벌하려는 욕망은 자기를 보존하려는 욕망을 숨기고 있다. 자아의 긴 역사는 처벌받으며 보존되어온 괴물의 역사다.

"역사가는 과거로 들어가서는 안 되고, 과거가 그에게 들어오도록 해야 한다"(Tiedemann, 2004: 240).

마음도 이와 같다. 타인의 마음으로 들어가고자 하면 안 되고, 타인의 마음이 자신에게 들어오도록 해야 한다. 공감이란 타인의 마음으로 들어가고자 하는 오만한 시도다. 오직 통감痛感만이, 세상의 마음이 자신 속으로 들어올 수 있게 하는 방법이다(김홍중, 2015: 151–61).

도취의 가장 위험한 점은 영혼을 상하게 한다는 것이다. 정신의 어딘가에서 무언가 썩는 냄새가 풍겨오는 순간, 그것은 오래된 도취의 결과임을 깨닫게 된다.

1919년 12월 8일 카프카의 일기. “기쁨과 고통, 죄의식과 순수함은 서로 깍지를 끼어 어떤 것도 나눌 수 없는 손과 같다. 이들을 분리하기 위해서는 피와 뼈와 살을 잘라야만 한다”(Kafka, 1984b. 489–90).

우리는 멀리 있는 흉악범보다 주변의 저열한 인간들을 더 견디기 어려워한다. 범죄행위보다 에티켓의 실수가 더 견디기 어려운 경우도 있다. 우리를 가장 분개시키는 것, 우리가 가장 혐오하는 것은 ‘사소한’ 것이다.

시간의 흐름을 아쉽게 느낄 때가 있다. 좋아하는 소설이나 영화가 낡은 것이 되어, 그것에 대해 함께 이야기할 수 있는 사람들이 점점 사라져감을 깨닫는 경우이다. 시대가 변해 이제 잘 기억되지조차 않는 작품을 가을 오후의 햇빛 아래 펼쳐본다. 누군가의 시집, 거기 적어놓았던 글자들, 그 시절을 함께 보낸 사람들의 얼굴들. 천천히 사라져간다는 것은 시간과의 나쁘지 않은 계약이다. 사라질 수밖에 없다면 이렇게 조금씩 사라지는 것이 좋다. 잊었다는 생각마저 잊을 수 있도록 그렇게 천천히 사라져야 한다.

비밀은 들킨다. 비밀이 간파된다는 것은 비밀을 꿰뚫어보는 자의 시선이 시간을 갖는다는 것이다. 그는 비밀의 냄새를 맡고, 징후를 발견하고, 그것을 해독한다. 수다를 떠는 것, 장황하게 말하는 것, 의미 없는 말을 지껄이는 것은 비밀을 지키기 위한 교란행위다. 비밀을 지키는 가장 좋은 방법은 침묵이 아니라, 다변을 통해 비밀의 징후들을 과잉으로 누설하여 해독자에게서 시간을 빼앗는 것이다. 혹은 차라리 비밀을 망각해버리는 것이다.

유혹받아본 자만이 유혹할 수 있다. 유혹은, 불어나 스페인어와 같은 하나의 언어다. 그 언어를 익히지 않은 자에게 유혹의 말이나 눈빛이나 행위는 의미를 파악할 수 없는 노이즈에 불과하다.

혐오를 통한 경계의 확정. 우리가 무언가를 멀리하고자 한다면, 그것을 혐오하는 감정을 통해 그렇게 하는 것이 가장 확실한 듯이 보인다. 자연 속에서 혐오는 회피와 오염의 방지를 위한 행동 촉구 기제였다.

너무나 섬세하고 상처를 쉽게 받지만, 회복력도 뛰어난 마음의 소유자. 항상 다치면서도, 결코 냉소나 혐오의 갑옷으로 자아를 보호하지 못하는 사람.

꿈에, 다시 군대에 징집되었다. 내무반 생활을 시작한다. 내무반은 좁고 어두웠다. 병사들의 개인 공간이 캡슐처럼 보장되어 있다. 샤워도 그 안에서 해야 한다. 뜨거운 김이 서려 불투명해진 유리 너머로 병사의 샤워하는 몸의 실루엣이 비추어진다. 요사이 군대는 개인의 프라이버시를 철저히 보장하는구나, 라고 생각하며 감탄했다.

소위 정신적으로 '건강한' 사람은 자신의 과오를 타인의 탓으로 처리하는 단순한 사고회로의 강화에 성공한 사람이다. 정신적 건강은 괴물성과 연결되어 있다.

무언가(신, 진리, 사랑, 정의)를 믿기 이전에, 우리는 먼저 그것을 믿는다는 사실을 믿어야 한다. 그것을 믿기 위해서는, 주변 사람들이 그것을 이미 믿고 있어야 한다. 존경하고 신뢰하는 사람이 그것을 이미 믿고 있어야 한다. 그것을 믿는 것이 옳다는 그런 믿음이 이미 퍼져 있어야 한다. 그것을 믿지 않는 것이 어리석고, 부도덕하며, 불이익을 가져온다는 생각이 자명해야 한다. 무언가에 대한 믿음은 개인의 결단이 아니다. 그것은 사회적으로 형성된 '믿음에 대한 믿음'을 전제한다.

사람들은 곤경으로부터 자신을 구해주는 자들을 때로 증오한다. 자신을 고통스럽게 만드는 사람보다, 그 사실을 인지하거나, 그 사실에 대해 염려를 표방하는 사람을 더 가증스럽게 느끼기도 한다. 곤경의 괴로움보다 자존심의 상처가 더 견디기 어렵기 때문일지 모른다.

인생은 복잡하고, 우연적이며, 부조리하다. 심각한 사람은 이 게임에서 자주 궁지에 몰린다. 모든 일에서 의미를 찾으려 하기 때문이다. 의미는 지적으로 구성되기도 하고, 초월자에게 물어지기도 한다. 그러나, 어느 경우나 사태의 어처구니없음과 설명의 명쾌함 사이에는 불균형이 존재한다. 모든 일을 단순하게 받아들여야 하는 이유가 여기에 있다. 가령, 포커놀이는 운과 경험으로 하는 것이다. 친구가 돈을 딴 것은 운이 좋았기 때문이다. 올림픽에서 메달을 획득한 자는 좋은 신체조건과 혹독한 훈련을 이겨낸 사람인 것뿐이다. 뛰어난 예술가는 원래 천재로 태어났다. 저 사람은 왜 살인자가 되었는가? 그는 사이코패스였다. 저 사람은 왜 나를 미워하는가? 내가 아니면 다른 사람을 미워할, 그렇게 원래 사람을 미워하는 사람이다. 이 돌멩이는 왜 여기에 있는가? 우리의 코는 왜 콧구멍이 두 개밖에 없는가? 생각하여 쪼개고 들여다볼 것이 별로 없다. 이 엉망진창의 세계란, 단순한 게임들이 무수하게 벌어지는 블랙 코미디에 불과하다.

진정성을 술어로 놓고 그 주어를 찾으려는 모든 시도는 위선이다. "A는 진정하다"는 문장을 만드는 게임에서 A의 자리에는 결국 가면을 겹겹이 쓴 '자신'이 온다. 진정성을 술어로 처리하는 모든 담론은 결국 '나는 진정하다'라는 말을 하기 위한 은밀한 우회다.

용서란, 자신에게 용서를 구해야 함에도 반성이 없는 어떤 사람을 마음의 밖으로 풀어내어주는 행위이다. 그것은 사회적 행위가 아니며 관계의 회복이 아니다. 용서는 망각, 혹은 사회적 관계를 무화시키는 단절이다.

관계의 지속을 위해 '진실'을 양보하면 관계는 언젠가 허망하게 붕괴한다. 모든 관계는, 진실이 말해질 때 발생하는 소란과 상처를 통제할 수 있는 바로 그 정도만큼 견실하다.

한 세력이 도덕의 이름으로 정점에 서고, 그 과정에서 입은 상처가 아래로부터 솟구치는 또다른 세력에 의해 물어뜯긴다. 유사한 공격과 추락의 반복.

자신을 유쾌하게 비웃지 못하는 자들을 조심하라. 만일 당신이 스스로를 유쾌하게 비웃지 못한다면, 당신은 스스로를 가장 조심해야 한다.

명증한 자는 자아를 분산시킨다. 자아를 쪼개 흩어놓고, 그 일부가 파괴되어도 타격을 입지 않을 다른 자아들을 숨겨놓는다. 명증한 자는 분열된 자다. 오직 분열 속에서만 말, 사물, 생각, 감정, 현상, 판단, 열정, 정동, 존재에 속지 않는다.

마음은 술어가 아니라 주어다. 내가 슬픈 것이 아니다. 슬픔이 나에게 작용하는 것. 슬픔이 슬픈 나를 생산하는 것. 슬픔이 나에게서 솟아나고, 슬픔이 눈빛을 흐리게 하며, 슬픔이 다른 이의 슬픔을 알아보게 하는 것.

"중요한 그리고 아마도 가장 중요한 쟁점은 우리는 결코 다른 누군가가 진정한가, 진정하지 않은가에 대해서 물어볼 수 없다는 것이다. 진정성과 연관된 질문들은 자기 자신에 대해서만 제기될 수 있다"(Anton, 2001: 166).

희극은 비극보다 언제나 성숙하다. 비장한 어조로, 모든 것에 막중한 의미를 부여하며, 세상의 부조리를 홀로 짊어진 듯 괴로워하는 사람보다 더 우스꽝스러운 존재는 없다. 그런 과잉된 진지함은 대개 체험의 부족과 과열된 자의식에서 온다.

자신이 행한 것에 대해 누군가 '어쩔 수 없었다'라고 말하면, 우리는 분개한다. 책임을 부담하지 않으려는 태도처럼 보이기 때문이다. 그러나 '어쩔 수 없었다'는 말은 단순한 책임 회피가 아니다. 그것은 자신의 행위 속에 다른 행위자들이 함께 움직이고 있었다는 인식의 토로이기도 하다. '어쩔 수 없었다'는 감각이 21세기적 상식의 기초를 이룬다. 행위는 언제나 행위-소용돌이이다. 그 안에는 수많은 인간, 비인간, 관념, 감정, 욕망, 사물, 언어, 물질이 뒤섞인 채 동시에 행위하고 있다.

실수는 행위의 속성인 동시에, 행위에 대한 해석의 한 범주다. 즉, 그 행위에 '의도'가 없었다는 사실을 의미하는 동시에 그 행위를 수행한 사람의 인격과 행위를 동일시하지 않으려는 사회적 관용이 거기에 존재한다.

사소한 실수가 때로는 큰 실수보다 더 치명적이다.

타인을 좋아하는 것은 노동이다. 임금으로 보상받아야 한다. 자신이 흠모하고 동경하는데(흠모와 동경의 노동을 그렇게 수행해왔는데) 정작 그 대상이 상응하는 감정을 되돌려주지 않을 때 분노를 느끼는 것은, 등가교환의 원칙이 위배되었다고 느끼기 때문이다. 누군가를 마음속으로 흠모하면서 그의 응답을 기다리는 자의 '사랑'은 그래서 쉽사리 '증오'로 돌변한다. 감정의 무상증여는 없다. 적절한 대가를 받지 못한 감정노동을 한 사람들은 폭력의 정당성을 쉽게 획득한다. 억울하다는 심정의 근저에는 '제 몫을 받지 못했다'는 판단이 자리잡고 있다.

쾌락에는 치러야 할 대가가 없다. 고통은 쾌락의 대가가 아니다. 쾌락 또한 고통의 보상이 아니다. 고통과 쾌락은 두 개의 평행선이다. 양자는 만나지 않는다.

우리가 무언가를 이해하고자 하는 이유는 모든 것을 암기할 수 없기 때문이다.

페이션시

'페이션시patiency'는 도덕철학이나 윤리학에서 사용되는 개념이다. 페이션시와 가장 가까운 용어는 우리가 흔히 '환자患者'로 번역하여 사용하는 '페이션트patient'다. 환자는 아프거나, 치료를 받거나, 병든 사람이다. 환자의 본질은 수동성passivity이다. 환자는 무언가를 하는 존재가 아니라, 자신에게 가해지는 작용(치료, 돌봄, 질병)을 수용하는 자, 즉 감수하는 자다. 감수, 수난, 열정이라는 의미를 지닌 'passion'이 바로 환자의 상태를 가리키는 말이다. 'passion'은 함doing이 아닌 겪음suffering이다. 수동성, 환자, 페이션시와 같은 용어들의 어원은 '겪다'라는 의미를 지닌 라틴어 'pati'이다. 프랑스어로는 'pâtir'라는 동사가 있다. 페이션시는 따라서 겪는 상태, 지위, 조건, 그리고 겪음의 능력(감수능력)을 포괄적으로 지칭하는 용어라 할 수 있다. 페이션시는 우리가 잘 인정하지 않는 '힘'의 형태다. 이 반대편 계열에 존재하는 것이 바로 행위action, 행위자agent, 능동성activity, 행위능력agency이라는 용어들이다. 이들의 라틴어 어원은 'agere' 그리고 현대 불어로는 'agir'라는 단어가 사용된다. 페이션시와 대응하는 용어는 행위능력을 의미하는 '에이전시'다. 이 용어는 대개 작용능력, 행위능력, 행위력, 행위성 등으로 번역되며, 무언가를 할 수 있거나, 어떤 차이를 생산할 수 있는 힘을 의미한다.

서구 사회이론은 언제나 적극적으로 행동하면서, 합리적으로 계산하는 '행위자'의 관점에서 사회를 파악해왔다. 그것은 활동적 남성을 모델로 한다. 하지 않는 것은 무시되거나, 존재를 부여받지 못했다. 그러나 사회에는 '하는 자(것)'들 뿐 아니라 '겪는 것(자)'들도 존재한다. 참는 자(것)들, 견디는 자(것)들, 묵묵히 흡수하고 감수하는 자(것)들이 거기에 있다.

모든 존재는 자신의 내부에 심연을 갖고 있다. 이것은 죽음이나 허무와 같은 것이 아니라, 근본적인 무력감無力感이다. 어떤 힘 앞에서 꼼짝할 수 없는 무능력, 생명이 나타나기 이전 격렬한 벼락들을 맞아가며 화학적으로 변화해가는 작용을 겪어야만 했던 원시 수프의 상태와 흡사한 어떤 순수 수동성, 그것이 우리의 핵심에 웅크리고 있다.

수동성이 능동성에 앞서며, 수동성이 능동성보다 언제나 더 심오하다.

비행飛行이 야기하는 두려움은, 비행기를 타고 목적지에 도달하기 전까지 우리의 생명이 전적으로 타자에게 위탁된다는 사실에 기인한다. 우리는 평소에 이미, 택시를 탈 때도, 학교에서도, 병원에서도 운명을 타자에게 맡긴다. 우리가 그들을 '믿지' 못한다면 사회적 삶은 불가능하다. 우리는 조종사들이 우울증에 걸려 비행기를 의도적으로 추락시키지 않을 '정상적' 인간이라는 사실을 믿어야 한다. 항공사가 그들의 육체적/정신적 상태를 정밀하게 검사하고 관리한다는 사실을 믿어야 한다. 테러리스트가 탑승하지 않았다는 사실, 그런 위험을 사전에 점검하는 복합적 시스템을 믿어야 한다. 부품을 만든 회사들의 기술 수준을 믿어야 하며, 부품의 원료들을 공급한 회사들의 품질 안전 검사 수준을 믿어야 한다. 돌연 예측하지 못한 운석이 날아오지 않을 것이며, UFO가 공격해오지 않을 것이라고 믿어야 하며, 인접국의 미사일 발사가 없을 것을 믿어야 한다. 우리가 믿어야 할 이 수많은 것들을 믿으면서, 우리는 비행기에 올라탄다. 비행시간 동안 우리의 목숨은 우리의 손을 떠나, 우리가 아닌 다른 수많은 요소의 조화와 작동에 달린 무엇이 된다. 즉 우리는 감수자patient가 된다. 꼼짝하지 못한 채 누워서 주는 대로 먹고, 꾸물거리며 책을 읽거나 영화를 본다. 우리가 할 수 있는 일은 아무것도 없다. 국경을 넘는 것은 언제나 짧은 죽음 같은 무력함을 대가로 요구한다.

수술대에 오르는 순간, 인간은 의료 시스템에 접속되고, 환원되고, 숫자가 되고, 대상이 된다. 그런데 그 순간 그의 독자성은 최대화된다. 그는 그 자신 외의 어떤 다른 것도 될 수 없는, 누가 대신해줄 수 없는 그 자신이 된다. 즉 자신의 생명(혹은 죽음)과 대면하게 된다. 이러한 급진적 수동성이 활동성보다 개체의 유일성과 더 깊은 연관을 맺는다.

페이션트가 된다는 것은 인격이 사라지거나 특이성이 소멸하는 것을 의미하지 않는다. 오히려 그 반대다. 우리가 수동적이 될 때, 우리는 능동성을 발휘할 때보다 훨씬 더 선명하게 우리 자신이 된다. 환자의 자리는 대체될 수 없는 나의 자리다. 내 몸, 내 질병, 내 장기, 내 죽음의 자리는 대체되지 않는다. 대역을 쓸 수 없다. 그것은 단독자의 자리다. 활동이 아니라 감수의 자리에서 우리는 자신을 만난다. 겪어내야 하는 것을 겪는 그 자리에서 우리는 자기自己가 된다.

알랭 바디우는 『세기』에서 20세기의 시대정신을 '실재의 열정passion du réel'이라는 개념에 집약했다. 그런데, 이 용어는 실재를 '향한' 혹은 실재에 '대한' 열정이라는 의미로 흔히 읽힌다. 이때는 어떤 주체가 실재를 열정적으로 '지향'한다는 뜻이 담긴다. 그러나, 이 말은 사실 실재의 '겪음', 혹은 '수난受難'으로 번역되는 것이 더 정확하다. 실재를 겪는다는 것, 실재를 견딘다는 것으로도 읽혀야 한다. 실재는 지향의 대상이라기보다는 그것이 도래하거나 현상할 때 속절없이 겪어내야 하는 무엇에 더 가깝다. 그는 자신이 68혁명을 어떻게 겪었는지 고백한다.

"나 역시 이처럼 경계를 넘는 체험과 순종의 체험 사이의 상관관계를 경험한 바 있다. 그것은 1968년의 5월과 그 이후의 몇 년 동안이었다. 지방의 평범한 관리로서, 남편이자 가부장으로서의 나의 삶이, 그리고 책을 쓰는 것 이외에는 어떤 비전도 없었던 나의 삶이 송두리째 뿌리뽑히는 것, 이전에는 알지 못했던 장소들 즉 교외의 기숙사나 공장이나 가게와 같은 장소들에서의 전투적 의무들에 강렬하게 복종된 삶의 시작, 경찰과의 대치, 체포 그리고 소송—나는 이 모든 것이 명확한 결정에서 비롯된 것이 아니라, 어떤 특수한 수동성의 형식 그리고 도래하는 모든 것에 대한 전적인 방기에서 비롯된다는 것을 느꼈다. 수동성은 체념을 의미하는 것이 아니다. 그것은 거의 존재론적인 수동성을 의미하는 것으로서, 그것은 절대적인 다른 곳에의 연루와 의존을 통해서 당신의 존재를 변화시키는 것이다"(Badiou, 2005: 178-9).

견디는 자(것)들의 힘으로, 행하는 자(것)들은 행할 수 있다. 견디는 자(것)들이 더 견디지 못하고 행할 때, 사회는 거대한 변화에 휩싸이게 된다.

세상을 움직이는 자(것)들은 행동하는 자(것)들이 아니라 감당하는 자(것)들이다.

생각한다는 것은 생각의 제조라기보다는 '생각이 일어나는 상태'에 처處하는 것에 더 가깝다. 생각을 '하는 것'이 아니라 생각이 일어나는 정황을 '겪는 것'. 이렇게 보면, 생각의 힘은 순수한 행위능력이 아니다. 행위와 감수가 앞서거니 뒤서거니 하면서 흘러가는 그 흐름을 따를 수 있는 능력이다. 바람이 불어야 떠오르는 연처럼 생각은 떠오른다. 내가 생각하는 것이 아니라, 생각이 떠오르면 그 생각의 끝을 붙들고, 생각이 움직이는 대로 내가 따르는 것이다.

생각하는 자는 골똘한 자다. 이 골똘함은 '제스처'다. 몸짓이다. 골똘한 자세는 생각하지 못하는 자를 생각이 일어나는 상태로 진입하게 해준다. 생각하는 자의 주변환경은 이미 생각들을 품고 있다. 빗방울이 떨어지기 직전 무거워진 구름처럼, 생각은 밀집된 수증기처럼 온통 퍼져서 주변을 감싸고 있다. 우리는 안에서 밖으로 생각을 해나가는 것이 아니라, 주변으로부터 안으로 생각을 끌어들인다.

어떤 문제에 봉착하여 깊이 고민할 때, 우리는 '생각'하지 않는다. 우리는 장기 말이나 바둑돌을 놓아 수순을 상상하고 전략을 짜듯이 그렇게 내적 표상을 구성하지 않는다. 대신 우리는 생각 이전의 분화되지 않은 정동적 기류에 휘말려 있다. 고개를 숙인 채 바닥에 의미 없는 글자를 쓰거나, 도형을 반복해서 그리거나, 어떤 단어를 혼자 중얼거리거나, 한숨을 쉬고, 누웠다가 뒤채고, 일어나 눈을 감고, 심호흡을 할 뿐이다. 아직 울음을 터뜨리는 것도 불가능하다. 오랜 시간 후에 비로소 그 표현이 가능해질, 어떤 봉쇄 속에 우리는 갇혀 있다. 그 속에서 우리는 몸짓을 만들어낼 수 있을 뿐이다. 고민한다는 것은 생각에 도달하기 이전, 상당 시간을 이런 부대낌을 견디어낸다는 것을 의미한다. 견디는 동안 표상은 부서지고, 뭉개지고, 흩어진다. 표상이 오기를 기다리면서, 우리는 고민을 통하여 시간과 자신을 발효시킨다. 페이션시.

많은 경우 활동적 상태보다 수동적 상태가 더 격렬한 물질성을 동반한다.

기다림은 능동인가 수동인가?

우리가 식물들을 관조할 때 느끼는 쾌감과 기쁨의 원천에는, 동물과 식물이 분화되기 이전의 상태를 향한 퇴행적 욕망이 있는 것이 아닐까? 능동성과 수동성이 분화되기 이전 상태. 체험과 행위가 분화되기 이전의 상태. 가령, 잠을 잘 때, 꿈을 꿀 때, 명상을 하거나, 몽상에 빠질 때, 우리는 몸의 흐름 뒤로 숨어 사라진다. 밤에 우리는 식물이 된다.

하품은 우리가 동물에서 식물로 전환하는 순간의 신호다.

희극과 비극은 유사성과 차이를 갖는다. 두 장르가 공유하는 것은 인간과 운명의 관계다. 양자 모두에서, 인간은 초월적 힘과 대립하는 자로 나타난다. 이 관계가 어떻게 전개되느냐에 따라서 희극과 비극이 분리된다.

비극의 경우, 인간은 고유한 운명에 완벽히 규정당한다. 운명이 부과하는 죄의 연관에 포섭되어 인간은 침묵 속에서 죽음을 수용한다. 비극의 상황은 법정을 중심으로 회전한다. 단죄되고 처형되는 과정에서 탄생하는 영웅의 이야기가 비극의 핵심이다. 결국, 운명이 승리하고 인간은 패배하지만, 비극의 주인공은 무자비한 운명의 힘을 흡수하여 자신을 단죄하는 법 자체를 뒤흔들고, 법을 초월하는 주체로 부활한다. 비극은 겪음passion의 정점에서 생성되는 초월적 행위능력의 이야기다. 비극에 고유한 공포와 전율은, 비극적 주체와 자신을 동일시할 때 발생하는 정동이다. 비극은 언제나 '나'의 이야기인 것이다.

반대로 희극에서 초월적 구조는 행위자에게 의식되거나 인지되지 않은 채 작용한다(가령, 희극적 운명은 신의 장난이기도 하고, 내적 욕망이기도 하고, 발자크 소설이나 부르디외 사회학에서처럼 위치들의 체계인 사회구조이기도 하다). 주인공은 활동적인 존재로 수선을 떨지만 사실 자신이 무엇을 하는지 알지 못하며, 그 무지를 고집스럽게 지속한다. 그는 '분노와 음향'을 일으킨다. 그러나 그 소란에도 모든 것은 결국 아무것도 아닌 것nothing으로 허망하게 귀결된다. 온갖 고초를 다 겪고 났지만 결국 이상하게 풀려가는 희극적 결말의 대표적 장소는 대개 결혼이나 파티다. 이는 결정적인 것과의 만남을 회피하고, 결정적인 것이 미끄러져 넘어진 지점에서 다시 시작되는 헛소동의 장치다. 희극의 시간은 영원회귀다. 이 도로徒勞의 영원성은 어리숙한 방식으로 자신을 속여가며 생을 뺑뺑이 도는 자에게 귀신처럼 달라붙어 있는 삶의 영원성이다. 이런 점에서 희극은 초월성에 대한 무지와, 초월성에 의해 규정된 자신에 대한 무지(희극의 주인공들은 대개 나르시시즘적인 바보이거나 어리석은 전문가들이다)에도 불구하고 살아나가려는 존재들의 극대화된 행위능력을 보여준다. 희극은 이상한 방식으로 활성화된 행위능력, 불굴의 행위능력, 그러나 근본적으로 어리석음에서 나오는 행위능력의 장르다.

누군가의 이름 X을 잊어버려, 그것을 떠올리기 위해 회상에 잠겨 있다. X를 망각한 시간과 장소는 기억이 나지 않는다. 망각은 내용뿐 아니라 맥락의 망각을 내포한다. 분명한 것은 언젠가 어딘가에서 X라는 이름을 잊었다는 것, 그러나 그것을 인지하지 못한 채 살아왔다는 것이다. X를 떠올려야 하는 요청이 있을 때 비로소 망각이 일어났었음을 알게 된다.

사람들은 무언가를 잊기 위해 노력하지만, 노력은 대개 망각을 지연시킨다. 잊으려 애쓸수록 대상은 의식에 더 달라붙는다. 의지를 통해 무언가를 잊는 것은 불가능하다. 즉, '지금' 잊는 자는 없다. 망각은 행위가 아니라, 과거에 발생했던 것이라고 나중에서야 인지되는 사건이다.

망각은 의도 밖에서 발생하는 사건이다. 이유도 법칙도 예고도 없이 잊음이 온다. 망각의 주체는 발생하는 우연을 겪는 인간, 즉 감수자patient다. 나는 X라는 이름을 잊어 그것을 떠올리려 노력하며, 무언가 유사한 이름들을 입술 끝으로 띄워본다. 망각된 X의 어두운 주변에 Y, Z, W와 같은 이름들이 떠오른다. 나는 그들이 X와 닮았지만, X가 아니라는 사실을 안다. X에 도달하지 못한 채, X 주변을 채우는 여러 이름들이 뇌리를 스쳐간다. 망각한 이름 X를 나는 모르지만, 그것이 Y, Z, W와 같지 않은 무언가라는 사실은 알고 있다. 나는 X를 완전히 알지 못하지만, 그것이 무엇인지 완전히 모르는 것 또한 아니다. 망각된 것은 완벽한 무지와 완벽한 앎 사이의 어딘가에 숨어 있다. 이 이상한 앎(무지)은 집요하고 지속적인 추구의 대상이 된다. 망각된 것만이 소진되거나 소멸되지 않은 채 자신을 향한 탐구의 몸짓들을 초대한다.

중대한 삶의 빈곤은 재산이나 업적, 지위의 빈곤이 아니라 감당해본 일의 빈곤이다.

감당은 관념이나 언어의 문제가 아니다. 구호나 선언이 아니다. 감당은 생명의 방만한 방출이 아니다. 그것은 절제, 삭감, 위축이다. 감당하는 자는 공격하지 않고, 비판하지 않고, 함성을 지르지 않는다. 그는 침묵하면서 짊어진 무게를 견딘다.

박수근의 나무들은 이파리가 하나도 없다. 나목裸木은 거의 죽은 듯이 보이기도 한다. 고요히 늙어가는 사람 같다. 나무 주변에 아이를 업은 여인이나 짐을 짊어진 여인이 걸어간다. 나무와 사람이 모두 감당하고 있다. 나무는 나무의 헐벗음을, 사람은 사람의 헐벗음을 짊어지고 있다. 박수근의 그림에 서려 있는 희망은 감당하는 자들이 고독하게 품고 있는 미래로부터 온다. 짊어진 것의 무게가 감당의 유토피아를 만든다. 이것이 운명이라면 견디어내겠다는 의지.

고흐가 그린, 미친듯이 소용돌이치는 사이프러스 나무보다 오히려, 활력 없이 시들어가는 해바라기가 더 불안하다. 감당할 수 없을 때 신체의 절단이나 훼손이 발생하기도 할 것이다. 하지만, 귀를 자르는 것은 권총을 입에 넣고 쏘는 것과 다르다. 자폭하여 완전히 흩어져버리고 싶은 욕망은 끝까지 말라 부스러질 때까지 견디겠다는 의지와 다르다. 〈해바라기〉는 정점에서 분열해버리지 않고, 그 정점을 버티어내고 이제 시작된 오랜 붕괴를 살아내려는 의지의 표상이다. 산다는 것은 마지막까지 살겠다는 것이다. 마지막까지 자폭하지 않겠다는 것이다. 마지막까지 미치지 않고, 끈을 놓지 않고, 자살하지 않고 버티겠다는 것이다.

헐벗음은 〈세한도〉의 주제다. 헐벗은 것들의 꼿꼿한 공존. 겨울의 한복판에서 헐벗은 것들이 버티고 있다. 감당은 고독한 사업이지만, 환락이 아닌 감당 속에서야 우리는 참된 친구들을 만날 수 있다. "날이 추워져야 송백松柏이 시들지 않음을 안다." 계절이 헐벗으면, 헐벗으면서도 무너지지 않는 것이 헐벗으면서도 무너지지 않는 다른 무언가를 알아본다. 꼿꼿한 잣나무는 뒤틀린 소나무를 알아본다. 시간을 거슬러, 경계를 거슬러, 차이를 거슬러, 감당하는 자가 감당하는 자를 알아본다. 은둔기계가 은둔기계를 알아본다. 그것과 친구가 된다. 별로 친하지도 애틋하지도 않지만, 함께 헐벗음을 살아내는 것이다. 추사가 그려내는 이 유교적 쿨cool.

감당하는 자들은 대개 침묵한다. 감당에 몰두하여 표현하고 목소리를 낼 힘조차 갖지 못한다. 질병을 감당하는 사람들, 사랑을 감당하고, 부모의 역할을 감당하고, 직무를 감당하고, 존재 자체를 감당하는 자들. 이들의 힘으로 삶이 흘러간다. 자신에게 부과되는 것들을 잘 감당하는 존재자들은 드러나지 않는다.

감당하는 힘은 하는 힘과 견디는 힘, 그리고 현실적인 것과 가상적인 것 모두를 끌어모은 존재의 총력이다. 한 존재가 이룰 수 있는 최대치의 업적은 창조도, 발명도, 경험도 아닌 감당이다.

당신은 이 세계를, 이 시대를, 당신의 삶을, 그리고 관계들을 어떻게 감당해가고 있는가?

좋은 얼굴은 감당의 시간이 형성한 풍경이다. 주름살과 흰머리, 혹은 깊은 눈빛. 얼굴은 감당해야 했을 문제들과 그것과 싸운 자의 겨룸이 팽팽하게 맞부딪친 흔적을 고스란히 간직한 싸움터다.

탈주는 감당을 회피하는 것이 아니라, 감당의 선線을 굴절시키는 것, 감당의 시간을 조정하는 것, 함께 감당할 존재들과 창조적으로 연합하는 것이다.

문제란 감당할 수 있는 것과 감당할 수 없는 것의 낙차 그 자체다. 문제 속으로 들어갔을 때 우리는 빠르게 하강하며 흐르는 시간의 흐름에 휘말린다.

모든 사물은 자신의 있음을 감당하고 있다. 부서진 이후에야 사물은 비로소 그 얼굴(이미지)을 드러낸다. 감당-가능성에 균열이 발생했을 때, 우리는 감당을 인식하기 시작한다.

서로에게 감당할 수 있는 것만을 기대하는 것이 도덕이다. 감당할 수 없는 것을 요구하고, 요구가 받아들여지지 않았다고 해서 타인을 괴롭히는 사회는 사악하다.

자신에게 닥쳐오는 사태를 감당할 수 있는 존재가 되는 것, 이것이 참된 윤리다.

아름다운 것들은 오랜 감당의 결과들이다. 나이테나 암석의 지층들. 산맥의 굴곡, 오묘한 풍경들. 압력과 충격과 침식과 풍화를 견뎌낸 것들이 보여주는 모습.

간혹 나이 든 사람들이 보여주는 품위.

생명은 환경을 감당할 수 있는 역량의 반복적 작동이다. 원시바다를 감당할 수 있는 생명체는 존재하지 않았다. 분화구를 감당할 수 있는 생명체도 거의 없다. 산다는 것은 감당할 만한 환경 속에서 감당할 만한 것들을 지속적으로 감당하는 사건이다. 감당-가능성의 영역에서 한 발짝만 벗어나도 우리는 감당할 수 없는 것을 만난다. 수영을 할 줄 모르는 자에게 바다란 무엇인가? 숨을 쉬어야 살 수 있는 존재에게 우주의 막대한 공간은 무엇인가?

'버티고 있음'은 존재도 실존도 아니다. 그것은 일종의 고집이다. 바위나 건물, 별들, 개미들은 버티고 있다. 가구들도, 그릇들도, 먼지들도 버티고 있다. 나이가 들어서야, 내가 저들과 크게 다르지 않다는 사실을 깨닫게 되었다. 인간이나 사물이나 유기체나 물질이나 모두 버티고들 있다.

나무도, 풀도, 벌레도, 세균도, 세슘도, 우라늄도, 수소도, 광자photon도, 염색체도, 유령도, 선생도, 학생도, 기업가도, 범죄자도, 혁명가도, 환자도, 의사도, 건물도, 바닷물도, 지구도, 태양도, 별들도 모두 감당하고 있다. 이 사실을 문득 깨닫는 날이 있다. 그것은 삶의 물질적 문제들과 씨름하면서, 오만이 벗겨져 헐벗을 때다. 자아를 감싸던 특권적 비극성은 탈각된다. 더불어, 세계에 대한 추상적 관념도 벗겨져간다.

헐벗음

인간은 자신의 잔혹성을, 수건돌리기 놀이에서처럼 타인의 등 뒤에 던져놓고 그 소유를 부인한다. 그러나 아무리 자신의 공격성을 타자와 사회와 세계에 투사해도, 공격의 의지와 충동은 결코 사라지지 않는다. 인간은 헐벗은 사람들의 상처를 쪼아대는 것을 즐긴다. 상처에서 풍겨나오는 피의 냄새, 달짝지근하고 달콤한 감염의 냄새, 괴로워하는 타인의 곤경이 불러일으키는, 이유를 알 수 없는 쾌락의 냄새. 닭장 안의 닭들처럼, 인간들은 헐벗은 자들의 상처를 쪼며 살아간다.

자연이 진공을 싫어하듯, 사회도 진공을 싫어한다. 권력의 자리에서 누군가 내려오면 그 자리는 곧 다른 자에 의해 채워진다. 진공이 생기면 거기로 몰려가는 흐름이 생긴다. 헐벗음은 존재에 생긴 함몰, 그 함몰에 일시적으로 형성된 존재의 진공이다. 육체적 상처, 상실, 치욕, 구멍, 손상이 있을 때, 그것이 다른 것으로 메워지거나 가려지지 못하는 어떤 틈을 갖게 되었을 때, 그것이 곪아서 상처의 냄새를 피울 때, 사회적 힘이 그쪽으로 몰리는 생리적 현상. 헐벗음은 몰락이나 추락이 아니다. 갑작스레 발생하여 대처하지 못한 상처의 지속과 화농이다.

헐벗음에 조응하는 감정상태는 깊은 절망과 이유를 알 수 없는 희망의 위태로운 결합이다. 헐벗은 자는 모든 것을 강탈

당했거나, 소유물이 불에 타거나, 애써 경작한 농작물이 수해를 입어 넋을 잃고 있다가 주먹을 불끈 쥐고 일어서는 순간의 주체다. 상실, 박탈, 제거 그리고 무언가 새로운 것이 시작되기 직전에 솟아나는, 이유를 알 수 없는 무모함.

더 헐벗은 사람들은 충분히 헐벗은 사람들 속에도 있다. 헐벗음은 무리 속에 필연적으로 발생하는 범주다. 아무리 내려가도, 혹은 아무리 올라가도 언제나 헐벗은 사람들이 있다. 더 헐벗은 사람들이 있다.

헐벗음을 야기하는 상처는 '감당할 수 없는 것'과의 마주침에서 온다.

헐벗음은 생명의 노출이다. 모든 노출은 정치적이다.

가까운 사람에게 가한 상처, 가까운 사람으로부터 받은 상처는 지워지지 않는다. 감당할 수 없는 것은 대개 가까운 곳에서 온다.

헐벗은 시선은 메두사처럼 대상의 생명력을 석화石化시키는 위력이 있다.

기도는 헐벗음에서 온다. 유머가 불가능할 만큼 벗겨졌을 때, 우리는 기도한다. 다른 것이 다 사라진 자리에서 기도한다. 기도는 하늘을 향한다. 하늘은 언제나 거기에 있다. 충분히 헐벗기 전까지 보이지 않을 뿐이다. 하늘을 사고하지 않을 때 우리는 젊다. 젊을 때 우리는 면도칼처럼 날카롭다. 그러나, 그 칼이 베는 것은 대개 자기 자신이다. 젊을 때 우리는 하늘을 바라보는 자들을 좋아하지 않는다. 경멸하기도 한다. 그러나, 삶은 헐벗는 것이다. 우리는 헐벗지 않을 수 없다는 어떤 불가피성 속에서 살아간다. 어느 누구도 헐벗음으로부터 자유로웠던 자는 없다. 헐벗음의 힘으로 하늘을 만나지 않을 수 없다. 기도하는 자들의 마음을 차지한 하늘을 이제는 외면하지 않는다.

'프리케리어스precarious'의 라틴어 어원은 '기도'다.

존재는 시선에 의해서도, 고통에 의해서도, 언어에 의해서도, 모멸에 의해서도, 실수에 의해서도 벗겨진다. 헐벗음을 체험하지 못한 사람, 헐벗음과 씨름해본 적이 없는 사람, 헐벗음을 대수롭지 않게 여기는 사람은 천박하고 건강하다.

기도할 때 우리는 사랑의 잔인한 차별성의 노예가 된다. 기도에서 영원히 반복되는 의지는 사랑하는 자의 안위에 집중된다. 기도 속에서 우리는 이기심의 극점을 노골적으로 향한다. 하늘이여, 당신에게 바라는 것은 오직 하나입니다. 사랑하는 자의 삶에 평화를.

기도는 이미 좌절된 행위다. 하늘의 전제專制, 하늘의 무심함 앞에서 모든 기도는 선험적 실패다. 바람이 불어오기 전에 결코 뜨지 못하는 연처럼, 기도의 말들은 뼈가 부러진 참담한 몰골로 약한 마음의 풍경 어딘가에 유해처럼 흩어져 있다. 기도는 전능한 하늘이 아니라 자기-비움의 하늘에게 전달된다. 하늘도 헐벗은 나만큼이나 헐벗었기 때문에 기도를 듣는다.

초월은 신앙이 아니라 사고의 형식이다. 사고 속에서 초월의 그림자를 완벽하게 제거하면 제거할수록, 그런 주체의 일상은 초월적 아우라를 풍기게 된다.

죽음은 추상적이다. 그러나 헐벗음은 구체적이다. 죽음을 말하고 묵상하는 자는 아직 헐벗지 않았거나, 헐벗음과 싸울 힘이 있는 자다. 헐벗은 사람에게 죽음보다 훨씬 더 두려운 것은 헐벗은 삶이다. 헐벗음은 시시각각 진행되는 과정이다. 학문이 민중의 감각에 결코 미치지 못할 때가 많이 있다. 헐벗은 삶에 대한 감수성이 없기 때문이다.

헐벗은 자의 목소리는 잊을 수 없다.

헐벗음에 대한 막강한 물적 방어막을 상속받은 사람들이 있다. 이들의 자원은 헐벗음을 지연시키거나 저지할 '능력'으로 전환된다. 계급은 인간 행위자의 집합이 아니라 이 '능력'의 분포 양상을 가리킨다. 계급은 헐벗음과 싸울 수 있는 자원의 소유 여부에 의해 결정된다.

헐벗음은 무능력으로 귀결된다. 우리가 할 수 없는 것. 우리가 도저히 할 수 없는 것과 부딪힐 때, 그때마다 우리의 영혼은 헐벗는다. 자식이 원하는 무언가를 해줄 수 없을 때, 그 무력감 속에서 부모는 헐벗는다.

헐벗음이 집중된 한 지점, 그곳이 장애障礙다.

욕망의 정화, 이것이 생명체가 할 수 있는 가장 위대한 사업이다. 정화는 헐벗음이다. 오직 헐벗음의 사건들만이 우리를 정화시킨다.

욕망에서 벗어날 수 없는 우리는 욕망의 흐름에 휘말려 헛소동을 벌여나간다. 욕망이 허용하는 만큼 승리하고, 뺏고, 복수하고, 원망하고, 기뻐하고, 증오하고, 저주한다. 욕망을 통해 자존을 확보하고 의미를 획득한다. 그러나 사건들은 쉼 없이 도래하여 우리의 욕망을 벗겨낸다. 칼이 과육을 벗기듯이 욕망을 잘라낸다. 오직 그 벗겨짐 속에서만 정화가 일어난다. 정화는 명상이나 수련이 아니다. 헐벗을 때, 오직 그때, 순수한 부분과 오염된 부분이 '함께' 떨어져나간다.

문제

메시아는 문제를 해결하기 위해 오는 초월자가 아니다. 그는, 과거의 문제를 하찮은 것으로 만들면서 등장하는 새로운 문제, 새로운 문제이지만 아직 문제로 인지되지 않고 도리어 구원으로 인지되는 새로운 문제의 이름이다. 메시아는 결코 도래하지 않는다. 다만, 새로운 문제가 메시아처럼, 메시아적으로 오는 것이다.

문제에 휩싸여 괴로울 때, 고통은 우리를 파괴하는 힘이 아니라 임박한 파괴 가능성으로부터 우리를 구제하는 보호막에 더 가깝다.

지금 닥쳐온 문제, 지금 우리를 질식시키는 문제는 '최악의 문제'가 아니다. 최악은 언제나 '아직-오지-않은-것'으로 남는다. 그것은 도착하지 않는다. 연기되고 이월된다. 미래로 밀려난다. 우리는 언제나 최악의 문제가 발생하기 이전以前에 있다.

기다림은 '무언가'를 기다리는 행위가 아니라, 기다리는 '나'를 생산하는 행위다. 기다림 속에서 대상이 오는 대신 기다림의 주체가 온다. 기다림의 주체는 기다리는 그 세계나 상황을 스스로 창조하기 시작한다. 기다림이 생산한 '내'가 그토록 기다리던 '세계'를 직접 생산한다. 이 모든 아이러니한 프로세스의 원천에는 기다림의 대상에 대한 열정적 환상이 존재한다.

우리는 문제 속으로 태어난다. 문제의 성좌 속으로, 가족 속으로, 시대 속으로, 지역 속으로, 민족이나 종의 구성원으로 태어난다.

운명은 한 생애가 해결해야 하는 문제들의 성좌다.

문제가 엄습하기 전에 우리는 한 인간(사물)이 누구인지(무엇인지) 결코 알지 못한다. 문제는 인격(물성)의 인화액이다. 문제의 작용하에 비로소 품성이 나타난다. 누군가는 비열하고, 누군가는 무능하고, 누군가는 이기적이고, 누군가는 좋은 사람이며, 무언가는 강력하고, 무언가는 아름답고, 무언가는 위험하다. 누군가(무언가)를 이해한다는 것은 그 생각이나 의향을 읽는 것이 아니라, 그가(그것이) 극단적 상황에서 드러내는 힘을 파악해내는 것이다.

시간의 흐름 속에서 문제가 생성되는 것이 아니라, 문제의 전개 속에서 시간이 생성된다.

문제는 시간의 흐름에 단절을 가져온다. 누군가에게 발견된 암은 시간을 끊는다. 그것은 질병이기 이전에 새로운 시간의 표식이다. 암 이전과 암 이후는 같은 시간이 아니다. 암 이후의 시각에서 그 이전을 바라보면, 질병이 없던 과거의 세계는 꿈이나 환각처럼 느껴질 수 있다.

문제는 리얼리티에 대한 감각을 급격히 재조정한다. 연인과 헤어진 사람에게 이별은 시간 '속에서' 일어난 무언가가 아니라 시간 감각 자체를 흔드는 비-시간적 격동이다. 헤어짐은 시간의 테두리를 파괴하고, 시간의 모양을 다시 빚는다.

시간이 생성될 때, 완만하던 흐름이 절벽이나 낭떠러지로 변하여 쏟아져내리는 속도감이 만들어진다. 문제의 도래는 세계를 생생하고 가공可恐할 무언가로 바꾸어놓는다.

문제는, 밀도 높은 암흑의 집결, 수수께끼, 불행의 예감을 동반하면서 나타난다. 비가 쏟아지기 직전의 검고 위태로운 하늘처럼, 그 뒤에 파란 창공이 있다는 사실을 감히 상상하지 못하게 하는, 압도적 봉쇄 속에서 문제는 우리에게 온다. 바로 그때, 해결은 불가능해 보인다. 우리는 작은 절망을 체험한다. 시간이 흐르면서, 충격과 무기력에 빠져 있던 '문제 앞의 인간'은 서서히 변화해간다. 문제의 어떤 부분에 해결 가능성이 숨어 있는지, 누구와 손을 잡고 어디서부터 풀어가야 하는지 실마리가 드러나기 시작한다. 흑암과 같던 하늘에 미세한 차이가 보이기 시작한다. 동질적 덩어리는 쪼개지기 시작한다.

문제는 해결되는 것이 아니라 다른 문제로 대체되면서 사라진다. 소멸이 아니라 우선순위의 조정이 발생한다. 새로운 문제가 나타나면, 이전에 그토록 절박하게 느껴졌던 문제의 위급성은 완화된다. 그것은 해결되기 전에 이미 사소해진다. 어떤 문제도 완전히 해결되거나 완전히 해결되지 않는 것은 없다. 문제들은 변화하면서 흘러간다. 우리는 그들과 공생하며 공진화한다.

모든 문제에서 구원의 가능성을 보는 시각은 나태인가 아니면 지혜인가?

문제는 우리의 행위능력을 시험한다. 진정한 문제는 행위능력의 한계지점에서 나타난다. 도저히 어쩔 수 없는 것, 아무리 고민해도 해결방법이 없는 것, 그것으로 인하여 잠들 수 없는 것, 피해갈 수 없는 것, 궁지로 몰아가는 것, 그것이 문제다. 문제는 기왕의 행위능력을 위기에 빠뜨린다. 손해, 망신, 실패, 비난, 사고, 분쟁, 모욕, 혹은 질병. 심각한 문제가 나타났을 때 '초월적인 것'은 불가피하게 소환된다.

해결해야 하는 문제가 능력을 초과하여, 문제에 압도된 존재가 약자다. 약자는 문제에 짓눌려 질식해가는 자다. 반대로 강자는 문제를 다스리고 해결해갈 수 있는 힘을 소유한 존재다. 강자는 문제를 통치한다. 존재의 강/약은 타자들과의 비교를 통해 결정되는 것이 아니라, 각자에게 고유한 문제와의 관계 속에서 결정된다.

젠더, 세대, 계급은 인간 행위자들의 집합이나 사회적 위치, 혹은 문화나 의식을 가리키는 것이 아니다. 이들은 특정한 문제들과 연관된 인간 집단의 범주다. 인간들 안에서, 그들의 살과 뼈와 피 속에서, 뇌와 의식과 신경을 통해서, 인간들 사이에서, 인간들을 묶으며, 그들을 갈라놓으며 문제들이 작용한다. 사람들을 동일한 범주로 묶어주는 것은 그들의 속성의 유사성이 아니라, 그들이 싸우고 있는 문제들의 유사성이다.

자신의 삶이 예상대로, 기대대로 잘 흘러간다고 믿고 있을 때, 점을 치는 것은 두려움을 야기할 수 있다. 그러나 고민이 깊을 때 점을 치러가는 것은 두렵지 않다. 너무 심한 치통으로 몸부림치다보면, 그렇게 끔찍하던 치과 치료기구들이 순간 구원의 손길로 보이는 것과도 유사하다.

유예된 합리성과 계산된 비합리성의 결합으로서의 점복占卜 행위. 점을 치러가는 자는 합리적 사고와 판단력을 유예한다.

행위능력을 운명의 해석자에게 양도한다. 운명에 대한 자신의 무지를 인정한다. 해석의 주권을 포기한다. 이런 조건하에서 비합리적 역량과의 동맹을 시도한다. 그 역량의 첫번째 형태는 운명에 대한 '앎'이다. 접신을 했건, 사주를 보았건, 혹은 점을 쳤건 운명은 읽혀 기호화되어 처리된다. 이 지식의 생산은 일정 정도 비합리성에 뿌리를 내린다. 점을 치러 가는 자는 감수자가 된다. 행위능력의 양도를 통해서, 그는 문제에 대한 진단과 처방을 얻는다. 굿이나 부적 혹은 초혼제와 같이 다양한 주술적 개입을 권고받기도 한다. 이것은 그러나 고삐 풀린 비합리성이 아니다. 이 비합리성은 계산적 이성과 결합되어 있다.

문제는 해결을 요청하는, 응답하지 않을 수 없는 부름이다.

우리가 욕망하는 것들은 문제의 형상을 띠고, 문제를 통해서, 문제와 뒤섞인 채 나타난다.

우주는, 우리가 알지 못하는 어떤 문제에 대한 한 해답이다.

필로-조에

2000년대 초, 파리에서 에드워드 양의 〈하나 그리고 둘〉을 보았다. 그때는 그의 담담淡淡을 이해하지 못했던 것 같다. 이 영화는 뿌옇고 잔잔하고 조금 슬펐다.

최근에 우연히 그의 작품들을 다시 볼 기회가 생겼다. 〈타이페이 이야기〉(1985)와 〈고령가 소년 살인사건〉(1991). 거장은 뒷걸음으로 물러나 가만히 타이완 사람들의 인생을 바라보고 있다. 윤리도 도덕도 미학도 아닌, 이 평범한 생활의 실천론이 불러일으키는 흥분.

에드워드 양의 영화에서 사람들은 풍경 저 멀리에서 움직인다. 카메라는 클로즈업하지 않는다. 삶은 우스꽝스럽고, 안타까운 모습 그대로 멀리서 흘러간다. 이 격렬한 무심의 시선은 존경스럽다. 그가 옳다. 인생이란 어떤 일이 발생하더라도, 어떤 일이 일어나더라도 저 먼 거리에서 바라보아야만 살아낼 수 있는 무엇이다. 가까이 다가가서 보지 않아야 하는 무엇이다. 어떤 아픔도, 기쁨도, 오욕도 오직 저 심원한 거리에서, 자그마하게 보이는 것들 속에서 일어나도록 시야를 엄격히 조절해야 하는 무엇이다.

이것은 삶을 '경험'의 관점에서 접근하는 사고방식과 대립한다. 삶은 경험의 대상이 아니다. 실험의 대상도, 사유의 대상도 아니다. 삶은 무시무시한 것이다. 거리를 두지 않으면 안 되는 것이다.

어질다는 것仁은 자신과 타인의 인생을 저 멀리에 두고 관망하는 힘이 아닐까? 가령 멀리에서 울기 때문에 울음소리가 잘 안 들리는 그곳에서, 우는 사람을 보는 것. 너무 멀리에서 기뻐하고 있어서 기쁘지 않은 것처럼 보이는, 그런 사람들을 바라보는 것. 개입하지 않는 것, 개입할 수 없는 자리에서 바라보는 것. 어쩔 수 없다는 것을 통감하면서도 바라보기를 멈추지 않는 것. 그렇게 할 수 있는 힘.

방관의 역설은, 현장의 물리적 감각으로부터 떨어져 있을 때, 불행이나 행복의 실감이 오히려 더 강력해진다는 사실이다.

방관자에게 주어지는 것은 몸짓이다. 몸짓은 생명의 양상들을 한 획으로 집약한다. 생명의 다이어그램이다. 슬픔에 빠진 자의 아래로 꺾인 목과 얼굴을 감싼 손은, 그 빈약한 정보만으로도 그의 마음을 염산처럼 부식시키는 슬픔의 독성을 전달해준다. 먼발치에서 지켜본 몸짓들은 의식 표면을 긁어대다가 사라지는 대신, 방관하는 자의 내장 깊이 그 정동을 새긴다. 헤어진 연인은 잊을 수 없는 몸짓 한두 개를 남긴 채 망각된다. 시대의 복판에서 치열하게 살다간 사람보다 그 시절의 방관자들이 결국 시대의 진리를 쓰고 말할 수 있는 자들로 남는 것이 이 때문인지 모른다.

멀리서, 들키지 않은 채, 괴로운 자를 지켜보는 것보다 더 괴로운 일은 없다.

어질다는 것은 도덕이나 철학이나 아름다움에 가해지는 제한이다. 인은 규범의 후퇴이며, 진리의 축소이며, 아름다움의 유보다. 불완전성에 대한 항복이다.

'치열하게'와 같은 오만한 말에 속지 않는 것이다. 두려움을 버리지 않는 것. 용기 따위로 두려움을 이기지 않는 것. 방관하는 것.

어진 이는 허술하다. 규칙이나 규범을 어기며, 심약하고, 애매하고, 어리숙하다. 어진 자는 잘 속고, 매번 속고, 매번 진다. 그러면서도 마음을 상실하지 않는다. 침묵하고 웃는다. 어리석음과 어짊 사이에는 은밀한 연관이 존재한다. 어리석음을 통해서, 이 타협주의와 우유부단을 통해서, 어진 사람은 주어진 관계를 파괴하지 않고 이어나간다. 그는 세계를 멀리서 본다. 세계가 그저 존재하는 무언가로 나타나는 지점까지 물러가서, 세계가 그저 생존하는 무언가로 나타나는 지점까지 물러가서 바라본다. 어짊은 생존주의다. 생존을 존재보다 더 성스러운 것으로 읽는, 처절한 실용주의다.

가령, "절망은 허망하다. 희망이 그러하듯"(루쉰, 2011: 38)이라는 루쉰魯迅의 아포리즘은 에드워드 양의 세계를 다른 방식으로 표현하고 있다.

루쉰에게 인간은 어쨌거나 살아야 했던 존재다. 살아야 하므로 절망에 반항한다. 절망할 수 없다. 절망과 싸우고, 절망을 속이고, 절망과 거래한다. "삶을 알지 못하는데, 어찌 죽음을 알겠느냐" 강변했던 공자처럼.

저 너머에 대한 사유와 꿈을 접고 유일하게 주어진 것으로 받아들인 이 세계에 대한 강박증. 성실한 응시. 저 너머를 단호히 사양하는 몸짓에 내포된, 소심함과 용기의 혼융. 그런 인성이 주는 갑갑함과 억압, 하지만 묘한 신뢰. 무한 변전이 지배하는, 유일하게 주어진 이 무상세계 속에서, 허망 이외의 또 다른 근거를 확인할 수 없다는 저 체념. 형이상학이 아닌 윤리학.

희망이 허망함을 깨닫는 것은 어렵지 않다. 희망은 미래의 건축이지만, 언제나 실패를 내포하는 잔인한 건축이다. 우리는 안다. 희망은 부서진다는 것을. 그래서 미리 부수는 것이 필요할 때가 있다는 것을. 그래야 살 수 있다는 것을. 하지만 절망에 빠져드는 것도 우스운 일이다. 절망은 희망보다 더 화려한 몸짓이며 도취일 수 있다. 그것도 깨어져야 한다. 희망에서 벗어나는 힘이 파상력이라면 절망을 깨는 힘도 파상력이다. 파상력은 삶을 향한다. 지금 여기의 물질적 세속을 단호하게 지향한다.

이 세계보다 더 높고 귀한 것은 없다. 에드워드 양의 카메라가 비추는 세계가 바로 그것이다. 희망과 절망 모두를 우스운 것으로 보이게 하는 세계.

철학과 사상의 차이가 여기에 있는 것이 아닐까?

필로소피아, 즉 진리에 대한 사랑은 진리를 삶의 앞에 놓는다. 진리를 사랑하는 자는 죽음도 두려워하지 않는다. 그리스 철학은 철학자가 죽음을 앞두고 보여주는 기묘한 흥분 속에서 자신의 고유성을 과시한다. 죽음이 무엇인지 알고 싶어 독을 마시는 소크라테스와 같은 인물은 동아시아에 없다. 철학이 말하는 진리를 산산조각 내면서 살의 수준에서 진리를 살아내는 십자가 상징 같은 것도 동아시아에 없다. 동아시아적 정신은 진리에 대한 열정에 사상적 억제를 가한다. 죽음을 향한 행보, 죽음 쪽으로의 자발성, 호기심, 죽음 너머에 대한 충동은 삶의 이름으로 제어된다. 철학의 결여라기보다는 철학의 유보다. 죽음을 논하지 못하는 것이 아니고, 죽음을 알고 싶지 않은 것도 아니다. 죽음의 진리에 다가갈 능력이 없어서도 아니다. 그러나 그렇게 하지 않는다. 그렇게 하지 않을 것이다. 생生이 있으므로. 생을 앞서가는 진리는 없으므로. 진리를 진리로 만드는 것이 생이지, 그 반대가 아니기 때문에. 생과 분리된 진리는 찰나적인 것, 곧 생의 논리에 압살될 것이기 때문에. 생의 하찮고, 비루하고, 저차원적인 물질과 감각과 관계와 숙명이 진리보다 더 강력하기 때문에.

동아시아 사상이 과격하고 근원적인 모습으로 나타날 때, 그것은 언제나 초월에 대한 단호한 거부와 세속적 일상에 대한 단호한 긍정의 몸짓을 띤다(선불교). 어떤 거창한 말들도, 생각도, 개념도, 논리도, 이미지도, 이야기도, 상징도 그 앞에서 다 부서져내리는 평상심平常心. 그것은 격렬한 무심無心이며 온화한 광기다.

"흘러가는 것이 이와 같구나. 밤낮을 그치지 않는구나逝者如斯夫, 不舍晝夜."

이것이 유교다.

유교는 어진 시선의 가능성에 대한 믿음이다. 교정될 수도 어찌할 수도 없는 무언가를 부둥켜안고 가는 것이다. 좋은 것도 싫은 것도 그저 그렇게 흘러가는 것이다. 냇가에 앉은 한 인간이 세상을 비추는 물의 흐름을 관조하고 있다.

은둔 속에서, 세상에의 참여가 좌절된 자리에서, 공부에 뜻을 두고 공부의 기쁨을 함께 누리면서 세계를 바라보는 것. 생의 흐름, 만물이 함께 얽혀 흘러가는 저 생의 흐름이 야기하는 경이로움에 잠기는 것.

이것은 지혜에 대한 사랑philosophy이 아니라 생에 대한 사랑philo-zoē이다. 필로-조에. 정치적 삶(비오스)이 아니라 생물학적 삶(조에). 필로-조에의 관점에서 보면, 학문은 어느 지점에서 멈춰야 한다. 도덕도 현명함도 멈춰야 한다. 종교적 열광도, 예술적 천재도 멈춰야 한다. 더 나갈 수 있는데 멈추는 힘이 참된 힘이다. 공자 사상의 본령에는 냇가에서 정신을 놓고 흐름을 바라보는 저 은둔기계가 있다. 그는 그저 어짊 속에 있는 인간이다. 도덕도 훈계도 진리도 없이, 풍경과 대면하고 세속을 직시하는 저 허름한 얼굴, 이것이 어짊의 참된 얼굴이다.

온갖 불행과 행복의 영상들이 우리를 스쳐간다. 작은 개울은 발아래로 흘러간다. 우리는 아무리 살아도 삶을 모른다.

어짊을 보는 자는 살肉을 긍정한다. 우리는 인간적이고 정치적인 삶에서 서로 통하는 것이 아니라 동물적 생명에서 통한다. 목숨으로, 목숨의 문제에서, 목숨의 수준에서 우리는 어질 수 있다. 당신이 도덕으로 나를 판단하는 공간에서라면, 나는 당신과 소통하지 못한다. 우리는 서로를 단죄할 것이다. 상처를 주고, 피 흘리게 하고, 모욕을 안기고, 아부하며, 뒤로 돌아 욕하고, 마음속에서 살해할 것이다. 어질다는 것은, 어짊이 가능한 것은, 선악과 명분과 시비의 세계가 아닌 목숨의 세계에서의 판단이다. 목숨의 수준으로 가서 흐르는 냇물을 쳐다보라. 타인의 얼굴을, 얼굴에 흐르는 시간을 명상해보라. 나도 당신도 아프고, 병들었고, 망상과 저주와 욕망과 악담과 증오가 마음에 흘러다니며, 하루라도 수양하지 않으면 무성해지는 악의 잡초를 품고 사는 짐승들이라는 점에서, 누구도 누구를 처형할 수 없다는 점에서 우리는 같고, 그래서 소통할 수 있다는 것을. 우리는 생명을 함께 학습한다. 생명을 연습한다. 허깨비 같고 난장판 같은 환몽을 살아낼 수 있는 배짱을 주는 그런 말. "흘러가는 것이 이와 같구나. 밤낮을 그치지 않는구나." 여기에는 희망도 절망도 없다. 저 말이 있어서 『논어』를 사랑하지 않을 수 없다.

전국시대 죽간竹簡에서 확인되는 인仁의 최초 글꼴은 몸 신身과 마음 심心이 결합된 형태를 띠고 있다고 한다(김경일, 2013: 233-4).

여행

아하스베루스Ahasvérus 혹은 '영원한 유대인'은 중세 이후부터 근대 유럽의 도상에 나타나기 시작한다. 누더기를 걸치고 수염을 길게 기른 노인으로서, 막대를 쥐고, 피곤한 기색을 하고 있으며, 대개 맨발로 보행중인 상태로 그려져 있다. 전해오는 이야기에 의하면, 예수가 십자가를 짊어지고 예루살렘의 구두 수선공 아하스베루스의 집에 잠시 기대어 쉬고 있을 때, 그는 골고다를 손가락으로 가리키며 예수를 밀쳐내고 모욕을 주었다. 그러자 예수는 이렇게 말한다. "나는 멈출 것이고 쉴 것이다. 하지만 너는 계속 나아갈 것이다." 이때부터 아하스베루스는 평화와 안식을 박탈당한 채, 세상을 방랑하고 있다 (Milin, 1997: 65-6).

채플린이 연기하는 '떠돌이 찰리'. 혹은 샤갈이 그린, 지팡이를 짚고 공중에 부유하는 유대인 남자들. 정착하는 노마드. 카를 만하임의 자유부동하는 지식인.

여행에 대한 두려움. 낯선 것에 대한 두려움.

여행 속에서 느끼는, 다시 솟아나는 젊은 시절의 감정들. 자아의 완만한 회복과 확장.

갑자기 글을 쓰고 싶다는 충동에 사로잡힌다. 여행중이었다. 자기기만이라 생각하며 자신을 비웃는다.

부여를 찾았다. 숙소에 짐을 풀고 나니 봄비가 내린다. 백마강에서 물안개가 피어오르고, 개구리들이 시끄럽게 울었다. 부소산에 올라 낙화암을 밟았고, 정림사지 5층 석탑을 구경했다. 일본인 관광객들과 스쳤다. 그들의 얼굴에서, 기원을 찾아가는 사람들이 품을 법한 기대감과 동시에 막상 실제로 가서 보니 아무것도 없더라는 실망감을 읽는다.

어릴 적 보았던 낙화암 주변. 바위는 붉은색, 파란색 페인트로 칠해진, 유원지를 방불케 하는 글자들로 어지럽다. '아무개 다녀가다' 같은 문장들. 고란사 선착장에는 트로트가 울려 퍼지고, 중년의 승객들이 농을 하며 강으로 나가는 장면도 기억에 선명하다. 세속적 활기가 은근한 색정과 뒤섞여, 한낮인데도 초저녁의 취기가 어른거렸던 기억.

역사의 현장이지만, 전설, 민담, 설화, 그리고 20세기의 일상까지 마구 뒤섞여, 모든 것이 뭉개지고 으깨진 채 범벅된 감자 샐러드처럼 잡다하다. 이것이 내가 느끼는 부여의 매력이다. 부여는 경주의 대척이다. 경주의 과거는 잘 정돈되어 유리창 속에 진열되고, 이름 붙여지고, 분절되어 존재한다.

사실과 상상 사이에서 떠돌며 헤매는 의자왕, 삼천궁녀, 백제의 결사대. 처연하면서도 흥미로운 저 붕괴의 서사. 왜 성공의 이야기보다 망한 자들의 이야기가 더 오래 살아남는가? 왜 무너진 것들의 장소가 번성한 것들의 장소보다 더 역동적인가? 영화 세트 같은 경주보다 유원지 같은 부여가 왜 더 매력적인가? 정림사지의 마모된 불상은 왜 그렇게 가슴을 치는가? 부여가 해방시키는 망亡의 상상력. 부여에 가면 우리는 망해버린 세계의 꿈결 같은 한 시절을 그려보게 되는 것이다. 차라리 망해버리고 싶은, 망해버려도 될 것 같은 심정, 일상 뒤에 웅크리고 있는 저 망실亡失에의 욕망, 타나토스. 낮술처럼 어처구니없는 심사.

망한 것들은 죽지 않는다. 유민遺民처럼 흩어져, 도주하며, 숨어, 완강하게 잔존한다. 은둔한다.

프랑스어를 배우던 어느 봄날, 같은 반 친구들과 시골 호숫가로 소풍을 갔다. 누군가 풀숲에 누워 책을 읽었고, 누군가 들길을 산책했다. 맥주를 돌려 마셨다. 거대한 나무들이 바람에 솨-아 소리를 내며 흔들렸다. 비현실적으로 강한 오후의 금속성 햇빛 아래 숲은 검푸른 빛을 띠며 거대한 짐승처럼 웅크리고 있었다. 누군가 옷을 벗고 호수에 뛰어들었다. 감은 눈 저쪽으로 빛의 조각들이, 빛의 칼날들이 어지럽게 흔들거렸다. 조그만 그릇들이 깨지는 듯한, 외국어로 웃는 소리가 들려왔다. 어스름이 내리자 우리는 모닥불을 피워 몸을 덥히면서 빵과 포도주를 나눠 마셨다. 오랫동안 돌아가며, 각자 나라의 노래를 부르고 또 불렀다.

파리의 그리운 것들. 새벽 크루아상. 터키 케밥. 시네마테크. 데리다의 강의. 부르디외의 강의. 생마르탱 운하. 프랑스 담배 골루아즈 루즈. 부스러지는 유리가루 같던 겨울비. 종일 음악만 틀어주던 라디오. 좁고 낡은 엘리베이터. 한국 라면.

로마 포폴로 광장 옆의 한 성당에서 일주일을 묵은 적이 있다. 선배의 누이가 갑자기 세상을 떠나, 장례식을 치르기 위해서였다. 1월이었는데 비가 많이 왔고 어수선했다. 그다지 슬픈 감정이 들지 않았다. 고인을 본 적이 없었으므로. 성당에 신부님이 두 분 계셨다. 한 분은 불어를 조금 하셨고, 다른 한 분은 너무 노쇠하여 거의 귀도 들리지 않았다. 식사 때마다 신부님이 라틴어로 기도를 하고, 수수한 파스타와 치즈를 먹고 포도주를 마셨다. 장례식이 있던 날, 나는 성당에 들어가지 않고 로마 거리를 헤맸다. 아이스크림도 먹었고, 공원에 가서 행인들과 풍경을 스케치했다. 서점에서 아감벤의 책도 한 권 샀다. 고인의 유품을 함께 정리해주고, 선배의 말동무가 되어주고, 며칠 후 나는 파리로 돌아왔다. 열 시간을 넘게 달리던 그 밤기차에서 잠을 이룰 수 없었다. 마음 깊은 곳이 아팠다. 이유를 정확히 알 수 없었다.

꿈에서, 승용차를 타고 로마의 폐허를 지나가고 있다. 누구인지 알지 못하는 몇몇이 함께 타고 있다. 콜로세움을 지난다. 파손된 부분을 누군가 보수하고 있다. 천연색으로 칠해진 건물 조각들이 어지럽게 널려 있다. 사찰의 단청 같은 색깔을 띠고 있다. 함께 이동하던 사람들이 이곳이 로마라는 사실을 모르는 것이 아닌가 하는 조바심이 나서 "여기는 로마야!" 고함을 지른다.

1990년대 후반 처음 떠난 중국 여행. 청도까지 밤새도록 설레는 뱃길. 여객선을 따라 국경을 이동하던 잠자리 떼…… 보따리 장사들이 밤새 벌이던 화투판. 흔들리는 침대칸에서의 선잠.

청도에서 처음 본 중국식 직각 건물들. 어리고 권위적이며 순수해 보이던 공안들. 노란 택시. 작열하던 햇빛. 살아본 적 없는 고장에 대한 노스탤지어. 이빨 빠진 접시에 담겨 나오던, 향이 너무 강해 씹을 수 없던 음식. 시원하고 거침없는 중국 여자들의 미간. 비닐봉지에 담아 팔던 맥주. 저녁의 거리. 모닥불을 피워놓은 공터에서 웃통을 벗고 술을 마시는 중국 아저씨들과 농담을 하다. 과속으로 달리는 도로. 태산을 오르는 끝없는 돌계단. 도교 사원의 태극권. 뜨거운 햇빛. 시골 처녀들의 웃음.

순간 스쳐가던 미래에 대한 환각. 미래가 대나무 끝이 쪼개지듯 여러 갈래로 갈라지던 실감. 인생의 다양체에 대한 욕망. 여러 개의 삶을 동시에 살고 싶은 욕망. 나 자신이면서, 청도의 공안이고, 중국의 농부이고, 시골 처녀이고 싶던 이상한 욕망. 삶의 마개가 뽑혀나가고, 아래로부터 거품 부글거리며 무언가 쏟아져 나오는 느낌. 젊음이 빠르게 흘러가는 느낌. 슬픔과 기쁨의 완벽한 겹침. 허무와 생명의 완벽한 겹침. 불안과 행복의 완벽한 겹침.

최건의 〈일무소유一無所有〉. 허름한 카세트테이프를 샀다.

부어오른 편도선에서 느끼는 중국의 물질성.

청춘의 맹목. 자신을 아끼고 사랑할 줄 모르는 어리석음. 무언가가 되기 위한 발버둥. 참된 통찰 따위는 없이, 참된 통찰을 갈구하는 텅 빈 자의식의 과잉. 진실을 사랑하기보다는, 진실을 추구하는 몸짓의 처절함을 사랑했던 시절. 처절함을 수행하고 연기했던 시절. 몸짓의 냉철한 연출자이자 관객인 자신에 사로잡혀 있던, 상처 입은 나르시시즘의 시대.

니가타. 폭설이 쏟아지던 여관. 다음날 아침 온천을 하고 나오는 길에 심장이 심하게 뛰어 누워 혼곤한 잠에 다시 빠져들었다. 가와바타 야스나리 기념관에서 『설국』을 집필하던 시절에 작가가 쓰던 책상, 만년필, 그리고 원고를 보았다. 그를 1990년대 초반에 삼중당문고로 읽었었다. 『천우학』 같은 소설들. 이상하리만치 활달하고 슬픈 여자들이 나오던 소설들. 니가타 지방의 그저 쏟아지던 폭설. 허름한 덴뿌라 집의 우동 맛, 식사를 마치고 바라본 거리, 지붕에 쌓인 백설에 무참히 반사되던 햇빛의 눈부심, 그 싸늘하게 몽환적이던 거리.

꿈에서, 기억나지 않는 두 동료와 함께 일본에 있다. 누군가의 무덤을 찾아가는 길이다. 길을 잃고 헤매다, 묘지가 어딘지를 물어보기 위해 근처 학교에 들어갔다. 교실에서 일본인 교사와 학생들이 수업을 하고 있다. 수업이 파하기를 기다려 교사에게 길을 물었다. 의혹에 가득찬 눈초리로 우리를 살펴보더니, 매우 폭력적인 어조로 무덤에 가지 말라 경고한다.

여행을 마치고 돌아갈 무렵, 모든 순간이 이미 지나갔고 이제 다시는 그 시간을 살 수 없다는 사실을 절실하게 느낄 때가 있다. 예리한 통증을 동반하기도 하는 이 상실의 느낌은 실체가 묘연하다. 여행자는 상실한 것이 없기 때문이다. 그는 여행을 다녔고, 기억을 소유하게 되었고, 장소들을 체험하게 되었다. 시간을 즐겼으며, 친교와 추억을 축적했다. 상실한 것이 딱히 없는데 그가 느끼는 이 예리한 서운함은 어디에서 비롯되는 것인가?

여행을 통해 새로운 사람들과 장소들을 만나는 경험은 우리에게 '가능한 삶'을 상상하게 한다. 내가 지금의 나로 태어나지 않았다면 그 삶은 어떠했을까? 나는 저 어부였을 수도 있고, 저 어부의 아들이었을 수도 있다. 일본인이었거나, 인도네시아인, 혹은 프랑스인이었을 수도 있다. 이 고장에 이주했다면, 저 직업을 선택했더라면, 저 사람을 만나 사랑에 빠졌더라면, 저런 집에서 살았더라면, 여기에서 죽었더라면…… 여행은 현실의 자아를 가능세계의 자아들과 연결시킨다. 여행이 끝날 때 상실된 것으로 느껴지는 것은, 여행지 그 자체의 사실적 상태가 아니라, 우리가 여행지와 만나면서 촉발된 가능세계들이다.

가능세계는 선연한 물질성, 부정할 수 없는 현실성을 두르고 나타난다. 여행하는 인간의 뇌리를 스치는 이미지들은, 살아진 시간과 살아보지 못한 공간의 몽타주다. 여행이 끝날 때쯤 여행자는 여행을 통해 예상치 않게 변화해버린 새로운 자아, 실제 자아의 사실성을 부식시키면서 나타나는, 가능한 자아들과 엮여버린 이상하게 새로운 '자아'를 획득한다.

"우리의 삶은 우리에게 발생했거나 우리가 행했던 일들의 총체라기보다는(그렇다면 그 삶은 이상하고, 열거할 수 있으며, 묘사할 수 있고, 유한한 것이리라) 오히려 우리를 비껴갔거나 우리를 실망시킨 것들의 총체라 할 수 있다"(Valéry, 1996: 82).

우리를 실망시킨 것들. 우리가 살 수도 있었던 가능성들. 살았다 한들 패배하고 허겁지겁 도망쳐나왔을지 모르는 길들. 이들의 총체가 삶이라면, 우리는 여행을 통해서만 삶과 만날 수 있다.

우리는 직관한다. 생은 순간이다. 스쳐가지만 파괴되지 않는 것이다. 축적이 없는 것이다. 붙잡을 수 없는 것. 그러나 동시에 망각할 수도 없는 것. 너무나 하찮고 미약하게, 오직 나의 뇌리에, 남들에게 꺼내 보여줄 수도 없이, 거짓말처럼 잔존하는 한 조각의 영상이 품고 있는, 양도 불가능한 실체성.

내가 오늘 헤맨 시간은, 함께 노닥거리고 소요한 시간은 긴 삶의 찰나의 찰나에도 미치지 못하지만, 나는 온 힘을 다하여 그 찰나의 소멸과 싸운다.

서귀포 바다의 폭풍우. 태평양의 공기. 여름 오후의 돗자리. 찐 감자 혹은 옥수수, 한 잔의 캔 맥주, 낮잠, 얼굴에 덮어놓은 누군가의 소설집, 끈적이는 꿈, 간혹 꿈에 나타나는 이상한 동네, 이상한 거리와 이상한 동물, 서로 모르는 사람들이 아무렇지도 않게 나누는 대화, 다가오는 자동차 소리, 견딜 만한 것으로 변해가는 괴로움, 소나기 냄새, 갑자기 솟아나는 활력, 개 짖는 소리, 땀의 흐름, 바닷가 카페, 푸른색과 하얀색……

친근하고 지겨운 은둔지의 모노톤.

언젠가 다 사라질 이 세상의 어떤 하루.

이후

이후以後가 모든 것이다.

이전以前은 이후에만 존재한다. 이전 속에는 아무것도 없다.

모든 것은 이후 속에, 이후의 이후로의 지속 속에 존재한다.

존재한다는 것은 이전이 아니라 이후를 갖는 것이다.

이후를 가진 것들만이 이전을 가질 수 있다.

이후로의 움직임 속에서 모든 것이 생성된다. 이전에 있던 것은 이후에 있는 것으로 변형되어야 한다. 이전에서 이후로 가는 것은 소실, 변형, 창조의 과정이다. 어떤 것도 이 과정으로부터 면제되지 않는다.

의미는 행위의 원인(이전以前)이 아니라 그 결과물(이후以後)이다.

어떤 것도 완벽하게 사라지는 것은 없다.

이후는 이전을 이해하지도, 납득하지도, 사용하지도 못한다. 이전 중에서 오직 일부를 선택하고, 용도를 변경하고, 뜻을 틀어 가져갈 수 있을 뿐이다. 이후로 가는 길은 배제와 선택이다. 덧붙여지는 것보다 떨어져나가는 것이 훨씬 더 많다.

모든 것은 이후가 결정한다. 그것은 우연성의 논리를 따라 전개된다. 다만, 우연한 이후의 또다른 이후가 이 우연성을 필연으로 해석해낼 수도 있다.

앞서 오는 것은 이후에 오는 것의 먹이가 된다. 이것은 부정의도 부도덕도 아니다. 개미들은 죽은 곤충이나 늙어 움직임이 둔해진 곤충을 물고 개미굴로 끌고 간다. 죽은 들쥐가 나무의 거름이 된다. 지식의 세계에서도 앞에 간 자는 언제나 뒤에 오는 자의 먹이가 된다. 누구에게 먹히느냐가 생명의 연속성을 결정한다. 변형과 변이가 없으면 생명은 이어지지 않는다.

어떤 경우에도 이후에 오는 사람, 생각, 판단, 사물을 이길 수 없다. '지금 존재하는 것'은, 앞으로 오게 될 것들이 만드는 새로운 시간에 의해서, '예전에 있었던 것'으로 변한다. 계속 있고자 하는 고투와 노고는 모두 패배하게 되어 있다.

지금 누리는 가소로운 권력이 사라지는 순간, 사회적 활동을 멈추는 순간, 힘이 약화되었다는 것이 누군가에 의해 감지되는 순간, 바로 그 순간 우리는 바로 판단의 대상으로 전락한다. 우리가 침묵하기 시작할 때, 우리에 대한 날카로운 말들이 번창하기 시작한다. 이런 현상은 인간의 악덕에 기인하는 것이 아니라 존재자들의 생명력에 기인한다.

구조주의는 선험a priori의 환상에 기초하고 있다. 선험은 이전以前을 상정한다. 이에 의하면, 랑그는 파롤보다 '먼저' 작동한다. 그러나 실제는 그 반대에 더 가깝다.

랑그는 '파롤보다 먼저 있는 것이라고 이후에 말해지는 무엇'이다.

구조는 '행위에 앞선 것으로 이후에 인식되는 무엇'이다.

무언가가 이전에 있었다는 생각, 말, 인식, 판단은 오직 이후에만 가능하다.

선험은, 후험적으로만 선험이다. 오직 나중에 선험이라고 말해지고, 인정되고, 느껴지는 무언가이다. 선험의 후험성을 명확히 인지하지 못할 때, 우리는 공허한 표상 게임의 한계에 쉽게 갇혀버린다. 가령, 정신분석학.

선험은 경험의 이전이 아니다. 경험의 이전에는 선험이 있는 것이 아니라 또다른 경험이 있다.

유대인들에게는 전승傳承을 의미하는 두 단어가 있다. 마소레와 카발라. "마소레Massorèt는 문자 그대로의 전승을 가리킨다. 그것은 동사 'limessor'에서 왔다. (…) 마소레는 언어의 철자와 문장들의 정확한 구조들을 명확하게 한다. (…) 마소레는 권위를 만들고, 권위로서 받아들여진다. 그것은 정당한 지식이다. 그것은 선생들의 편에 있다. 카발라Cabbale는 '수용'의 의미로서, 제자들의 편에 있다. 그것은 각자가 청취에 의해서 굴절되도록 허용하는 전통이다. 마소레는 의미의 기억이다. 카발라는 의미의 재창조다"(Ouaknin, 1991: 13-4).

진리는 이전이나 지금에 있는 것이 아니라 오직 이후에 있다. 이후와 지금의 생산적 차이 속에 있다. 진리는 카발라다. 즉 선생의 것이 아니라 언제나 제자들의 것이다.

좋은 선생은, 변형을 가해도 그 힘이 소멸하지 않을 뛰어난 생각들을 창조한 자다. 뛰어난 생각은 완벽하지 않다. 오히려 허술하고, 편파적이고, 오류와 반박에 노출되어 있다. 다만, 새로운 현실과의 접점을 만들면서 회생할 수 있는, 그런 생명력을 가진 생각이다.

선배의 이론이나 학문, 혹은 예술적 성취를 '계승하는' 후배란 있을 수 없다. 후배는 언제나 선배의 왜곡자이며, 비판자이며, 폄하자이며, 공격자다. 그렇게 하지 못하는 후배는 선배를 이어가지 못한다.

"당신은 어떤 종류의 제자를 두고 싶은가? 결국에는 누가 후설에 더 도움이 되었는가? 그를 모방한 후설주의자들인가, 아니면 그를 변형시킨 하이데거인가?"(하먼, 2019: 84)

죽음이나 절필은 안식이 아니다. 비판의 시작이다. 이는 작가뿐 아니라 학자나 연구자에게도 적용된다. 다만, 학자는 제자를 길러 자신에 대한 비판을 유예하려는 전략에 몰두할 수도 있다. 그러나 이런 시도는 대부분 실패한다. 비판은 대개 제자들로부터 시작되기 때문이다. 역설적으로 자신을 가장 정확하게 비판한 제자에 의해 학자의 학문은 빛난다.

학생, 제자, 독자, 미래세대, 외계인, 미생물, AI 이 모든 미래의 행위자를 신뢰하라. 앞선 자들을 숭배하지 말고 뒤에 올 자들을 존중하라. 이후를 신뢰하라. 당신을 왜곡하고, 폄하하고, 비판하고, 해부하고, 욕하고, 망각하고, 무시하고, 오독할 그 미래의 존재들을 믿어라.

출처

※책에 실린 일부의 글에서 나는 이미 발표된 아래의 글들을 변형, 재구성했다.

「인류세의 관점에서 본 2020년의 세계」, 『기본소득』 5, 2020.
「바이러스 기호학」, 『문학동네』 100, 2019.
「〈버닝〉에 대한 몇 가지 성찰들」, 『문학동네』 96, 2018.
「야구, 그 죽음의 기록에 대한 매혹」, 『문학동네』 77, 2013.
「칸트의 가면을 쓴 니체」, 『문학동네』 73, 2012.

참고문헌

갓셜(J. Gottschall), 2014, 『스토리텔링 애니멀』, 노승영 옮김, 민음사.

거트만(A. Guttmann), 2008, 『근대스포츠의 본질』, 송형석 옮김, 나남.

구청(顧城), 「한 세대」(1979), 린망 외, 2013, 『한밤 낮은 울음소리—중국 현대대표시선』, 김소현 · 김자은 옮김, 창작과비평.

김경일, 2013, 『유교 탄생의 비밀』, 바다출판사.

김언종, 2001, 『한자의 뿌리』 1, 문학동네.

김예령, 2012, "퍼민이 말하길", 서울대학교 대학신문 4월 15일자.

김홍중, 2015, 「마음의 부서짐. 세월호 참사와 주권적 우울」, 『사회와 이론』 26.

____. 2017, 「부정자본론」, 『한국사회학』 51(3).

____. 2019, 「인류세의 사회이론 1—파국과 페이션시(patiency)」, 『과학기술학연구』19(3).

니체(F. Nietzsche), 1982, 『도덕의 계보/이 사람을 보라』, 김태현 옮김, 청하.

____. 2003, 『권력에의 의지』, 강수남 옮김, 청하.

다카하시 겐이치로(高橋源一郎), 2004, 『사요나라 갱들이여』, 이상준 옮김, 향연.

루쉰(魯迅), 2011, 『들풀』, 이욱연 옮김, 문학동네.

르파주(E. Lepage), 2013, 『체르노빌의 봄』, 맹슬기 · 이하규 옮김, 길찾기.

마굴리스(L. MARGULIS) · 세이건(D. SAGAN), 2011, 『마이크로 코스모스』, 홍욱희 옮김, 김영사.

____. 2016, 『생명이란 무엇인가?』, 김영 옮김, 리수.

몰트만(J. Moltmann), 2016, 『오늘 우리에게 그리스도는 누구신가?』, 이신건 옮김, 대한기독교서회.

베르크하우스(M. Berghaus), 2012, 『쉽게 읽는 루만』, 이철 옮김, 한울.

베유(S. Weil), 2008, 『중력과 은총』, 윤진 옮김, EJB.
벤야민(W. Benjamin), 1987, 「마르셀 프루스트의 이미지」, 『문예비평과 이론』, 이태동 옮김, 문례출판사.
____. 2007, 『일방통행로/사유이미지』, 김영옥 · 윤미애 · 최성만 옮김, 길.
____. 2008, 「수집가이자 역사가 에두아르드 푹스」, 『역사의 개념에 대하여 외』, 최성만 옮김, 길.
____. 2010, 「보들레르의 몇 가지 모티프에 관하여」, 『보들레르의 작품에 나타난 제2제정기의 파리』, 김영옥 · 황현산 옮김, 길.
보들레르(C. Baudelaire), 2003, 『악의 꽃』, 윤영애 옮김, 문학과지성사.
서남동, 2018, 『민중신학의 탐구』, 죽재서님동기념사업회 엮음, 동연.
슈미트(C. Schmitt), 2010, 『정치신학』, 김항 옮김, 그린비.
스에키 후미히코(末本文美士), 2005, 『일본불교사』, 이시준 옮김, 뿌리와 이파리.
아렌트(H. Arendt), 2019, 『정신의 삶』, 홍원표 옮김, 푸른숲.
안병무, 1993, 『민중신학을 말한다』, 한길사.
알렉시예비치(S. Alexievich), 2011, 『체르노빌의 목소리』, 김은혜 옮김, 새잎.
오다 규기(太田久紀), 1983, 『불교의 심층심리』, 정병조 옮김, 현음사.
왕양명(王陽明), 2001, 『전습록』 2, 정인재 · 한정길 역주, 청계.
울프(N. Wolfe), 2015, 『바이러스 폭풍의 시대』, 강주헌 옮김, 김영사.
코페트(L. Koppett), 1991, 『야구란 무엇인가』, 이종남 옮김, 민음인.
콘(E. Kohn), 2018, 『숲은 생각한다』, 차은정 옮김, 사월의책.
프로이트(S. Freud), 1997, 『꿈의 해석』, 김인순 옮김, 열린책들.
하먼(G. Harman), 2019, 『네트워크의 군주』, 김효진 옮김, 갈무리.
해러웨이(D. Haraway), 2019, "반려종선언"(2003), 『해러웨이 선언문』, 황희선 옮김, 책세상.
허문영, 2014, 『보이지 않는 영화』, 강.

Agamben, G., 1988, *Idée de la prose*, trad. G. Macé, Paris, Christian Bourgois.

Anton, C., 2001, *Selfhood and Authenticity*, State University of New York Press.

Bachelard, G., 1992, *L'intuition de l'instant*, Paris, Stock.

Badiou, A., 2005, *Le siècle*, Paris, Seuil.

Benjamin, W., 1990, *Écrits autobiographiques*, trad. Christophe Jouanlanne et Jean-François Poirier, Paris, Christian Bourgois.

Black, D., 1983, "Crime as Social Control", *American Sociological Review* 48.

Blanchot, M., 1981, *La part du feu*, Paris, Gallimard.

Bourdieu, P., 1987, *Choses dites*, Paris, Minuit.

Bresson, R., 2004, *Notes sur le cinématographe*, Paris, Gallimard

Buber, M., 1963, *Les récits hassidiques*, trad par A. Guerne, Monaco, Édition du Rocher.

Chklovski, V., 1998, *Zoo. Lettres aui ne parlent pas d'amour ou La Troisième Héloïse*(1923). trad. P. Lequesne, Paris, L'esprit des péninsules.

Crutzen P. J. & Stoermer, E. F., 2000, "The 'Anthropocene'", *The International Geosphere-Biosphere Programme (IGBP) Newsletter* 41.

Deleuze, G. & Parnet, C., 1996, *Dialogues*, Paris, Flammarion.

Derrida, J., 2007, *Learning to Live Finally. The Last Interview*, translated by P.-A. Brault and M. Naas, Brooklyn, New York, Melville House.

Gini, C., 1939, "Ritual Game in Lybia", *Rural Sociology* (4).

Haraway, D., 2016, *Staying with the Trouble*, Duke University Press.

Kafka, F., 1984a, *Oeuvres complètes* III, trad. par M. Robert, C. David, J.-P. Danès, Paris, Gallimard.

____. 1984b. *Journaux, Œuvres complètes III*, trad. M. Robert, Paris, Gallimard.

Kaplan, E. A., 2016, *Climate Trauma*, New Brunswick, New Jersey, and London. Rutgers University Press.

Latour, B., 1988, *The Pasteurization of France*, trans by A. Sheridan and J. Law. Cambridge, Massachusetts and London, Harvard University Press.

____. 2004, "Why Has Critique Run out of Stream? From Matters of Fact to Matters of Concern", *Critical Inquiry* 30(2).

____. 2005, *Reassembling the Social*, Oxford University Press.

Luhmann, N., 1992, *Beobachtungen der Moderne*, Opladen.

Milin, G., 1997, *Le cordonnier de Jérusalem. La véritable histoire du Juif errant*, Rennes, Presses Universitaries de Rennes.

Neher, A., 1983, *Prophètes et prophéties*, Paris, Payot.

Ouaknin, M.-A., 1991, *Concerto pour quatre consonnes sans voyelles*, Paris, Balland.

Rose, D., 2006, "What If the Angel of History Were a Dog?", *Cultural Studies Review* 12(1).

Serres, M., 1993, *La légende des anges*, Paris, Flammarion.

Serres, M. & Latour, B., 1995, *Conversations on Science, Culture, and Time*, tras by. R. Lapidus, The University of Michigan Press.

Simmel, G., 1969, "Sociology of the Senses", in *Introduction to the Science of Sociology*, eds. E. W. Burgess and R. E. Park, University of Chicago Press.

Sompayrac, L., 2013, *How Pathogenic Viruses Think*, Burlington, MA. Jones & Barlett Learning.

Tiedemann, R., 2004. "Dialectics at a Standstill", in *Walter Benjamin.*

*Critical Evaluations in Cultural History II, ed. P. Os*borne, London, Routledge.

Valéry, P., 1996, *Tel quel*, Paris, Gallimard.

Weil, S., 1988, *La Pesanteur et la Grâce*, Paris, Plon.

____. 2013, *Pensées sans ordre concernant l'amour de Dieu*, Paris, Gallimard.

Whitehead, A. N., 1929, *The Function of Reason,* Boston, Beacon Press.

은둔기계

1판 1쇄 2020년 11월 20일
1판 5쇄 2022년 4월 28일

지은이 김홍중

책임편집 이경록 | 편집 김영옥 | 디자인 김마리
마케팅 정민호 이숙재 한민아 김혜연 이가을 박지영 안남영 김수현 정경주
브랜딩 함유지 함근아 김희숙 정승민
제작 강신은 김동욱 임현식 | 제작처 한영문화사

펴낸곳 (주)문학동네 | 펴낸이 김소영
출판등록 1993년 10월 22일 제2003-000045호
주소 10881 경기도 파주시 회동길 210
전자우편 editor@munhak.com | 대표전화 031)955-8888 | 팩스 031)955-8855
문의전화 031)955-3578(마케팅), 031)955-3572(편집)
문학동네카페 http://cafe.naver.com/mhdn
문학동네트위터 @munhakdongne
북클럽문학동네 http://bookclubmunhak.com

ISBN 978-89-546-7571-0 03810

이 도서의 국립중앙도서관 출판예정도서목록(CIP)은 서지정보유통지원시스템 홈페이지(http://seoji.nl.go.kr)와 국가자료종합목록 구축시스템(http://kolis-net.nl.go.kr)에서 이용하실 수 있습니다.(CIP 제어번호: 2020046872)

잘못된 책은 구입하신 서점에서 교환해드립니다.
기타 교환 문의 031) 955-2661, 3580

www.munhak.com